追放された俺が外れギフト『翻訳』で最強パーティー無双！

～魔物や魔族と話せる能力を駆使して成り上がる～

高野ケイ

ミ／熊野だいごろう

TOブックス

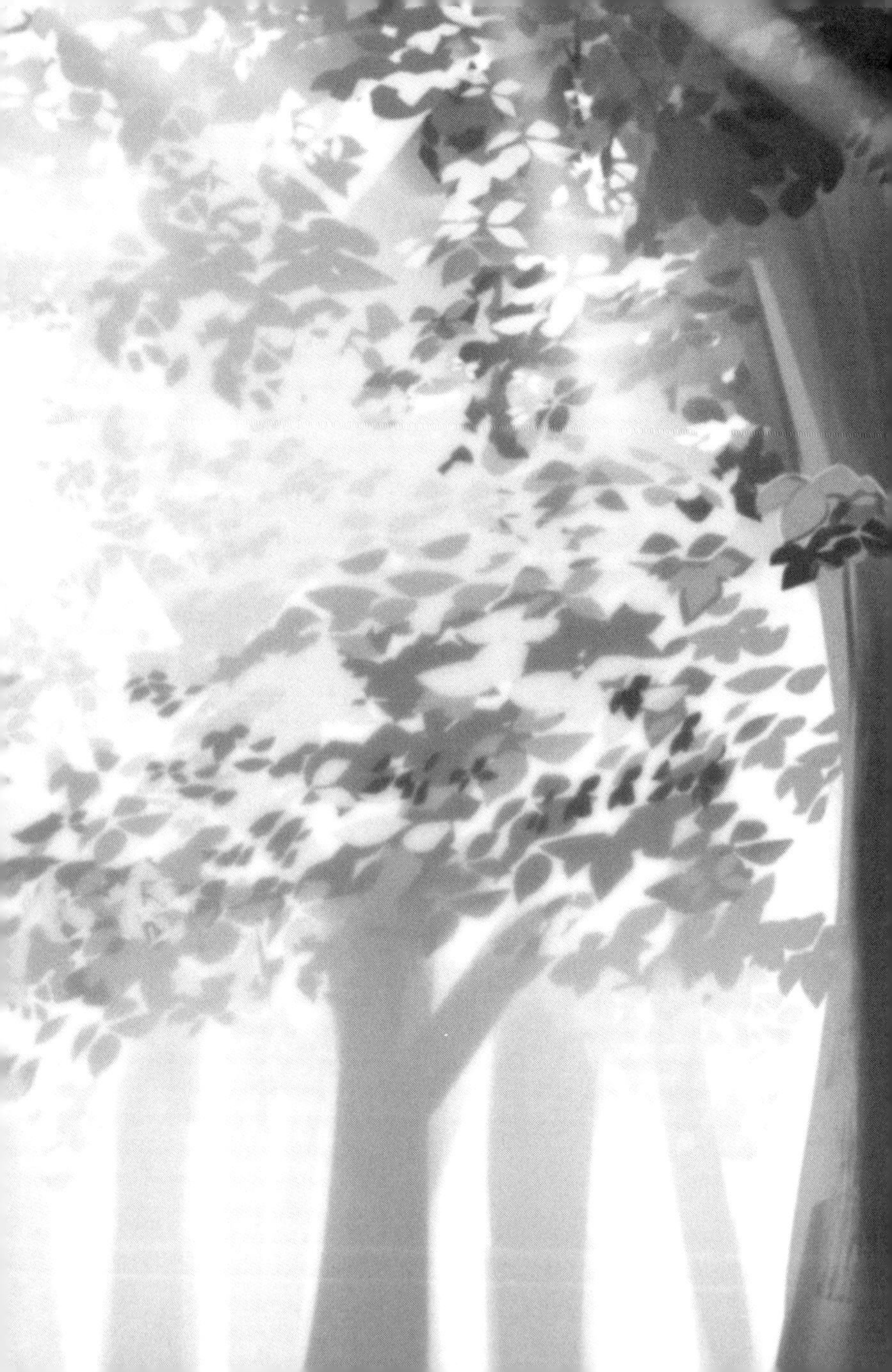

イラスト／熊野だいごろう
デザイン／伸童舎

c o n t e n t s

「シオン悪いなぁ……お前をパーティーから追放させてもらうぞ」

　ここは冒険者ギルドを兼ねた酒場であり。辺りは冒険者達の話し声などで騒がしい。これからの事で打ち合わせがあるとクエストの後に呼び出されて、開口一番に言われた言葉がこれである。俺の正面には二人の男女が座っている。パーティーメンバーのイアソンとメディアだ。イアソンは金髪碧眼《へきがん》の青年で、貴族のように整った顔の剣士風の冒険者であり、俺に対して意地の悪い笑みを浮かべている。メディアは黒い髪に魔術師がよく着るローブを身に付けている少女だ。人形の様に精巧《せいこう》で綺麗《きれい》な顔立ちをしているが、俺を見つめる目には何の感情も映っていないかのように冷たい。

　俺は二人を見つめながら、先ほどの言葉を噛み締めて、頭の中が真っ白になった。いや、薄々覚悟はしていたことだ。でもさ、いきなりすぎるだろうと思う。俺は深呼吸をして心を落ちつけてから答える。

「なんでだよ……一緒にAランクの冒険者を目指そうって約束したじゃないか」

「お前だってわかっているんだろうが!!　このままのお前じゃダメなんだよ!!　俺達がAランクになるにはもっと強くならないといけないんだ!!　英雄《えいゆう》である俺の仲間はもっと強くないといけないんだよ!!」

「そんなことはわかっている。俺だって幼馴染《おさななじみ》のお前たちにおいて行かれないように、色々がんばっているんだ。だから、剣術も、魔術も、法術だって必死に学んだんだろうが!!」

「それも全部中途半端だろうが、それにお前のギフトは戦闘向きじゃないんだよ、ならもっとやり方を考えろよ!!」

「イアソン様ここからは私が説明しましょう」

俺の言葉にイアソンは挑発するように言った。俺は怒りと失意をにじませた目線でイアソンを睨《にら》みつける。そんな俺達の間に入るようにして、メディアは俺を正面から見つめてきた。彼女の目には感情はなく、その様子で俺は悟る。今回の件を言い出したのは彼女だろう。

「はっきり言いましょう、シオンの力ではもう私たちの足手まといなんです。この前のクエストでもあなたはトロル相手にろくにダメージを与えることは出来ませんでしたよね」

「それは……確かにそうかもしれないけど、囮《おとり》の役割は果たしてたじゃないか！」

メディアが言うとおり、確かに俺がトロル相手に決定打を与えられなかったのは事実だ。だが、トロルは再生力の高い魔物だ。俺の剣技では威力が足りないので、その分メディアの強力な魔術を詠唱《えいしょう》する時間を稼ぐために囮となり斬りかかっていたのだ。

だがイアソンとメディアの責めるような目は変わらない。それで理解をする。トロルとの戦いだけではなく、これまでの戦いの事も言っているのだろう。

ああ、確かに、俺には決定打がない。例えば剣を練習したり、攻撃魔法や、回復法術を学んだりしたり、自分のギフトを何とか冒険者として使えるように工夫はしてきたつもりだった。でも、そのどれもが中途半端だった。イアソンほど剣が得意というわけではなく、メディアほど強力な魔法を使えるというわけでもなく、ここにはいないアスほど、回復法術が使えるわけでもない。ギフトと噛み合わないことをしても限界があるという事だろう。

「私達はこれからAランクを目指します。そしてイアソン様を英雄にするのです。あなたのギフト

『万物《ばんぶつ》の翻訳者《ほんやくしゃ》』では、これ以上の戦いにはもうついてこれないんですよ……」

メディアの感情のこもっていない言葉が俺の心を傷つける。戦いについてこれないか……確かに俺には特化したものはなかった。だから俺は雑用や、索敵《さくてき》など、色々なことをやってきたつもりだった。戦闘中だって、みんなのフォローをしてきたつもりだった。でも結局そのがんばりは認めてもらえてなかったんだな……そのことに気づいた俺は急に熱がさめるのを自覚する。

「そうか……もう、俺を追放するってお前らで決めたんだな……なぁ、イアソン……アスもこの話は知っているんだよな？」

「あ……ああ、当たり前だろう。なあ、メディア、アスにも確認しているよな？」

「もちろんです、私達全員の意見ですよ、シオン。今までありがとうございました」

最終通告とばかりの彼女の言葉を聞いて席を立った。わかっていた、わかっていたんだ。俺ではもう無理だっていう事は……せめて二人には泣き顔をみられたくないので、すぐにこの場を去ることにした。ああ、でも、幼馴染のよしみで最後に一言だけ言っておこう。

「イアソン、お前は調子に乗りやすいから気をつけろよ、メディアもイアソンをフォローしてやってほしい」

「当たり前です。私はイアソン様の杖《つえ》ですから」

「はっ、お前にそんなこと言われなくてもわかっているんだよ!!　負け犬はさっさと去るんだな!!

ああ、アイテムと軍資金《ぐんしきん》は置いていけよ。装備だけはくれてやるからさ」

「ああ、わかったよ……冒険者ギルドに返しておく」

俺は今にもあふれそうな涙を何とかこらえながら彼らを背にした。もう、彼らと飲み交わすことはないのだろう。

冒険者という職業がある。その仕事は多岐《たき》にわたる。たとえばダンジョンに潜っての宝探しだったり、魔物退治、薬草の採取、簡単なおつかいなどそれは様々だ。

また冒険者のランクはSランクが一番上でA、B、C、D、Eと分かれている。Eが見習い、Dが初級者、Cが中堅《ちゅうけん》で、ここから先は上がれる人間は限られるといわれている。Sランクは世界を救うほどの活躍をしたものであり、救世主と呼ばれる存在だ。長いこと冒険者をやっているが俺も会ったことはない。まあ、そんなこんなでSランクは現実的ではない。一般的な冒険者はAランクを目指すのだ。

かくいう俺も冒険者である。しかも街でもっともAランクに近いBランクといわれている『アルゴーノーツ』一員なのだ。いやだったというべきだろうか、たった今解雇《かいこ》されたのだから……。

ここまでくるのは長かった。幼馴染のイアソンとアスと田舎からでてきたはいいものの、ゴブリンたちとの戦いに苦戦したり、うまくいかないとわめいているイアソンをフォローしたりと、色々あったものだ。その後にメディアを仲間に加え、順調にキャリアを積み上げてきた。しかし、最近仲間に比べ、俺の成長は遅くなってきたのがわかっていた。そして原因もわかっていたのだ。すべては俺の持つギフトのせいである。俺のギフトは『万物の翻訳者』だ。イアソンのような『英雄』でもなく、メディアのような『大魔導士』でもなく、アスのような『医神《いしん》』でもない。『翻訳者』

である。せめてもっと戦闘向けのギフトだったら俺の人生は違ったのだろうか？
俺は思い出に浸りながら一人自分の部屋で泣き叫ぶ。過去の友人たちとの思い出と自分のギフトを呪いながら泣き叫ぶ。俺にもっと力があればこんなことにはならなかったのだろう。俺はつらいことを忘れるために酒を飲むのであった。

一晩中自分の部屋で思い出に浸りながら酒を飲んでいた俺は途中で力尽きたのだろう、いつの間にか寝ていたようだ。ああ、冒険者ギルドに行って、預かっていた軍資金を返さないと……あとは、これからの身の振り方だな……これまではBランクの冒険者として生活していたが、あれはパーティーでの実力だ。そもそも俺にはソロではBランクの実力はない。しばらくはCランクか、下手したらDランクのソロ冒険者として生きていくのだろう。俺が身支度を整えていると冒険者カードが目に入った。

Bランク
シオン
ギフト『万物の翻訳者』
いかなる生き物、魔物とも意思疎通《そつう》可能。
保有スキル

中級剣技　剣を使用したときのステータスアップ。
中級魔術　火、水、風、土の魔術が使用可能。威力《いりょく》の向上。熟練度によって、制御力《せいぎょりょく》に補正がかかる。
中級法術　傷の回復、身体能力の向上などの法術を使用可能。効果の向上。熟練度によって、制御力に補正がかかる。

俺は自分の冒険者カードを見ながら自虐的《じぎゃくてき》な笑みを浮かべる。なんでもっと戦闘向けのギフトではなかったのだろう。これが例えば『剣聖《けんせい》』などならば何の努力もしないで、上級剣術を覚えることができるらしい。ギフトが手に入ったときは嬉しかったが、結局戦闘向けのギフトに目覚めたイアソン達の成長には付いていけなかった。

ちなみにギフトとは、突如《とつじょ》目覚める才能のようなものだ。全員が目覚めるわけではなく、ある分野で、すさまじい鍛錬《たんれん》をしたり、死にかけるような体験をしたりである。ただ、つらい経験をすればいいというわけでもなく、ただボーっとしているときにいきなり目覚めたりもする。まあ、ようは気まぐれな神様の贈り物のようなものだ。

そして、ギフトに目覚めた人間はたいていがそのギフトに沿った人生を歩むものだ。俺ももっと動物といるような職業についていれば、人生は変わったのだろうか？

そして、スキルとはそれまでの鍛錬や経験によって手に入る力の事である。死ぬ気でがんばっても俺は中級が限度だった……ほかの三人は上級以上のスキルをもっているのに、だ。

でもさ、俺はあきらめたくなかったんだよ。俺は……昔聞いた英雄譚《たん》の登場人物のようになりたかったんだ。子どものころに、みんなで話して一緒に目指そうって言っていた英雄になりたかったんだよ。

酔い醒ましに冷たい水を飲んだ俺は、冒険者ギルドに来ていた。俺が入ると喧騒《けんそう》が一瞬止まり馬鹿にするような目で見るもの、憐《あわれ》れみの視線を向けるものなど、さまざまな視線が俺を突き刺す。おおかた昨日の話が伝わったんだろう。俺が所属していた『アルゴーノーツ』は期待のエースとして良くも悪くも有名だったから……。

すべてのメンバーがギフト持ちということもあり、期待されていたのだ。リーダーのイアソンは『？・？・の英雄』いまだ何の英雄かは判明していなかったが、目覚めればすさまじい能力を得ることができる戦闘系最高峰のギノトである。メディアは『大魔導士』魔術師系の最高峰のギフトである。そして、あの場にはいなかったが、アスは『医神の申し子』回復法術の最高峰のギフトである。

「ほら見ろよ、あいつ。ついにパーティーを追放されたってよ」

「ぎゃははは、ギフト持ちって言っても『翻訳者』だもんなぁ」

「そこの方々、冒険者同士での喧嘩《けんか》は駄目ですよ!!」

悪意に満ちた言葉を注意してくれたのは受付嬢のアンジェリーナさんだ。俺より二つか三つ年上で、可愛らしい女性である。彼女には新人の頃から世話になっている。注意された冒険者達は舌打ちをしたりしながらも押し黙る。ギルドに逆らったら資格を剥奪《はくだつ》されるからね。あと単純にアンジエリーナさんは可愛いので、冒険者たちから人気があるのだ。敵に回したら後が怖い。

俺は視線を気にしないふりをしてアンジェリーナさんに声をかける。彼女は俺と目があうと、まるで慰《なぐさ》めるかのように優しく微笑んでくれた。ダメだって、童貞《どうてい》の俺はただでさえ惚《ほ》れっぽいのに、こんな弱った時に優しくされたら惚れちゃうよ。

「すいません、アルゴーノーツにこのお金を渡しておいて欲しいのですが……あと、パーティーを脱退したのでソロでのランク判定をしていただきたいのですが……やっぱりDランクですかね？」

「お疲れ様です、シオンさん。その……話は聞いていますよ、よかったらパーティーを紹介しましょうか？　私の見立てですが、シオンさんならソロでもCランクですし、『アルゴーノーツ』と同ランクのBランクのパーティーを紹介できますよ」

彼女の優しい言葉に甘えたくなるが、それでは駄目だろう。彼女の善意で身の丈にあわないパーティーに入っても、また追放されるのは耐えられない。まずはソロで活動をして、自分の実力を客観的に見つめ直すのだ。

「ありがとうございます。でも、しばらくはソロで戦って自分の実力を見つめ直したいんです。ちょうどいいクエストはないでしょうか？」

「わかりました。では近くのダンジョンにオークが大量発生しているという話があるので、何匹か退治しておいていただけませんか？　耳を持ってきてくだされば金貨と換金いたしますので。あと例の方法でダンジョンの調査をしていただけると嬉しいです。もちろん調査内容によって、追加料金は支払いしますからね。あと……」

一瞬間をおいて、彼女は俺の手を握りしめた。温かいなぁって気持ちと、女性の手の柔らかい感触に体が固まり、思わず顔が真っ赤になる。

「私はあなたが、頑張っていたのを知っています。あなたがパーティーの……そしてギルドのためにどれだけ頑張っていてくれていたかを知っています。今はつらくても、あなたには絶対いいことがおきますよ。受付嬢として何人もの冒険者をみてきた私が言うんだから信じてください」

「あ、はい……ありがとうございます。でもいい事ってなんでしょうね……例えばアンジェリーナさんが俺とのご飯に付き合ってくれるとか……」

「うーん……」

俺の調子にのった冗談に彼女は眉をひそめる。確か、冒険者の中では『鉄壁のアンジェリーナ』とか呼ばれてて、みんなデートのお誘いをあしらわれているんだっけ。普段も優しいからって調子に乗りすぎたかなと思っていると、彼女は小悪魔のような笑顔に表情を変化させていった。

「二つだけ条件があります。一つは無事に帰ってくること、もう一つは美味しいお店に案内してくれること、ですね」

「え……?」

「ではいってらっしゃい。次の方どうぞー」

後ろにほかの冒険者が来たこともあって会話が終わってしまった。でもさ、なんだこれ。胸がすごいドキドキしてるんだけど……彼女なりの慰め方だろうか？　そりゃあ人気も出るだろうなと思う。まあ、彼女の場合年下の弟をなぐさめているような感じなんだろうけど。

「アンジェリーナさん、なんで、ガッツポーズしてるんですか？」

「なんでもないです!!　用件はなんでしょうか？」

何か後ろで声が聞こえたが盗み聞きは失礼だろう。なんか意識をしてしまって恥ずかしい俺は足早にギルドを去るのであった。

ギルドで依頼を受けた俺はダンジョン行きの馬車が停まっている停留所へ向かった。俺はいつものように馬たちに声をかける。

「よう、元気か？」

『ああ、元気だぜ!!　今日も乗っけてやるから今度、ニンジンをくれよな』

『俺はニンジンじゃない方がいいなぁ……飽きてきたんだよね……もっと牧草が食いたいって言っといてくれない？』

「ああ、わかった、伝えておくよ」

これが俺のギフト『万物の翻訳者』の力である。俺は馬から聞いたことを御者《ぎょしゃ》に伝えてから乗り込む。御者のおっさんには「いつもありがとう」と言われたが、馬の言っていることを伝える事で格安で乗せてもらっているのだ。そのくらいは恩を返したいと思う。それに馬の機嫌《きげん》良い方が早く目的地に着くしね。

馬車に乗った俺は乗客を確認する。よかった。イアソン達はいないようだ。さすがに昨日の今日で会ったら気まずいからね……まあ、俺が今向かっているダンジョンはあまり強い魔物はいない。あいつらが来ることはないだろう。

乗客は俺のほかには二パーティーの様だ。四人パーティーが一つ、あとは、俺と同じソロらしき女性冒険者だ。炎のように真っ赤な髪の美しい少女である。人間離れした美貌《びぼう》の少女は、退屈そうに窓を眺めている。

「おい、ねーちゃん。一人で行くのか？　よかったら俺たちに混ぜてやろうか？　分け前もやるぞ。その代わり、夜も俺たちに混じってくれよ。ぎゃははは」

下品な声が少女にかけられる。残念なことだが、冒険者の中にはこういう輩もいる。特に彼らは万年Cランクの素行の悪い冒険者たちだ。時々イアソンと喧嘩をしていたので覚えている。こいつらは実力もそこそこな上に、プライドは高く、関わるとめんどくさいので、あまり関わりたくはない。こういうやつらを上手にあしらうのも冒険者に必要なスキルである。とはいえ彼女が困っていたら助けるかなと思い、俺は様子を見る。

「ごめんなさい、私は自分より弱い人とパーティーを組む気はないのよ。あとナンパだったらもっと上手にやりなさい。ゴブリンの方が上手に女の子を誘うわよ」

「なんだとてめえ!!」

少女の言葉に男たちが凍りつく。そして顔を真っ赤にして怒り狂う。確かに男がクソなのは事実だが、もっと穏便《おんびん》に済ます言い方もあるだろうに……俺が仲裁に入ろうとすると、いつの間にか彼女の腰から得物が抜かれ、男の首元に突きつけられる。すさまじい早業だった。Bランクの冒険者か……俺では目で追うのが精いっぱいだった。おそらくだが、イアソンよりも早い。

「ごめんなさい、息が臭いのよ。これ以上喋《しゃべ》るなら、もう臭い息を吐かないようにしてあげるけどどうされたいかしら？」

「冗談だよ、冗談……クソ女が、いつかぶっ殺してやる」

一蹴《いっしゅう》された男たちは、馬車の隅っこでぶつぶつと言っていた。俺がちらちらと見ているのに気づいた彼女が不審げにこちらを見つめるが、なぜか、信じられないものを見たかのように目を見開いた。そんなに俺の顔変かな？　俺が不思議に思っていると、神妙な顔をして彼女は俺に言った。

「ねぇ……あなた、他の冒険者に祝福されるわよ」

『ねえ……あなた他の冒険者に襲われるわよ』

「はぁ……肝《きも》に銘《めい》じておきます」

いきなり何言ってんだこの人？　やはり冒険者には変わった人が多いのだろう。せっかく綺麗な顔や髪をしているというのに……。

いや、ちょっと待て。今なんで彼女の声が二重に聞こえたのだろう？　しかも正反対の意味で……まるで『ギフト』を使って、動物や魔物と話しているときの様だった。この少女は一体何者なんだ？　俺は心の中の動揺を隠しながらも彼女に返答するのであった。

「はぁ……肝に銘じておきます」

「え……あなたまさか……いえ、なんでもないわ。そんなはずないもの……」

そう言った彼女はしまった、とばかりに俺から視線をずらした。でも、一瞬だけど、彼女の目の中に何か期待するような、縋《すが》るようなものがあった気がするが、結局そのまま彼女は自分が先ほどまで座っていたところへと戻っていった。馬車の中ではそれ以降会話はなかったけれど、彼女がちらちらとこちらを見ていたのが気になる。もしかしたら一目惚れされた？　などと思うほど俺は自惚《うぬぼ》れてはいないし、何よりも彼女の目はもっと切羽《せっぱ》詰まった感じがしたのだ。そして、あの炎の様な赤い髪……どこかで見たことがある気がするのだ。まあ、冒険者をやっているのだ。どこかですれ違う事もあるだろう。せっかくの忠告だ。ありがたく受け取ることにしよう。

それに少女も気になるが、他の冒険者たちもこちらを見ていたのが気になる。もしかしたら少女に声をかけられたことによって、余計な恨みを買ったのだろうか？

気をとりなおして、馬たちにお礼を言った俺はダンジョンに潜る。ソロで行動するのは久しぶりということもあり、緊張をはぐすこともかねて、俺は友人の元を訪ねる。

「おーい、きたぞ。俺だ、シオンだ」

『お、久々だねぇ、寂しかったよ』

俺の言葉と共に壁の隙間《すきま》から一匹のスライムが現れた。プルプルの肌を持つこいつはスライムのライムだ。俺がまだ新人の頃に出会ったのだが、このダンジョンで一匹だけで倒れており、不思議に思って近づくと、怪我をしていたので、治療したところ懐いてくれたのだ。それ以来時々こうして会いに行っている。俺はお土産とばかりに、ライムに好物の薬草を食べさせる。

『ありがとう、シオン!!　やっぱりダンジョンのより人が栽培した薬草の方がおいしいんだよねぇ。よかったらシオンも食べ比べしてみる？　ダンジョン産がこっちだよ』

「いや、薬草って食べるものじゃないんだけど、塗って傷を治療するものなんだけど」

俺はライムにつっこみをいれながら薬草を受け取る。ふーん、確かに太陽の光を浴びていないせいか、少し葉が小さい気がする。あと匂いもなんか違うな。

『ちなみにその薬草は、よく、オークたちがトイレをしているところから採取したんだ。独特の匂いでしょ』

「うおおお、思いっきり触ったし、匂いも嗅いだじゃん!!」

『もちろん冗談だよ、そんなばっちいもの僕だって持っていたくないよ』

そう言うと、ライムは俺が投げ捨てた薬草を食べ始めた。ライムは薬草を主食にしているせいか、こいつの肌には治療効果があるのだ。体を溶かす酸と治療用の酸のどちらも出せるらしい。便利な話である。そういえばオークでアンジェリーナさんの依頼を思い出した。

「まあ、薬草の話は終わりにしよう。それより、ダンジョンでオークが何やら大量発生しているらしいが、何か知っている?」

ダンジョンの事はダンジョンの住人に聞くのが一番だ。街の事はその街の人が詳しいようにダンジョンの事はダンジョンの住人が一番詳しいのである。

『ああ、それならオークのリーダーが代替わりしたんだよ。大量発生というよりも、新しいリーダーのせいで、行動が活発になっているっていうのが正解かな？　いつもは巣にいる連中も、ダンジョンをうろついているらしいからね。噂によると、今回のオークのリーダーは人間を憎んでいるらしいよ。シオンも気を付けてね』

オークのリーダーが変わったのか。魔物はリーダーが代替わりをすると、行動パターンが変わる場合がある。特にオークはリーダーの権力が強いのだ。そのリーダーが人間を憎んでいるとなると、ダンジョンはいつもより危険かもしれない……ギルドに報告した方がよいだろう。

ちなみにオークはCランクに分類されている。Cランクの冒険者で対処できるということだ。今回のアンジェリーナさんの依頼は、俺がソロでCランク相応の実力があるということを証明してくださいねという試験も兼ねているのだろうと思う。

とりあえず、数匹狩って帰る予定だったが、実際のオークの動きが普段とどう違うかを調査した方がいいかもしれない。

『そういえば、今日は一人なんだね。いつもの金髪のうざい奴とローブの辛気臭《しんきくさ》い女と、シオンと仲良い女の子は一緒じゃないんだ』

「ああ、色々あってな。パーティーから抜けたんだ……てか、お前はあいつらの事をそんな風に思ってたのか……ちなみにアスとは単なる幼馴染で、別にそういう関係じゃないからな」

『ああ、パーティーの女の子の下着をかぶっていたのがばれたんだね……どんまい……そりゃあ、居辛くなるよね……』

「お前の俺へのイメージはなんなの？　そんなことしたことはないわ!!」

追放されたことを思い出してちょっとへこんだ俺に気を使ったのかライムがくだらない軽口《かるくち》を言った。

『あのさ、シオン。もしもよかったら、僕も連れて行ってよ。一緒に冒険したいんだ』

「ああ、いいぞ。そういえば、お前とダンジョンに潜るのは初めてだな」

『ふふ、足を引っ張らないようにね、シオン』

「言っとくけど、俺の方がお前より強いんだからな!! ソロでも一応Cランクはあるってアンジェリーナさんに言われてるんだからな」

ちなみにスライムはDランクである。態度はAランクだけどな!!

『はいはい、そうスラねー、シオンは強いスラ』

「お前さっきまでそんな語尾なかったよな!!」

ライムが仲間になった。昔はイアソンが「スライムなんぞ汚らわしい」といってパーティーに入れることはできなかったが今はソロだ。関係ない。俺はライムとパーティーを組んでダンジョンを進むことにした。


そしてライムを肩にのせて俺はダンジョンを進む。いつものように、洞窟《どうくつ》に巣くっている蝙蝠《こうもり》に魔物がいないか聞いたり、魔物の強襲を警戒しながら進む。こういう索敵はパーティーにいたころから担当していたので馴れている。

『いやあ、高い視点っていいよねぇ。ほら、あんなところにスライムがいるよ。フハハハ、下民共がって感じがするね』

「お前、仮にも同族なんだろ……なんでそんなひどいことが言えるの?」

『僕は群れを抜けたスライムだからね、群れる事しかできない彼らとは違うのさ』

「それはぼっちのやつがよく言う言い訳じゃん」

ライムに突っ込みをいれてから、俺も今はソロなんだよなぁって事に気づいて、ちょっとテンションが下がる。いや、今はライムとパーティーを組んでるしな。俺がへこんだことを察したのかライムが触手を伸ばして俺の頬《ほほ》に触れる。それはひんやりとしていて気持ちよくて、まるで慰めてくれているかのようだった。

『大丈夫、今のシオンには僕がついているよ』

「……ありがとう。お前は良いスライムだな」

『うん、最初に会った時も言ったでしょ、僕は悪いスライムじゃないよってさ』

「そうだな、口が悪いけどな」

『大丈夫！　君は口も目つきも悪いよ』

「俺の良いところはないのかよ！　あと、目つきは気にしてるからやめて！」

ライムと軽口をたたきながら進んで、しばらくすると蝙蝠から合図がきた。前に何かがいるようだ。

「ライム気を付けろ、なんかいるぞ」

『わかった。美少女が魔物に襲われているところを、さっそうと助けたりとかしたいよね』

「ああ、いいなぁ……まるで英雄譚じゃん。それで、美少女の命を助けた俺たちは感謝されて恋に落ちるんだよな」

『そうそう、それで実はお姫様だったりするんだよね、『あなたがスライムでも構いません、私と婚約してください』って言われたらどうしよう。身分違いの恋っていいよね』

「おまえと美少女のフラグが立つのかよ!!　てか種族も違うじゃん!!　俺だって恋に落ちたいんだが……まあ、絶対ありえないから安心しろ。そんなのは物語の中の話だけだ。てか、こんなところに美少女がいたら逆に怖いわ。ダンジョンだぞ。絶対魔物か冒険者だろ」

俺たちが身を隠していると、通路の奥から三匹のゴブリンがやってきた。やつらは俺達に気づいていないのか、やる気なさそうに歩いている。先手必勝だな。ちなみにゴブリンはDランクである。スライムと同ランクだ。

『よかったね、ゴブリンのうちの一匹は雌《めす》だよ。恋に落ちてみれば？』

「できれば初めての彼女は人間がいいなぁ!!　あいつらを狩るが、いいよな」

『大丈夫、違和感があるのは最初だけだよ。おんなじ二足歩行じゃん。もちろん、あいつらゴブリンって、僕をみかけると襲ってくるから嫌いなんだよね』

ライムの言う通り、魔物同士でも戦闘はあるのだ。人が勝手に魔物と一括《ひとくく》りにしているだけで、仲間でも何でもないのだろう。というか同じ種族同士以外で行動をしているのはなかなか見ないもんな。

俺はゴブリンのうちの一匹に意識を集中して魔術を放つ。

「風よ!!」

俺の手から風の刃が現れ一匹のゴブリンを切り裂く。腐ってもBランクで戦っていたのだ、こんな雑魚《ざこ》にやられる俺ではない。そして突然の不意打ちに驚いているゴブリンを剣で一閃《いっせん》。ゴブリンは喉《のど》から血をまき散らして息絶えた。もう一匹はというと、ライムが体を触手のように伸ばして、ゴブリンの首をしめていた。結構えぐい攻撃方法だな。夢に見そうである。

『フフ、やるね、シオン。腕をあげたじゃないか』

「お前もな、って……お前と一緒に戦うのは、今日が初めてだよな!!」

俺達はお互いの健闘を称えあう。そしてゴブリンの耳を短剣で切り裂いて持って帰る、これをギルドに持っていくと換金してもらえるのだ。

『それよりさ……シオン……』

「ああ、わかっているよ。さっきお願いしたことをたのむ」

さっきまでの軽い雰囲気から一転、真剣に警告をしてくるライムに俺はうなずく。ああ、わかっているさ。蝙蝠も教えてくれたしな。それに赤毛の少女のおかげで、この可能性に気づけた。

そうして、俺たちはわざわざ、ダンジョンの広くなったスペースがある所へ向かった。そしてちょうど真ん中まで進んだところで、背後から飛んできた矢が俺の足元に刺さった。

俺は立ち止まり、ライムは俺の肩から降りると、そのまま奥の通路へと這《は》っていった。ようやくか。俺が振り向くと、何人かの冒険者がにやにやといやらしい笑みを浮かべて立っていた。馬車で一緒だった四人組の他にもう四人、その中には酒場で俺に絡《から》んできた奴らもいる。でも、おかしいな？　蝙蝠からの情報では、もう一人いたはずなんだが……。

「これはなんのつもりだ？　俺はあんたらに恨まれるようなことをした覚えはないんだが？」

「はっ！　お前のところのリーダーには散々バカにされたからな。その仕返しってわけだ。元パーティーとはいえ、お前が捕まっているといえば、イアソンも少しくらいなら金も払うだろうさ。それにあいつの悔しがる顔も見たいしな」

まったく、イアソンのせいか……追放されたというのに、また名前を聞くことになるとは……よく見れば集まっているのは、ベテランだがCランクどまりの連中ばかりである。あいつはよく低ランクで満足していたベテラン連中を、馬鹿にしていたからな。イアソンは口が悪い。あれはあいつなりの鼓舞《こぶ》なのだが、それをわかる人間は俺を含めたパーティーの連中くらいだろう。

それにしても、イアソンに馬鹿にされたはらいせにイアソンではなく、ソロでいたぶりやすい俺を狙うっていうのはどうかと思うよな……相手の数は八人。二パーティーが協力していると考えるのが正しいだろう。さすがに真正面から戦っては面倒だ。

そう……だから俺は真正面からは戦わない。彼らには俺よりもっとふさわしい相手がいるのだから。俺は、にやりとライムが進んでいった道を見て笑みを浮かべた。

「イアソンのやつが、俺のために金を払うとは限らないぞ。それに、ダンジョンでの冒険者同士の争いは禁止されているはずだ。ギルドにばれたらお前らの冒険者としての人生は終わりだぞ。わかっているのか？　今なら、勘違いだったということでなかったことにできるがどうする？」

「はっ、何言ってんだ!!　残念ながら、お前はここで俺たちにボコボコにされるんだ。ギルドに報告する気もおきないくらいにな!!」

「ああ、本当に残念だよ」

俺はダン!!　と思いっきり足で地面を踏《ふ》みつける。しかし何もおこらない。怪訝《けげん》な顔をしていた冒険者たちは不審な行動をした俺をみて嗤《わら》う。

「何をするかと思えばなんにもおきないじゃねえか、ギフト持ちとはいえしょせんは『翻訳者』だな」

「ああ、俺は『翻訳者』だからな、俺自身はたいして強くないんだよ、でもな……『翻訳者』は『翻訳者』の戦い方があるんだ。だからお前の相手は俺じゃない強い奴らがしてくれるさ」

「わけのわからないことを!!　やるぞ」

その言葉と共に冒険者たちが武器を構える。俺は一応武器を構えるが、もちろん戦う気はない。俺の背後……ライムが這っていった方向から何かがやってくる足音が響いてきた。時間稼ぎは終わりだ。

『シオンお待たせ!!　ヒーローの登場だよ!!』

「ヒーローと言うよりも、ヴィランだけどな……大変だ、オークの集団だぁぁ!!」

俺の背後から、ライムの声がきこえたので振り返って叫ぶ。すると、まずライムから少し遅れて何体もの人影が見えた。そしてそいつらは俺達をみて舌なめずりをした。

『人間だーー!!　殺せ!!　リーダーが喜ぶぞ』

『ちっ、男ばかりかよ。あいつらまずいんだよなぁ』

その正体はオークである。やつらは武器をかまえながら大きな足音をならしてやってきた。蝙蝠にオークの集団がいることを教えてもらった俺は、ライムに頼んでここに引き連れてもらったのだ。数は十五匹程度。冒険者たちがちゃんと戦えば苦戦はするが、何とか勝てる数だ。オークと冒険者たちが戦っている間に、俺は逃げさせてもらおう。英雄のように正々堂々戦いたがるイアソンと、パーティーを組んでいた時には使えなかった戦い方だが、成功したようでよかった。

「おい、シオン。オークの集団だ、ここは一旦手を組もう」

「ああ、さすがに死にたくはないからな」

ははは、都合のいいことを言ってやがる。ボコろうと思ったやつに共闘を申し出るかよ。俺はとりあえず話を合わせる。協力するのに気が進まないが、死人が出ては後味が悪いな。適当にサポートしてから逃げるとしよう。　応背後には気を付けながら俺は戦闘モードに入る。

「おい、おっさんそっちのオークが弓でお前を狙っているから気をつけろ!!　このメンバーのリーダーはそこの後ろにいるやつだ。おそらく手ごわいから遠距離から攻めろ!!」

「あ、ああ……」

俺の指示に冒険者たちは従う。ああ、懐かしいな。最初の頃は俺とイアソンたちもこんな感じだったのだ。俺が翻訳スキルで魔物の会話を盗み聞いて、それに合わせて行動をする。それもみんなが強力なスキルを得るに至って機会がなくなってしまった。基本的には魔物なんて、メディアの魔術で一発だったからな。

そろそろ潮時か……冒険者が優勢になってきたので、俺が逃げ出そうとすると、洞窟内にいる蝙蝠から危険という合図が響き渡る。常人には聞こえない超音波も俺の翻訳スキルが危険信号を知らせてくれる。だが一体何が来るというのだ？

「ライム、なにかやばいやつがくるらしいがわかるか？」

『もしかしたら……』

『ふはははははは、戦いの匂いする!!　俺も混ぜろぉぉぉ!!』

『げぇ……あいつかよ……』

オークたちがやってきた通路から新しく一匹のオークがやってきた。そのオークは普通のオークより体は小さいが、全体的に真っ黒で……何よりも、眼光が不気味なくらいするどかった。

そしてそのオークは俺達を獲物をみる目ではなく、闘争心と興味にあふれた目で、俺と他の冒険者を愉快そうにみつめる。その目は、まるで好敵手を探しているかのような目だ。

周りのオークたちがざわざわしているのも気になる。仲間が増えたというのにあまり嬉しくないのだ。むしろ迷惑がっているようなそんな感じである。

『この中で一番強い奴は誰だ!!　俺と勝負をしろ!!』

黒いオークが吠《ほ》えると周りのオークたちは、ざわぁっと騒いで即座に距離をとった。いや、かっこいいこと言ってるんだけど、俺達人間にはお前の言葉は通じないんだよ……。

それでも好機と見たのか、一人の冒険者が切りかかるが、その剣はオークに受け流され、返した刃によって胴を切り裂かれて血を噴き出して、倒れた。あれは助からないだろう。さっきの冒険者はCランク。普通のオークにあんなあっさりと倒されるようなことはないはずなのだが……なんだあいつは？　というかあのオーク強い……魔物にもギフト持ちがいると聞く。もしかしたらあいつがそうなのか。

俺が困惑しているとオークと目があってしまう。そしてオークは俺をみてにやりと笑うとこちらに向かって駆け出してきた。

『動きでわかった。この中で一番強いのはお前だなぁぁ!!』

「ライム!!」

『わかっているよ!!』

俺に斬りかかろうした瞬間に放たれたライムの触手によってオークの攻撃が一瞬遅れ、そのおかげで俺はかろうじで、斬撃を受け止めることに成功した。だがこいつ……下手したらイアソンより強い!? 俺は痺《しび》れた手をみながら驚愕《きょうがく》する。

「なんて力と速さだよ、こいつは!!」

『俺の攻撃を受け止めた!? やるな、お前!! それにスライムを従えているのか!! 面白いぞ貴様』

「左に逃げて!!」

『右に逃げて!!』

舌なめずりをするオークを前に俺が死を覚悟していると、背後から声が聞こえた。馬車の時と同じ二重の声だ。

俺はとっさにかけられた声に従い右方向に転がるようにして逃げる。なぜだろう、信用してもいいと思ったんだ。俺が一瞬前までいた場所にオークの斬撃が通過していった。あの場所にいたり、左に逃げていたら俺は死んでいただろう。だがそれは一時しのぎにすぎない。体勢を立て直す余裕もなく俺はオークの次なる一撃に……襲われることはなかった。ガキィンという金属と金属の当たる音が洞窟に響き渡る。

驚いた俺の目の前に広がる光景は、炎よりも真っ赤な髪の毛がきれいに舞っていて、赤い髪の持ち主である少女がオークの攻撃を受け止めている姿だった。それはまるで英雄譚にでてくる英雄をみているかのような光景だった。

「やっぱりあなたには私の予言が正しく聞こえているのね……、大丈夫かしら。私の救世主《メシア》」

「ありがとう……って、救世主？」

彼女は俺が無事だと知ると本当に嬉しそうに微笑んだ。俺を助けてくれた少女は、一緒に馬車に乗っていた少女である。その顔は馬車であった時とは全然違う表情をしており、その顔は本当に嬉しそうで……命を助けてもらったのは俺の方だというのに、まるで俺に人生を救ってもらった。そんな不思議な表情だった。

俺は目の前の光景に見惚《みと》れていた。オークと少女の剣戟《けんげき》の応酬が繰り広げられる。両方とも圧倒的な強さだった。力強いオークの剣戟を少女がひたすら受け流し、隙を見つけては少女が反撃を試みる。その姿はとても可憐《かれん》で、まるで絵画をみているかのようだった。

『シオン、大丈夫？』

「ああ、大丈夫だ」

ライムの言葉で正気に戻った俺は、あたりを見回す。周りのオークや、冒険者たちは目の前のオークから逃げたのだろうか？　周りには俺たち以外はいつの間にか誰もいなかった。冒険者達とは一瞬共闘もしたというのに……薄情な奴らだとは思うがあいつらは元々俺を拉致《らち》するために来たのだから仕方がない。それにほかのオークたちを引き連れて行ってくれたのは助かる。

『はは、人間の雌のくせにやるじゃないか!! 名前は何て言うんだ?』

「へぇー、このオーク中々やるわね!!」

赤髪の少女とオークは激闘を繰り広げている。目の前の少女を助けようにも、うかつなことをすると邪魔になるだけだろう。てかさ、オークのやつさっきから俺たちに話しかけているけど言葉通じないってわかっていないのかな? いや、俺はギフトのおかげでわかるんだが……あいつ強いけど馬鹿なのかもしれない。

「でもこれで終わりよ。食らいなさい、炎剣《フランベルジュ》!!」

赤毛の少女の剣から炎が生じオークの剣とぶつかり合うと同時に爆発が起きる。煙から出るのは無傷の少女と体の一部を火傷《やけど》したオークだ。だが負傷したオークに戦意の衰《おとろ》えは見えず、それをみた少女も楽しそうに笑う。なんだこれ……強者同士は通じ合うみたいになってるんだが……。

少女のスキルを警戒してかオークも先ほどの様にはうかつに切りかかってこない。お互いの動きをみて、一歩踏み込めば切りかかれる状態をキープしている。少女が一瞬こちらを心配そうにみた瞬間であった。オークがこれまでにない速さで少女に接近して切りかかる。おそらくスキルによる必殺の一撃であったのだろう。

『強撃《きょうげき》!!』

「危ない!!」

俺は少女のピンチに思わず声を上げる。その時信じられないことがおきた。少女はまるで、オークが切りかかってくる場所がわかっていたかのように、身を退いて逆にオークの右手首を切り落と

した。

　オークの手首が血をまき散らしながら宙に飛んだ。少女が追撃をしようとすると、それをオークは左手だけで、器用に剣を操って受け流す。そしてオークは激痛に顔をゆがませながらも楽しそうに笑った。

『はは、やるな!!　人の雌よ!!　これをよけたのはお前が初めてだよ』

「これで仕留めるはずだったのにやるわね!!　魔物にしておくのが惜しいわね」

　こいつまだやる気なのか？　片手を失ったオークは劣勢になるかと思いきや、なぜか先ほどよりも、機敏《きびん》に、しかも力強く剣を振るう。少女もこれは予想外だったのか、顔に困惑の表情が現れる。

　おそらく、これがオークのギフトかスキルなのだろう。ダメージを受ければ受けるほど強くなるとかそんな感じなのだろうか？　幸いにも自然治癒の能力はないようだ。

　攻守は逆転して、少女はオークの攻撃を受け流すだけで一方的に攻められている。だが、オークの方も腕から血を流したままである。彼女が受け流しきれなくなるか、オークが失血で戦えなくなるか、どちらかだろう。

　歪《いびつ》な均衡《きんこう》はいきなり破られた。少女の背後の岩に潜んでいたオークによって、矢が放たれ、少女の右肩を掠《かす》めたのだ。少女もとっさに回避をしたので致命傷ではなかったが、それは致命的な隙だった。そしてオークの攻撃が少女を襲うかに見えた。しかし、そこで予想外のことがおきた。

『邪魔をするな!!』

　オークはそれを見ると怒りに顔を歪《ゆが》め、剣をまるで槍《やり》投げのように放り投げたのだ。その剣は少女でもなく、俺でもなく、不意打ちをして弓を射たオークの喉を貫いた。

彼の目に宿る感情は純粋な怒りだった。それは神聖な戦を邪魔されたことによる怒り。俺は黒いオークに戦士の魂のようなものを感じたのだ。それは彼女も同様らしい。

「ありがとう、武器を取ってきなさいな。仕切り直しをしましょう」

『うちの馬鹿がすまなかったな』

そういって彼女はジェスチャーで、オークの投げた武器を指さす。割り込むならば今しかないな。あのオークは強いし、彼女は怪我をしてしまった。状況はより不利になったのだ。ここは俺の出番だろう。

「赤髪の人!! ちょっと待ってくれないか？ 俺がこいつと交渉《こうしょう》をする」

「はっ？ 交渉？ 何を言って……」

「オークよ、お前もこのままでは死ぬぞ、話を聞いてくれ」

『そんなことは知っている、だから、最期の戦いを楽しむんだ、邪魔をするな!!』

俺の言葉に彼女とオークは一瞬困惑したが、そのまま、オークは武器を回収して剣を構える。無視された。

まあ、そりゃあそうだよな、俺は剣を床に置いて彼女とオークに近づいた。正直俺が剣を持っていても、役に立ちそうにないし、戦意はないというパフォーマンスだ。俺の行動をみて、オークは怪訝な顔をして動きを止める。

「なあ、あんた。お互い限界みたいだし、ここで一回仕切り直しといかないか？ さっき邪魔も入ったしな」

『はっ？　何をいってやがる。戦いはここからだろうが!!　それに、俺は片手を失ったんだ。やがて死ぬ。最期の強敵との戦いを楽しませてくれ!!』

「なら怪我を治せばいいんだな？　おとなしくしていろ。俺は傷を治すことができるんだ」

俺は自分の切り傷を治して癒しの力があることを示す。そして無言のオークの落ちた手を拾って、無理やり腕に押し付けて回復魔法を唱える。オークは困惑をしているが変なことをしたらすぐ殺せるという油断もあるのだろう。黙って俺の行動をみている。

「傷よ治れ」

「ちょっと!!　なにをしてるのよ!!」

『お前何を……おお!!!?』

少女の制止の声と　オークの困惑の声が入り交じる。よかった、無事くっついたようだ。切断面がきれいだったのと、オークの再生力の強さがあったからこその成功だろう。

「傷は治した。彼女をこの場に再び連れてくると誓おう。だから仕切り直しにさせてくれないか？」

俺の法術によって治療された腕を、オークは信じられないという顔でみていたが、無事つながったことを確認すると、豪快に笑った。

『これでまた戦える……ああ、約束は守るぜ。今日はもうお前らを襲わない。というか、お前は俺の言葉がわかるんだな……その雌にいい勝負だったと伝えてくれ』

「ああ、わかった。伝えておこう」

『シュバインだ……俺の名前はシュバインだ。ありがとうよ』

「そうか、またな。シュバイン」

「一体なにがおきているの？」

そういうとシュバインはもと来た通路に歩いて行き、ダンジョンの奥へと帰っていった。その姿をみて少女は困惑しながら視線で俺に説明を促《うなが》した。

「ねえ、何がおきているのよ？　なんであいつの傷を癒したの？　何であいつはもう襲ってこないの？」

「あのままだったら君も俺も危なかったろう？　だから色々交渉したんだ……ちなみにシュバインっていうみたいだぞ。あいつ」

「は？　魔物と交渉した⁉　何者なの……あなた……」

「それより、助けてくれてありがとう、あのままだったら死んでいたよ」

シュバインが去ったのを見届けた俺は改めて彼女にお礼を言う。俺が一息つくと、少女が何やら緊張した面持ちで一言。

「まあいいわ。そんなことよりも、あなたに聞きたいことがあるんだけど、正直に答えてもらえないかしら？」

「ああ、なんだ？　俺にわかることならなんでも答えるよ」

真正面から俺をみる彼女からはなんとも言えない迫力があり、俺は断ることができなかった。

ダンジョンを出た俺たちは近くの平地で休息をする。俺がダンジョンでのお礼を兼ねてライムに薬草を与えると美味しそうに吸収している。少女の問いへの解答はダンジョン内ではいつ魔物に襲われるかわからなかったため、脱出を優先したのだ。

「なんか色々あったわね……それであなたに聞きたいことがあるのだけれど大丈夫かしら？」

「ああ、なんでも聞いてくれ。助けてもらったお礼もあるし、馬車でも助言をしてくれたしね……」

俺は困惑をしながら礼を言う。彼女とは馬車が初対面なはずだ。たまたま、ピンチを見かけたというならばともかく、わざわざ助けに来る理由がわからなかった。聞きたい事ってなんだろう。やはり俺のギフトについてだろうか？

そういえば魔物とばっかり話していたから、魔族《まぞく》と勘違いとかされていないよね？　ちなみに魔族とは強力な身体能力に、リスクはあるが、強力なギフトを持っている種族だ。動物と魔物、人族《ひとぞく》と魔族のように別の種族である。かつて、Sランクの冒険者に魔王という魔族がいたのだ。その冒険者は魔物を従える力をもっていたというが、俺のギフトは翻訳であり、魔王のギフトよりはるかに弱い。だが、似ているので、勘違いされたら面倒である。だって俺あんまり強くないし、そもそも魔族でもないしな。

「そう……あなたにはちゃんと助言に聞こえたのね……」

だが、その心配は不要なようだった。彼女は俺の言葉を聞くと何やら目を輝かせながら俺を見つめてくる。それはまるで……ダンジョンではぐれた仲間に再会したような希望に満ちた目のように感じた。

「あの……あなたに聞きたいのだけど、あなたに私の声はどう聞こえたの？」

「ん？　どういうことだ？」

俺は彼女の質問の意図が分からずに聞き返す。一体どうしたというのだろうか？　俺の顔をみて彼女は何かを感じ取ったのか、言葉を紡《つむ》ぐ。

「あの……私の予言が、あなたにはどう聞こえたのか知りたいの。馬車の時と、オークに襲われた時にあなたにはなんて聞こえたの？」

「予言？　ああ、やっぱり君は、そういうギフトを持っているのか。冒険者に襲われるっていう事と右に避けろって言ってた時だよね。ありがとう、おかげで俺はオークの攻撃をよけることができたよ」

「そう……私の言葉は、あなたにはちゃんと届いたのね……私は、ようやく、私の救世主にやっと出会えたのね……」

そういうと彼女は涙を流しながら俺に抱き着いた。え？　なにこれ。俺は突然の柔らかい感触と甘い香りに困惑する。え、この状況はなんなの？

もしかしたら実は俺はオークの攻撃で致命傷をおって夢でもみているのだろうか？　てかこういう時どうすればいいんだ？　俺はとりあえず彼女のなすがままにされる。彼女はしばらく俺の胸元で泣いていたが、正気に戻ったのか、顔を真っ赤にして俺から離れた。

「ごめんなさい、私ったら……その……色々あって混乱しちゃって……」

「ああ、冒険者やってると色々あるよな、そろそろ馬車来るし、街に戻ろう」

色々って何があるんですかね、まあ、よくわからないけど色々あったんだろう、そこらへんの話も後でしてもらえるだろう。俺は動揺しながら答えた。

てか女の子ってなんでこんないいにおいがするの？　いや、オークの血の臭いもしたけどさ。あとなんか柔らかいよね。スライムのほうがやわらかいけど、なんか違う。こっちのほうが気持ちいいし、嬉しい。俺がくだらないことを考えていると彼女はちょっと顔を赤くしたまま言った。ライムは空気を読んだのかいつの間にか姿を消していた。

「カサンドラよ、私の名前はカサンドラ……あなたの名前は何て言うの？」

「シオンだ、改めてお礼を言うよ、カサンドラ。いい名前だな」

「どういたしまして……その、あなたはソロで活動しているの？」

「ああ……まあな」

まあ、ソロの冒険者は少ないからな……俺は追放された時の古傷が、痛むのを感じながらも答える。すると彼女は緊張したような顔で言った。

「あの……私もソロなんだけど、もしも、あなたがいやじゃなかったら、私とパーティーを組んでくれないかしら？」

「え？　俺と君がか？」

この子はおそらくイアソンよりも強いだろう。なのになぜ俺なんかとパーティーを組むのだろう。

ソロの人間は、たいていがソロでいる理由があるものだ。例えばギフトが団体行動に向いていなかったり、性格的にソロの方が楽だとか……もしかして新手の美人局《つつもたせ》だろうか？　疑惑の目で見るが先ほどの彼女の何かに救われたかのような目を見る限り、とてもじゃないがこちらを騙《だま》そうという風にはみえなかった。

私ことカサンドラはBランクのソロ冒険者だ。自分で言うのもあれだが実力はかなりのものだという自負がある。ソロでBランクとして認められているというのがその証拠だろう。

とはいっても私は別に好きでソロなわけではないし、元々は臨時とはいえパーティーも組んでいた。しかし、色々あってもうパーティーを組むのをあきらめたのだった。なぜなら、私は冒険者としてパーティーを組むのに欠点が二つあるからだ。一つは私のギフトである。自分の冒険者カードをみてため息をつく。

Bランク
カサンドラ
ギフト『魔性《ましょう》の予言者』
近い未来をみたり、予言を授かったりできるものの、それを他人に伝えることはできない。
保有スキル
上級剣技　　剣を持った時にステータスアップ、武器の性能を極限まで出すことができる。

魔性の混血　魔族の血により、身体能力が人よりはるかに高く、魔術への耐性が高い。
火耐性ＥＸ　いかなる火属性の攻撃も受けない。
炎剣《フランベルジュ》　詠唱をしなくても火系の魔術が使用可能。また熟練度によって剣だけでなく、自分の体の部位どこにでも火の魔術を宿すことができる。

私の血筋が原因なのか、私のギフトにはパーティーを組むのに致命的なまでのハンデがあった。私はまるで神託《しんたく》のように未来が唐突に見えたり、意識することによって、少し先の未来が見えるのだ。前者は制御はできないが、後者は戦闘に使ったりできるのでかなり重宝《ちょうほう》する。先ほどのオークの攻撃を避けたのもこのギノトを使ったことによって、攻撃の来るタイミングと場所を知っていたから反撃ができたのだ。

問題は前者の方の遠い未来を視る事ができるほうだった。なぜか、私の予言は他人には間違って通じるのだった。言葉だけではない。文字にしてもそれは一緒だった。紙に書いても自分の意志とは違う文字を書いてしまうのだ。そのせいで救いたくとも救えない命もあった。すべてを知っていたのに誰にも言えず自分の無力さを悔いたこともあった。

ある日、私はパーティーが魔物の奇襲によって壊滅する未来を観た。私は彼らがダンジョンに行くのを必死に止めようとしたが、私の言葉はパーティーに間違って伝わり、結局ダンジョンに行くのをとめることはできず、結果的にパーティーは壊滅状態となった。それから私はパーティーを組むことをやめた。

誰とも組まず、誰ともなれ合わない人生が続いた。予言で救える命もあった。でもその何倍も救えなかった命があった。私は自分のギフトを呪うのにも疲れて、やがてあきらめた。未来を知っていても救えないのはつらかったからあきらめた。未来をみても誰かに伝えようとするのをあきらめた。そのおかげで楽になれた気がしたのだ。

そしてある日、私は当時拠点としていた村が、魔物によって滅ぼされる未来を観た。私は村に危機を伝えようとしたが、私の言葉を村人たちにちゃんと伝えることができず、結局全員を救うことができなかった。

再び絶望感に苛《さいな》まれていた私だったが、予言を視た。その予言は、このダンジョンを出た時に私が満面の笑みを浮かべて、誰かと話しているところだった。ギフトを授かって以来、ろくに笑ったことがなかった私が笑っていたのだ。どんな未来があるかはわからなかったけれど、すぐに移動を開始した。

そして馬車で私は救世主にあったのだ。彼を見た時、私は彼が冒険者たちに襲われるのが視えた。普段なら声をかけるかどうか迷うところだが、実は彼とは一度会ったことがある。彼は馬車で仲間と楽しく話していて、その時に目が合って彼は私の髪をみて「綺麗だね」といってくれたのだ。もう何年も前の話だけれど、そういってもらえたことがすごい嬉しかったので私は今でも覚えている。

だからとっさに声をかけてしまったのだが、直後に後悔したものだ。だって私の予言は通じないのだから、誰にも通じるはずがないのだから……。

だけど、彼の返答に違和感を感じた。彼はこういった。『肝に銘じておきます』といったのだ。これは彼には私の言葉が正しく伝わったのではないか？　でも怖くて確認をすることはできなかった。だって希望にすがって裏切られたもう立ち直れない気がしたから……。

それでも心配になって私は彼の跡をつけることにした。彼は不思議な人だった。肩にスライムをのせて、楽しそうに話しているのだ。まるで魔物の声が聞こえるかのように……。

そして、私は彼をつけている冒険者たちにも気づいた。ああ、こいつらが予言の冒険者か……でも、私は彼とこの冒険者たちの関係を知らない。もしかしたら彼の方が悪党かもしれないのだ。だからおとなしくつけることにした。そして彼らの会話を聞いて、彼が正しいことを確信した私は、彼を助けようとする。

そこからは奇跡のような出来事の連続だった。まるで彼のピンチを助けるかのようにオークの集団が現れて、彼はその状況を利用し、自力でピンチを抜け出すことができそうだった。そのあと強力なオークが来た時も、彼はそのオークと交渉をして無事ダンジョンから出る事ができた。私のギフトは未来を視ることができるが、精神的な疲労が激しいため、多用はできないし、あのまま戦っていたら良くて相打ちだったかもしれない。でも……そんなことはいいのだ。そんなことよりも、私が欲しかった奇跡に会えたのだから……。

私がオークの攻撃を避けてといったときに彼は確かに私の言葉通りに避けた。それはつまり私の言葉が彼を救ったというわけで……ようやく、私は私のギフトの予言で、私以外の誰かを救うことができたのだ。ようやく救えたのだ。そのことを知ると私の目からは涙があふれてしまった。そうして、私は理解する。私はあきらめてなんていなかったのだ。私は誰かを救いたかったのだ。私は私のギフトで救える人を救いたかったのだと。

だから私は彼に提案をする。私は私の救世主と一緒にいるための提案をする。

「私とパーティーを組んでくれないかしら」

勢いあまって提案してしまったが、困惑している彼を見て私は後悔する、私がパーティーを組めないもう一つの理由も説明しないといけないのだから。私は血のように醜い赤い髪をさわりながらため息をつくのだった。醜いといわれても染めないのにも理由はあった。これは母がお父さんを思い出すといって、私の髪をみるたびに幸せそうな顔でなでてくれていたからだ。でも……もしも、彼が染めろというならば染めるしかないだろう……ごめんね、お母さん。私は何としてでも彼とパーティーを組みたいのだ。


「なるほど……オークのリーダーの交代による活性化と、ギフト持ちのオークの存在ですか……ありがとうございます。報告書をまとめておきますね。シオンさんの報告でいつも私たちは、助かっているんですよ。近いうちにオークたちと決戦があるかもしれません。その時は依頼を受けてくださると嬉しいです」

ギルドに戻った俺は、アンジェリーナさんに今回の依頼の報告をしていた。今回は色々とあったものだ。オークの世代交代に、ギフト持ち、そして冒険者による襲撃、カサンドラとの出会い。そういえば、あいつらはどうなったのだろう？

「そういえば、朝、俺に絡んできた冒険者たちって帰ってきてませんか？」

「ええ、あの人たちも、オークを狩るっていってましたが帰ってきてませんね……まあ、ベテランなんで無茶はしないと思いますが……もしかして何かありました？　私たちは……私はあなたの味方ですよ」

「いやあ、まあダンジョンですれ違ったもので……」

俺の言葉にアンジェリーナさんは、何かを察したかのように、聞いてきた。ここでカサンドラを証人に、やつらの悪事を言ってもいいが、それで逆恨《さかうら》みをされるのも面倒である。だったら貸しにしておいた方がいいだろう。俺があいまいに笑みを浮かべていると、彼女はあきれたという風にため息をついた。

「まあ、シオンさんがいいならいいんですが……それよりも、一緒に帰ってきた女性は何ですか？　まさかダンジョンでナンパでもしていたんですか？　ダンジョンに出会いを求めるのは間違いですよ」

「いや……違いますよ。命を助けてもらったんです。そうだ、彼女について……カサンドラという冒険者について何か知ってますか？」

なぜか半眼《はんがん》で俺を睨むアンジェリーナさんに俺は気圧されてしまう。俺なんか怒らせるようなことをしちゃったかな？　俺の言葉に何やらファイルを取り出してめくる。

冒険者の情報はある程度ギルドに登録されている。パーティーを組むっていう事は命を預けるっていうことで、パーティーを組もうという話をした人間の情報を、ある程度得ることは冒険者の基本である。もちろん犯罪をすれば、犯罪歴も書いてるのでうかつなことはできないし、パーティーも組みにくくなる。そういった経歴に傷がある人間はソロでいることが多い。だからソロの冒険者は特に警戒されるのだ。まあ、俺も今はソロなんだけど……。

「あの人は少し有名な冒険者さんです。『災厄のカサンドラ』Bランクのソロ冒険者。血のような赤い髪に、刀と呼ばれる東洋の武器を扱う冒険者です。どんなピンチも、一人だけで必ず帰ってくるそうです。パーティーでダンジョンに潜っても、一人で戻ってくるそうです。腕は確かですが、パーティーを組むのはあまりお勧めできないかもしれないです。あくまで噂だけなので実際にどんな感じかはわかりませんが……魔物のいないところに足跡は残らないといいますしね」

「そうなんですか……ありがとうございます、アンジェリーナさん」

やっぱり訳ありか、俺は彼女の方を見る。席でエールを飲みながら俺を待っている姿をみているとただの美しい少女にしかみえないのだが……まあ、そもそも冒険者だったり、ソロで活動をしている時点で何かを背負っているのだろう。でもさ、彼女は俺を助けてくれたのだ。そして俺の言葉を聞いて泣いていた時の顔を見る限り悪い人間には思えないのだ。だから俺は自分で話してから、彼女が信頼に足る人間かを見極めようかと思う。それで騙されたら俺の見る目がなかったというだけだ。

「話は変わりますがシオンさん……食事はいつ行きましょうか？　最近ギルドの仕事も落ち着いてきたんで休みも取りやすいんですよね」

「え、本当に俺でいいんですか？　二人でってことですよね？」

「ええ、シオンさんにはいつも丁寧な報告書とかで助けてもらってますからね。ソロでも安定して冒険できそうですし、新しい門出を祝いましょう」

「では近いうちに連絡をしますね」

よっしゃぁぁぁぁぁぁ!! 俺にも春がきたのか？ 二人でご飯に行ってくれる女の子なんて、アスくらいしかいなかったし、それも幼馴染だからってだけだしな。『アルゴーノーツ』にいた時は女の子とのお誘いもあったが、イアソン目当てばかりだったのだ。いやいや、誰にでも優しいアンジェリーナさんのことだ。これも仕事の一環と考えているのだろう。にやけそうになった顔を俺は引き締める。


「すまない、待たせたかな」

「別に構わないわ、それに新しい街のギルドを見るのは嫌いじゃないわ。この街のギルドのレベルもわかるしね……ってやたらにやにやしているけど何かいいことでもあったの？」

「いや、ニヤニヤなんてしてないって。俺はクールで有名なシオンだからね。ちなみにここの料理のお勧めは香草のポークソテーが美味いよ」

「へえ、じゃあいただこうかしら。楽しみね」

「カサンドラの方こそやけに上機嫌だね。そんなにポークソテー好きなの？」

「その……人とご飯を食べるのが久しぶりだったからついテンションがあがってしまって……変かしら？」

「よし、今日は俺がおごるからなんでも好きなもの食べていいよ!!」

カサンドラは恥ずかしそうに顔を真っ赤にして、上目遣いで言った。かわいいぃぃぃ。そして俺は地雷を踏んでしまったようだ。俺は話題を変えるのもかねてエールといくつかのお勧め料理を注文する。

「それじゃあ、パーティーを組むかどうかの話し合いをしようか。そうだな……まずは、お互いのギルドカードを見せ合おう」

「ええ……そうね……それが一番よね。私も説明の手間が省けるし」

そういうと彼女はちょっと嫌そうな顔をしながらもギルドカードを差し出した。なにが書いてあるんだろうな？　正直俺の方が、弱すぎて、さっきの話はなしって言われそうでこわいんだが……。

Bランク
カサンドラ
ギフト『魔性の予言者』
近い未来をみたり、予言をさずかったりできるものの、************************
保有スキル
上級剣技　　剣を持った時にステータスアップ、武器の性能を極限まで出すことができる。
魔性の混血　　魔族の血により、身体能力が人よりはるかに高く、魔術への耐性が高い。

火耐性ＥＸ　いかなる火属性の攻撃も受けない。
炎剣《フランベルジュ》　詠唱をしなくても火系の魔術が使用可能。また熟練度によって剣だけでなく、自分の体の部位どこにでも火の魔術を宿すことができる。

なんだこれ、ギフトの説明が見えないうえに、スキルに混血？　っていうか俺の中級剣術とかと違ってユニークスキルばっかりなんだけど……俺は怪訝な顔をして、彼女を見る。すると彼女は申し訳なさそうにこういった。

「あなたに二つ説明しないといけないことがあるの……まず一つ目は、この赤い髪でわかると思うけど私は純粋な人間じゃないの……魔族との混血なのよ」

「は？　魔族？」

俺は信じられない言葉に思わず聞き返す。魔族ってあの魔族か？　確かに人間離れした炎の様に赤い髪は珍しいと思っていたが……。

魔族、それは魔物と同じように強力な力を持った存在である。彼らはかつて、この世界の支配権を神と争い敗けて堕《お》ちた神の血筋を引くものとも言われる。今では少数しかいないものの、そのあまりの強さから、存在は伝説のようなものになっている。実際に存在するのだが、ほとんど世捨て人のようになっているやつが多く、俺も実際にみたことはない。

「魔族との混血か……」

「ええ……そうよ」

俺は彼女の姿を再度見る。確かに人間離れした美貌に、炎のように赤い髪、そして、『予言者』という非戦闘用ギフトでありながらギフト持ちのオークと渡り合う身体能力。彼女の強さにもこれで納得である。強力な力や、人とは似て非なる存在は畏怖《いふ》の対象になるものだ。でも、日ごろから魔物や動物と会話している俺からしたらそんなものは気にならない。

正直言おう。無茶苦茶うらやましい。ギフトも未来予知という戦闘に応用しやすい能力に、前衛として理想的な身体的な能力。あと、むっちゃ美人である。こんな人とパーティーを組むことができたらきっと幸せだろう。

「そしてもう一つは私のギフトよ。私のギフトの能力は二つ、数秒後の未来を視る力と、神託のように遠い未来がみえるの」

「へぇー、すごい便利だな」

「ええ、そうね、私のギフトには弱点なんてないわ。だから私は今まで生き残ってこれたのよ」

『ええ、そうね、でも、それには一つだけ致命的な弱点があるのよ。私の神託は私以外の人間には間違って伝わってしまうのよ。例えば『津波が来る』と誰かに助言をしても、その人には『今日も平和だね』みたいにね……』

そういうと彼女は何かを辛い過去を思い出すかのように悔しそうな顔をした。その顔はクールな彼女には似つかわしくなかったけれど、なぜか俺の心に響いたのだ。それはまるでいくら努力をしてあいつらにおいてかれて悔しがっていた俺の様で……。

「だから俺には、さっきも、今も二重に声が聞こえたのか……そして、俺のギフトが君の言葉を正しく翻訳してくれていたんだな……」

「ええ、あなたなら……誰でもないあなたなら、私の予言を正しく聞くことができるの。そしてそれを他の人に伝えることができるのよ!! そうすれば今まで救えなかった命だって救えるようになるかもしれないのよ」

彼女は興奮したように言葉を紡ぐ。それにしても本当に質《たち》が悪いギフトである。彼女が本当に伝えたいことは何一つ伝わっていない。そして、彼女が俺をみる目はまるで救いの手を求める信者の様で……なにか切なかった。

「それで……さっきの話はどうかしら？ 正直、私のギフトは使い勝手が悪いし、この外見のせいで不当な評価も受けるかもしれないわ……でも、身体能力なら自信があるし、あなたとなら私は前へ進めると思うの、あなたとならパーティを組んでもうまくやっていけると思うの!! それにあなたが私と組んでくれるならなんでもするわ。クエストだってあなたが選んでいいし、報酬《ほうしゅう》の分け前だって九対一でもいいわ。私にとってあなたは救世主なのよ」

今この子なんでもっていったよね？ なんでもってやっぱりなんでもなのかな？ デートとかしてくれるかな？ ああ、でもデートって言ってダンジョンとか連れていかれそうだよな。いきなりの事に俺は現実逃避しかけるが、今はそんな場合ではないと思いなおす。彼女の真剣な想いに答えるべきだし、彼女の間違いを正さなければいけない。だって俺は救世主ではないし、そんなものにはなれないのだから……。

「パーティーを組むならば一つだけ条件をいいかな？」

「ええ、何でも言って。あなたが気持ち悪いっていうならその……この赤い髪を染めてもいいわ」

彼女は何やら意を決したように言った。でもさ、何を言ってるの？　せっかく綺麗なのに染めるなんて言うなよな。俺は思わず口を開いていた。

「何を言っているんだよ、俺はカサンドラの髪は炎みたいで綺麗で好きだよ。助けてもらった時だって綺麗に舞っていて思わず見惚れたんだ」

「え……好き？　今あなた……私の髪を好きって言ったの？」

俺の言葉に顔を真っ赤にするカサンドラ。え、まって、口説いてると思われた？　違うんだって、いや、確かにきれいな髪だとは思うけどさ。酔いも手伝って思わず本音を口走ってしまった。

「その……この髪が不気味じゃないの？　人ではありえない色なのよ……私が魔族との混血の証ですもの……」

「だから綺麗だって言ってるだろ。俺はスライムとパーティー組んだりしているような奴だよ。そもそも魔族との混血とか気にしないよ。ギフトのおかげで魔物にもいいやつはいるって知ってるんだ。大事なのは種族や見た目じゃなくて個人がどんなやつかだろ」

「でも……だったら余計私は駄目じゃない……あなただって聞いているんでしょう？　ギルドでの私の評判を……」

「災厄のカサンドラか……」

そういって彼女は顔を曇《くも》らせた。ああ、確かにさ、アンジェリーナさんも言っていたけど彼女のギルドでの評判はあまり良くない。

「でもさ、それはギフトのせいで勘違いをされていただけだろう？　俺は君がこれまでどんな人生を送ってきたかは知らない。でも俺は知っている、君が馬車でまた勘違いされるかもしれないのに助言をしてくれたということを!!　俺を救うためにオークと戦ってくれたことを!!　そして今も俺を騙そうとせずに素直に自分に不利になることを言ってくれたんだ。俺は君を信頼できると思うよ」

「シオン……」

「それにさ、やっぱりカサンドラはいいやつだよ。俺のギフトで予言がみんなにも伝えることができるってわかったときにさ、君は言ったんだ『今まで救えなかった命だって救えるようになるかもしれないのよ』ってさ、自分の誤解が解ける事よりも、誰かを救えることを喜んだ。俺にはまるで君が英雄譚の登場人物のようにみえたよ」

俺は先ほど彼女をうらやましいと思ったことを反省する。彼女の苦労を想像して反省する。彼女はそのギフトのせいで救えたかもしれない命も救えなかったのだろう。誰かに信頼されることも難しかったのだろう。そしてついたあだ名が「災厄のカサンドラ」でも、俺となら……俺となら組める、俺となら彼女は英雄になれる。ならば俺は彼女の力になってあげようと思う。外れギフトでもできることがあるのならば助けてあげたいし、俺を必要と言ってくれた彼女の力になりたいのだ。ああ、素直に言おう。俺は今彼女をかっこいいと思ってしまったのだ。憧れてしまったのだ。

「褒めすぎよ……バカ……私はそんないい人間じゃないわよ……でも、ありがとう。そういえば、さっき条件があるっていってたけどそれってなんなのかしら？　これだけおだてておいてやっぱり組めないとか言ったら本気で泣くわよ」

俺の言葉に彼女は涙で目を潤《うる》ませながら言った。その声には俺への信頼がある気がする。もちろん俺だって彼女とはもうパーティーを組むつもりだ。でも絶対譲れないことがある。俺がパーティーを組む条件はただ一つだ。

「君は俺を救世主といったけれど、残念ながら俺は君の救世主にはなれない。だってさ、パーティーを組むならば俺たちは対等の立場だろ。報酬だって半々でいいし、受けるクエストも一緒に相談して決めたい。それにどちらかが間違いを犯しそうだったらちゃんと注意をしていきたい。どちらかが一方的に信じるんではなくて共に信じあいたいんだ。だから俺はメシアにはなれない。けど相棒にならなりたい」

これは俺がずっと思っていたことだった。イアソンたちと組んでいた時がそうだった。最初は対等だった立場も、実力が離れていくうちにどんどん俺は意見を言えなくなっていった。たぶんそこから始まってしまったのだろう、俺たちの歪みは……。

だから思うのだ、今度パーティーを組む時はいつまでも対等でありたいと、これだけが俺の願いだった。

「それでいいの……？　そんなことでいいの？」

「それが大事なんだよ、カサンドラ。俺にとってはそれが何よりも大事なんだ。まあ、俺の方が弱いから、雑用とかは俺の方が多くやるけどさ」

「だったら私があなたを強くしてあげるわよ。魔術はわからないけど、剣なら教えられると思うし」

「いいのか？　俺は中々上達しないぞ」

「いいのよ、だって私たちは相棒なんでしょう？　そのかわり私の修行は厳しいわよ。絶対逃がさないからね」

そういって彼女は本当に嬉しそうに笑った。その笑顔は赤い綺麗な髪もあいまって本当に太陽みたいだなって思ったんだ。


「じゃあ、改めて……パーティーを組んでくれないか？」

「ええ、こちらこそお願いするわ」

「新しいパーティーに乾杯!!」

そうして俺たちはパーティーを組むことになった。二人で飲む酒は追放された時の酒よりも何倍もうまかった。そうして俺たちはお互いの自己紹介もかねてこれまでの冒険話で盛り上がるのだった。

「へぇー、お二人でパーティをですか……私の話なんてどうでもいいんですね……シオンさんの馬鹿……」

「あの……アンジェリーナさん？」

「いいんですいいんです、私とあなたは、ただの冒険者と、受付嬢ですからね。私の忠告なんてどうでもいいんですよねー」

「この受付嬢はなんであなたをスラム街に転がるゴミをみるような目でみているのかしら……」

翌日、冒険者ギルドで待ち合わせをした俺達は、さっそくパーティー結成を報告したのだが……アンジェリーナさんがむっちゃ不機嫌になってるぅぅ!!　いや、確かにカサンドラとは組むなとはアドバイスされたけどさ。でもあの噂はギフトのせいだったんだよ。俺がどう誤解を解こうかと考えていると彼女はいつもとは違い、事務的な感情のない口調で進める。

「ではカサンドラさんはソロでBランクですが、女たらし……じゃなかったシオンさんはソロではCランクなので、一応試験のようなクエストをうけてもらいます。クエスト内容はトロル退治です。お二人も経験済みだとは思いますがBランクの登竜門ですね。カサンドラさんは一人で戦うのではなく、シオンさんとの連携を意識してくださいね。無事依頼を達成すればBランクのパーティーとして認められますよ」

「ええ、ありがとう、パーティー結成の初のクエストね、シオンがんばるわよ!!」

「ああ、がんばろうね……」

待って、今、アンジェリーナさん、俺の事を女たらしって言わなかった？　扱いがひどくなってるぅぅぅ!!　初のパーティーとしてのクエストでテンションが高いカサンドラと反比例して、俺のテンションは無茶苦茶低くなっている。どうしてこうなった？　ちなみに本来ならばランクアップはもっと大変なのだが、俺の場合直前までBランクのパーティーに所属していたからこんな簡単なのだろう。

「その……興味本位なんですが……お二人はどういう経緯でパーティーを組むことになったんですか？　私がパーティーを組むのを勧めた時は断ったくせに……強引にナンパとかされませんでし

た？」

「いや、その……」

なんていう事を言うんだこの人!!　確かにアンジェリーナさんの紹介は断ったけどさ……あの時はソロでの自分の力を知りたかったたし、そういう気分じゃなかったんだよ、でも、俺の事を必要だっていってくれるカサンドラに惹《ひ》かれたのだ。そりゃあカサンドラは美人だし、髪の毛も綺麗だけどさ……別に彼女が好みのタイプだったから組んだわけではないのだ。俺がなんと説明をしようか悩んでいるとカサンドラが口を開く。

「そっか、シオンはしばらくソロで活動するつもりだったのね。ごめんなさい。私がなんでもするから組んでくださいって頼んだのよ。シオンに強引にお願いしただけだから、彼は何も悪くないわ」

「へぇー、なんでも……なんでもですか……ドクズですね……」

カサンドラの言葉にアンジェリーナさんが俺を睨みつける。ひぇ……アンジェリーナさんの目が無茶苦茶冷たいんだけど……すっげえ、勘違いをされた気がする。

「あら、シオンはクズなんかじゃないわよ、昨晩だって私の髪の毛を綺麗で好きって褒めてくれたのよ、すっごい嬉しかったわ。本当にクズならそんなことは言わないでしょう？」

「言い方ぁぁぁぁ!!　カサンドラちょっと黙っててくれない!?」

「へぇー、昨晩ですか……出会ったその日にずいぶんと仲良くなりましたね。シオンさんは女性と仲良くなるのがお得意なんですね。そういえばアスさんともいい感じでしたもんね？　あ、喋らないでくれますか。クズがうつるので」

確かにカサンドラの髪を綺麗って言ったけど、それはここの酒場での話である。確かに昨晩だけどさ、絶対あらぬ勘違いをされている気がするんだけど。

「いや、違うんですって!!　これには色々と流れが……それに、別に俺はカサンドラの髪が綺麗だから組んだわけじゃ……」

「私の髪が綺麗と言ってくれたのは嘘だったの？　そうよね……こんな色の髪変よね……せっかく気を使ってくれたのに……調子にのってごめんなさい」

俺の言葉に今度はカサンドラがすごい悲しそうな顔でつぶやいた。いや、違うよ、違うんだってば!!

「カサンドラの髪は炎みたいですっごい綺麗だよ。トリートメントとかがんばってるの？」

「あの、いちゃつくならよそでやってくれませんか？　私も忙しいんですよね」

「とりあえず、依頼は受けたんでもう行きますね、カサンドラ行こう」

あっちをたてればこっちが立たずである。誰か助けてくれぇぇぇぇぇぇ。俺は逃げ出すようにギルドを出ようとする。その背中に声がかけられる。

「シオンさん……無事に帰ってきてくださいね」

「ええ。もちろんです。約束は守りますよ」

俺はアンジェリーナさんに笑顔で返事をしてクエストへと向かった。

『トロルは今森の奥にいるよ!!　いつも食べ物をありがとう』

「こちらこそいつも助かってるよ、次に来るときも持ってくるよ」

「シオン何を話しているの？」

トロルのいる森へ入る前に、俺が鳥に餌《えさ》をやりながら会話をしていると、興味を持ったのかカサンドラが声をかけてきた。そういえば、俺が動物と会話をしているとアスもこうやって声をかけてきてくれてたな。

「ああ、こいつにトロルの場所を聞いておいたんだ。こいつらは空から森を見れるからね」

「へぇー、便利なギフトね。でも、そんな風にすぐに動物と仲良くなれるのうらやましいわね」

「いや、俺のギフトはあくまで話すだけだよ、だからいつもダンジョンや森に入る前に動物たちと仲良くなっているんだ。彼らの力を借りられると色々と便利だからね」

クエストがない休日も時々餌をやりに行っている。そういえば、ライムと仲良くなったのもダンジョンの下見にいったときである、結構出会いがあってうれしいし、動物や魔物からは色々と思いもよらない情報が手に入るので楽しい。

「へぇー、すごいわね……それで鳥は何て言ってたの？」

「ああ、トロルのだいたいの場所と数、あとは美味しいきのこの場所を教えてくれたよ。冒険者がよくとって帰るらしいから、換金できるかもね」

「え？　すごいわね。こういうフィールドでのクエストは索敵が一番大変なんだけど、あなたがいれば困らないじゃない。そういえばダンジョンでも蝙蝠やスライムといたけど……」

「ああ、蝙蝠には魔物のだいたいの場所と、ライムには洞窟の最近の変わったことを聞いていたなあ。戦闘じゃなきゃ便利なんだよな。このギフト」

「ええ……本当にパーティーに一人は欲しいわね……でも、なんでこんなに優秀なのに首になったのかしら？　パーティー内の女の子かたっぱしから手を出したとか？」

「そんなわけないだろ!!　それは俺が弱いからだよ……見ただろ、俺のスキルをさ……」

そう、俺のスキルはすべてが中級止まりである。ギフトが戦闘向きではなかったから、何か才能がないかさがして必死にいろんなことを学んだのだ。それでも結局上級のスキルを得る事はできなかったのだ。そもそもアスは幼馴染だし、メディアにいたってはイアソンにしか興味がない。

「あのね、あなたは二つ勘違いをしているようだから言っておくわ。ソロだった私が言うのもなんだけど、一つはパーティーには役割があるの、私のように剣を使うものは接近戦を、そして魔法使いは遠距離攻撃みたいにね。あなたは斥候《せっこう》としては優秀よ。あとね、あなたはすべてが中途半端と言っていたけれど、どれも中級まで ってのはすごいのよ、どの分野のサポートでもできるってことでしょう。今頃あなたを追放したパーティーは後悔してるんじゃないかしら？」

「そうかぁ？　全部中途半端って馬鹿にされてたけどな……」

結局その役割を果たせなかったからこそ追放されたのではないだろうか？　俺は疑問の声をあげるが、彼女の目は真剣だ。なんというかこう、信頼を寄せられると嬉しいような恥ずかしいような……そして胸のなかが温かくなった気する。しかし、ちょっと疑問に思ったことが出来たので聞いてみる。

「カサンドラってソロだったのに、結構詳しいんだね」

「その……いつかあなたのような人間に会えたらいいなって思って、色々勉強はしていたのよ」

「よっしゃ！　俺達で最高のパーティーを結成しよう!!」

ちょっと恥ずかしそうに言うカサンドラを見て俺は彼女を幸せにしようと誓った。俺は絶対追放とかしないからね。あとさ、一個勘違いがあるからそれは正しておかないといけない。

「あとさ、なんか勘違いしてるみたいだけど、俺は全然女の子にもてないんだけど……」

「はいはい、さっきのアンジェリーナさんっていう受付嬢とも仲良さそうだったじゃない」

「ああ、彼女は俺が新人の頃からお世話になっているんだよ。なんというか手間のかかる弟をみる目だと思うけど……」

「ふーん、そんな感じはしなかったけど……まあ、いいわ。せっかくだしあなたに使えそうな技を考えておいたから、トロルで試しましょう。いざとなったら私が助けてあげるから安心しなさい」

「ありがとう、カサンドラ」

「気にしないで、だって……私たちは相棒でしょう。困ったときは助けあうものよ、だから私のピンチも助けてね」

「ああ、任せてくれ」

自分で言っていて恥ずかしくなったのか、カサンドラは顔を少し赤らめて言った。それにしても俺に使えそうな技ってなんだろうか？　楽しみである。

俺たちは鳥の案内に従って、森を進む。トロルはCランクの冒険者の最後の壁ともいわれている。

オークをはるかに凌駕《りょうが》する怪力と、圧倒的な再生力は生半可な攻撃は意味をなさない。アルゴーノーツの時はメディアの圧倒的な魔力で瞬殺だったが、今回はそうはいかない。

敵の気配を感じた俺たちは足を止めて身をひそめる。そして鳥に情報を聞く。近くにいるのは三体だ。俺たちは強力な魔法は使えない。カサンドラが一体倒してる間に、なんとか時間を稼ぐ必要があるだろう。

「さて、どうするか、カサンドラはトロルを倒すのに何分かかる？」

「そうね……五秒かしら？」

「は？　トロルだよ、再生力がすごくて生半可な傷だとすぐ治るんだよ⁉」

俺は思わず聞き返す。彼女が持っているのは刀である。切れ味がすごいとはいえ限度があるだろう。トロルを倒すセオリーとしては前衛職が囮になって、後衛が強力な魔術を放つのだ。後衛がいない場合は、前衛職が再生の追いつかないくらい傷を与えるのだ。

「見てなさい、ギフトと同時使用はできないのが欠点だけれど、私にはもう一つの武器があるのよ。『炎剣《フランベルジュ》』開放」

彼女の言葉と共に剣が炎に包まれる。そして彼女は燃え盛る剣でトロルに切りかかる。スパンと腕を切ると同時にトロルの傷口が焼かれ、再生力が機能しなくなった。そして驚愕しているトロルの首をはねて一匹目が死んだ。ああ、そういえばオークとの時も使っていたな……。

てかさ、本当に五秒くらいなんだけど強すぎない？　俺いらなくない？　また追放されない？

驚愕している俺をよそに残りのトロルは彼女へ、もう一匹は俺の方へと向かってくる。

「そっちはまかせたわよ、シオン。あなたなら私と同じことができるわ。剣に魔術を纏《まと》わせるのよ」

そういって彼女はもう一匹のトロルと戦い始める、まじかよ……考えろ、どうするか考えろ。以前の俺はトロル相手に何もできなかった。時間を稼ぐだけで、俺はメディアの圧倒的な魔術で灰になっていくトロルを見ることしかできなかった。でもカサンドラは言った。俺ならできると。

「炎よ」

俺は見よう見まねで剣に炎をまとわせる。アルゴーノーツにいた時に土下座をしてメディアに魔術を習ったものだ。結局、俺のスキルはいくらがんばっても上級にはならなかったけれど、ひたすら練習をしたからか、制御力には自信があるのだ。カサンドラより多少は歪だが剣が炎にまとわりついた。

『人間が!!　せめて雑魚の方は殺してやる』

「はは、おまえのかーちゃんでべそ」

言葉が通じたことに一瞬動揺したトロルに切りかかる。腕を、顔を、体を、切りさく、カサンドラのように一刀両断とはいかなかったけれど、炎をまとった剣はトロルの再生力を無力化していた。そして俺は傷だらけになって痛みのためか動きがにぶくなった奴の喉を貫き炎の力を解放する。体内から焼かれたトロルは流石に絶命する。

「やったわね、まさかいきなりできるとは思わなかったわ。すごいじゃない」

「ちょっと待って、カサンドラはさっき信じてるとか、俺ならできるとか言ってなかったか？」

「ええ、中級魔術をもっているあなたなら一週間くらいでできるって思っていたのよ……でも、いきなり制御するなんて……あなたはがんばっていたのね……すごいわシオン」

そういって赤い髪を揺らしながら俺に笑いかける彼女は俺が成功したことをまるで、自分の事のように喜んでいてくれたり、俺が今までがんばっていたことを認めてくれて、それがなんかすごい嬉しかったんだ。

おそらく、彼女は昨晩飲んだ時に俺がトロルに傷を負わせられなかったという話を聞いて色々考えてくれていたのだろう。丁寧に戦い方までヒントをくれて……ありがとう、カサンドラ……俺はまだやれるみたいだ。俺はBランクとして恥じない力があったようだ。みんなに置いていかれないようにとがんばった努力は無駄じゃなかったようだ。

「そういえばカサンドラはどんな魔族とのハーフなんだ？　やっぱり炎と関係あるのか？」

「実は私も父とは会った事がないんだけど、なんか全身が炎に包まれた魔族だったらしいわよ。だからか、私も火はうけてもダメージはないし、火だけは魔術も使えるのよね」

なるほど、オークとの戦闘でも彼女も爆発をうけていたはずなのにダメージがなかったのはそういうことだったのか。それはともかく、俺は新たに浮かんだ疑問を口にする。

「でもさ、それってどうやって子供をつくったんだ？　火傷しない？」

「うっさいわね、知らないわよ!!　両親のそんな姿想像したくなんてないでしょ!!　そんなことより早く帰るわよ」

トロルの耳を切りながら、聞くと、顔を真っ赤にしたカサンドラに怒られてしまった。だから火の耐性EXなんだなと俺は納得をした。まあ、いいや、これでミッションは終わりである。

「トロル討伐《とうばつ》おめでとうございます。これでお二人はBランクパーティーとして認められました。これからも頑張ってくださいね」

「やったわね、シオン」

「ありがとうございます、そういえばアンジェリーナさんは？」

トロル討伐の報告に来た俺はいつもの席にアンジェリーナさんがいないことに気づいた。俺の言葉になぜか、受付嬢は嬉しそうににやりと笑った。

「ああ、彼女は今とあるクエストの依頼の打ち合わせ中なんです。彼女のお気に入りの冒険者さんからの情報が今回のクエストのキーになったので、説明を任されているんですよ。シオンさんが心配してたって言っておきますね、絶対喜びますよ」

「いや、別にそういうわけじゃないんですか……」

なんか俺がアンジェリーナさんを気にしてるみたいじゃん、早く誤解を解きたいだけなんだけどな。俺がどう説明をしようかと悩んでいると後ろから声をかけられた。

「あれー、シオンじゃないか、お前がBランクなんてギルドも人手不足なんだなぁ」

その声は今はまだ聞きたくない声だった。そして前まではしょっちゅう聞いていた声だった。俺は振り返って答える。

「久しぶりだな、イアソン……それにメディアもか」

そこには予想どおりの二人がいた。意地の悪い笑みを浮かべてるイアソンと、一歩下がって従者のように付き従っているメディアである。彼女はにこりともしないで俺に対して頭を下げた。カサンドラが空気を読んでか、俺とイアソンの間に立ちはだかるかのように割って入ってくれたのは少し助かった。

「それにしてもびっくりだよ、おまえの事だからすぐに、どうしても、もう一度仲間にしてくれって泣きついてくると思ったのにさ、うまくやったもんだなぁ」

「イアソン……追放したのはお前らだろう。今更そんなことするかよ……」

イアソンに挑発される俺の前にカサンドラが割り込んで、イアソンを睨みつけながら一言。

「何を言っているの？　彼には私の方から仲間になってほしいってお願いしたのよ、それに彼のすごさを理解できないあなたに彼はもったいないわ。馬鹿に魔剣って言う言葉を知っているかしら?」

「なんだお前は!?　俺は今シオンと話しているんだよ!!」

そう言ってカサンドラとイアソンはにらみ合う。二人は一触即発という感じだ。なんとか穏便に済ませないと。

「二人とも落ち着いて……」

「シオン、あなたが馬鹿にされたのよ!!」

「はっ、女にかばわれてずいぶんと良いご身分だなぁ、シオン」

「そうね、かばう価値のないあなたよりもシオンの方が、よっぽどいい身分でしょうね」

「なんだと女ぁぁぁぁ!!　俺のギフトは『英雄』だぞ!!　Bランクのパーティー『アルゴーノーツ』リーダーなんだぞ。俺に価値がないはずがないだろう!!」

激高《げっこう》するイアソンに対して、カサンドラが挑発するように笑みを浮かべる。

「『英雄』ね、もちろん知ってるわよ、世界を救うような活躍をする人間もいるけれど、その多くはプレッシャーに押しつぶされて、無茶をして早死にするらしいわね。あなたは……後者でしょうね」

「クソ女ぁぁぁぁぁ、ぶっ殺されたいのか⁉」

「イアソン様落ち着いてください、ここはギルドですよ‼　それにあの赤い髪に腰の武器……彼女は災厄のカサンドラです。Bランクのソロの冒険者です‼」

「だから何だって言うんだ‼　俺があんな女に負けると思っているのか、メディア‼　はっ、名前を聞いたことがあるぞ、仲間殺しのカサンドラだろう。シオンもランクを落としたくなくて必死だなぁ、こんないわくつきの女とパーティーを組むなんてさ」

「違う……私は……」

イアソンの言葉にカサンドラの顔が苦しみに歪む。ってかさ、こいつ今何て言った？　俺の相棒になんて言った⁉

「謝れ、俺を馬鹿にするのはいい‼　でもカサンドラを侮辱《ぶじょく》するのは許せない‼　謝れよ‼」

「何をしやがる‼　はっ、本当のことを言って何が悪いんだよ。こいつが仲間殺しって呼ばれているのは事実だろうが‼」

「カサンドラは仲間殺しなんかじゃない。現に俺は彼女とクエストに行って帰ってきたよ」

「シオン……ありがとう……」

俺はイアソンの胸元につかみかかるが、すぐに弾かれる。不快そうに顔を歪めるイアソンを俺は睨み返す。この時点で俺はもう穏便に済ます気はなくなっていた。だってさ、大事な相棒が侮辱されたんだ。許せるわけがないだろう。

「シオンさん、なんとかしてくださいよう、Bランクの冒険者同士が本気で喧嘩なんかしたらシャレになりませんよ」

「ええ、大丈夫ですよ、俺に名案があります」

突然の事態に混乱している受付嬢が俺にすがるような目で言ってきた。ごめん、でも俺はもう穏便に済ませる気はないんだ。

「悪いけど私は黙るつもりはないわよ」

「はっ、口だけは達者だな、今なら俺の足を舐《な》めれば許してやってもいいぞ」

「口が達者なのはあなたでしょう？　剣の腕もそれくらい達者だったらいいのにね」

再び睨みあう二人。俺はその二人の間にまるで仲裁をするように割って入って周りの人間全員に聞こえるように言った。

「これから二人が模擬戦を始める!!　Bランクの前衛同士の戦いだ!!　みんなも勉強になると思う!!」

「うおおおおお！！！！！」

俺の言葉に周りで騒ぎを見物していた冒険者たちが盛り上がる。模擬戦とは私闘が禁止されている冒険者同士で、訓練と称して戦うのだ。もちろん、相手を殺してはいけないし、一生残るような傷は与えてはいけない。そして負けた方は勝った方に謝って許しを請わなければいけないという暗黙のルールがある。

口では納得できない場合に冒険者同士が無理やり和解するための方法である。幸いここは冒険者ギルドである。傷を治療できるやつはいくらでもいる。

「赤い髪のねーちゃん、やっちまえ!! イアソンのやつは、生意気で気に食わなかったんだ!!」

「イアソン、この街の冒険者としてよそ者に負けるんじゃねーぞ!!」

「シオンさぁぁぁぁん!!」

恨めしそうな目で俺をみる受付嬢に俺は頭を下げる。冒険者たちは騒ぎ始め、どちらが勝つかの賭《か》けまで始まる。これでもう俺たちもイアソンも逃げることはできなくなった。


「カサンドラ……その……君を戦わせることになってすまない」

「何を言ってるのよ、私だって望んでいたもの。それにね、あなたが、私が侮辱されて怒ってくれたのと同じくらい私もあなたが侮辱されて怒っているのよ、わかるかしら?」

そういって彼女はイアソンを睨みつける。ああ、そうか……彼女も今の俺と同じくらい怒ってくれているのか……だったらもう何も言うまい。ならば少しでも彼女が有利になるようにしないと。

「イアソンのスキルは上級剣術だ。あとはサポートスキルだから今回の戦いに関していえば、剣だけを意識していればいいと思う。あと俺がギルドにいるネズミに力を借りて隙をつくるから……」

「いいえ、あなたの援護は不要よ。私を信じてみていて」

彼女のスキルも上級剣術である。実力的には互角《ごかく》だろうか？　魔族の身体能力と英雄の能力のバフのどちらが上かで決まるのだろうと俺は考えていた時だった。彼女は俺の額をこつんと叩いて口を尖《とが》らせた。

「その顔はスキルが上級剣術同士だから、実力的には互角とか考えているでしょう？　まあ、確かにあのオークとは互角だったから勘違いをされちゃってるけど、私はね、およそタイマンなら負け知らずなのよ。あなたが提案しなければ私が模擬戦を提案しようと思ってたくらいにね、あなたはもっと自分の相棒を信じなさい。あと、所持金は全額私にかけておきなさい」

そういって、彼女は俺に自分の財布を渡してウィンクをした。やべえ、かっこいい……英雄譚の英雄みたいじゃん。イアソンの方をみるとあいつは自分の武器にメディアの魔術をかけてもらっていた。え、ずるくない？

「なんだ、シオン。文句があるならお前もかけていいんだぞ、まあ、お前の中級魔術と俺のメディアの上級魔術じゃあ、効果が違いすぎて意味がないだろうがな」

「俺のだなんて……そんな……イアソン様恥ずかしいです……」

俺の視線に気が付いたイアソンが得意気に笑う。俺は心配になって、カサンドラをみたが、彼女は俺に首を振って、サポートはいらないということを示した。そして不敵な笑みを浮かべてイアソンの前に出る。俺はその顔をみて決意を決める。

「この二つの財布の中身を全部カサンドラに賭ける!!」

「うおおおおお」

俺の言葉にギルドが盛り上がる。これでカサンドラが負けたら俺たちは一文無しである。でも、それくらいのリスクは俺も賭けてもいいだろう。それにいざとなったら俺の武器を売ればいいしな。俺の言葉を発端にどんどん賭けが過熱する。一瞬、イアソンが不快そうに眉をひそめたが知るものか。というか、カサンドラには未来予知があるのだ。そうそう負けないだろう。

そしてカサンドラとイアソンが武器を構えて、向き合った。お互いが訓練用の木剣を持って立ち会う。距離は二メートルほどか……先に動いたのはイアソンだ。彼はかかって来いよとでもいうように手招きをした。

「お前のギフトは知ってるぞ、未来予知だろう。でもなぁ、そんなものは圧倒的な力の前では無駄なんだよ。先手は譲ってやるからかかってこいよ」

「お言葉に甘えるわ。炎脚《フランベルジュ》」

「へ？」

彼女の言葉と共に足元で爆発がおき、カサンドラの身体が猛スピードでイアソンに迫った。そしてそのままの勢いを殺さず彼女は無防備なイアソンの腹に木剣を一突き。

「ほげぇぇぇぇぇぇ!!」

「イアソン様ぁぁぁぁぁ!!」

すさまじい勢いで壁をぶち抜いてふっとばされたイアソンをメディアが慌てて追いかける。さすがにイアソンも死んでないよな……俺を含めたギルドにいた連中は一瞬あっけにとられたがわーっと叫ぶ。カサンドラに賭けていた奴らは歓喜の叫びを、イアソンに賭けていたものは絶望の叫びを。

「私のギフトを知っていても、そんなものは圧倒的な加速力の前では無駄なのよ。先手は譲ってくれてありがとうね、自称英雄さん。ってもう聞こえないか」

カサンドラは意地の悪い笑みを浮かべてイアソンのセリフを揶揄《やゆ》していった。そして俺の方を振り向いてウィンクをした。

「シオンどうかしら、あなたの相棒の実力は？」

「最高だよ、相棒」

そうして俺とカサンドラはお互いの手をたたきあった。俺は思わず満面の笑みを浮かべる。そしてイアソンの負けをみて、俺は胸がすいたのを実感していた。確かに俺が弱いからと無理やり納得していたが、やはり、パーティーを追放されたのは引っかかっていたのだろう。でも俺を認めてくれる相棒が現れたのだ、しかも俺のために怒ってくれて、俺のために戦ってくれた。俺ももっと頑張らねばならないだろう。

「シオンさん……ちょっといいですか？」

俺が新たな決意を誓っていると肩をちょんちょんと叩かれた。一体誰だろう。今はいいところなのに……少し不満そうに振り向くと、アンジェリーナさんが立っていた。その顔は笑顔だけど目は一切笑ってねぇぇぇぇ、無茶苦茶こわいんだけど!!

「この惨状はどういうことでしょうか？　あなた達が原因と聞いているのですが……」

「あ……これは……その……」

彼女が指をさしたのはカサンドラが加速に使った爆発によって焼け焦《こ》げた床と、イアソンがふっ

とんでいった壁の穴である。助けを求めると他の冒険者の連中は、いつのまにか、俺から離れていきやがった。お前らさっきまで俺と騒いでたじゃん。薄情過ぎない？

「違うのよ、これはイアソンと私が模擬戦をしただけであって、シオンは悪くないわ」

「いや、元々絡まれたのは俺だよ。だから俺が悪い」

「とりあえず修理費用は、その賭金からいただきますね。あとちょっとお話があるのでお二人ともご同行お願いできますか？」

『はい……』

カサンドラが俺をフォローしてくれたがあまり意味はないようだ。別室行きとかやばいな、これはがっつりしかられるのだろうか？　でも、俺とカサンドラのやりとりをみてアンジェリーナさんはため息をついたあとちょっと嬉しそうに笑った。

「シオンさんはいい仲間を見つけましたね。カサンドラさんすいません、私はあなたを誤解していたようです。シオンさんのために戦ってくれてありがとうございます」

「え……いや、私の噂は聞いて、勘違いしない方がおかしいわよ。でも……直接謝ってくれてありがとう」

アンジェリーナさんの言葉で何を言っているか察したのだろう。カサンドラは一瞬目を見開いてから、笑った。カサンドラが、俺以外に微笑むのをはじめてみた気がする。そして俺はアンジェリーナさんの案内でギルドの奥の部屋へと案内された。この部屋はランクアップの面接や接客などに使われる部屋のはずだが……。

「シオンさんとカサンドラさんにお聞きしたいというのはこの前のダンジョンでのオークの話です。あなたたちと同じタイミングで入った冒険者たちは一人を除いて全滅しました……」

「え？」

彼女が言っているのは俺を襲った冒険者達だろう。それがほぼ全滅だと……？　彼らはCランクのベテランである。素行に問題こそあれど実力はそれなりのはずだ。アンジェリーナさんの話ではその一人も「オークにやられた」と言い残して気を失い治療中だそうだ。

「おそらくあなたたちが会った以外にもギフト持ちのオークがいるのでしょうね……それを踏まえてギルドはクエストではなく、緊急ミッションを出す可能性があるとのことです」

「緊急ミッション……？」

生唾《なまつば》を飲んだのは俺か、カサンドラかどちらかはわからない……でも、緊急ミッションという言葉に俺たちはそれだけ驚いたのだ。だってそれはこの街の危機を示しているのだから。

緊急ミッション。それはクエストとは違い、ギルドからの冒険者を指名した依頼である。一般的にクエストは依頼主がいたり、ギルドが情報収集のためや、素材集めを、冒険者を指名しないで受けたいものが受ける形で行われる。

だが緊急ミッションはその名の通り、緊急事態のみに、発令され、その期間はすべてのクエストが中止になる。そして普段のミッションと違い、ギルドに指名された人間は基本的にはその依頼を受けなければいけない。もしも、たいした事情もなく、拒否をすれば最悪ギルドからの除名もありえるのだ。

もちろん、緊急ミッションに参加するのは全員というわけではない。この街のギルドにはAランクはいないため、BランクやCランクの上位は指名されるがその他は違う。

C級ランク下位やDランクの冒険者たちは自由参加という形になる。彼らの場合は、もちろん強制ではない。だが、ここで受けておけばギルドの覚えはよくなるのだ。彼らはターゲットと戦ったりはしないが、雑魚モンスターの退治や、探索などを担当することになる。

そして、一番大事なことは緊急ミッションはギルドが街の脅威を感じた時にのみ発生する。俺も何年も冒険者をやっているが初めての経験である。それだけ、ギルドは今回のオークを危険視しているということだ。

「ダンジョンのオークはそんなにやばいんですか？」

「ええ……シオンさんの報告の後、何人かの冒険者にも探索をお願いしたのですが、ダンジョン内のオークの戦力がどんどん増していて、放っておいたら手が付けられなくなるかもしれないとのことでした。そして、ギフト持ちのオークは周りのオークたちの能力を上げる力を持っている可能性があります」

「オークキングの再来ってわけね……それはまずいわね……」

「はい、さすがにオークキングほど強力ではないと思いますが、警戒をするには越したことはないでしょう。今、探索が得意な冒険者に、最終調査をお願いしています。その結果次第で、緊急ミッションが発表されるかもしれません」

オークキング……それは何十年も前に実際あった話である。あるダンジョンのオークの群れが街を目指して進軍をしてきた。そこまでの数ではなかったが、そのオークに指揮されたオークたちは圧倒的なまでの能力を得るそうだ。おそらくそういうギフトを持っていたのだろう。冒険者が止めに入ったときには二つの街がオークの軍勢によって滅ぼされていたそうだ。最後にはAランクの冒険者たちによって倒されたが、被害は相当なものだったらしい。もちろんそこまで、強力なギフト持ちの魔物はそうそういないが、冒険者の教訓として語り継がれている。

「それではお二人には、洞窟でおきたことを話していただけますか？　いつもと違うなっていうことや、オークたちの動きに異常があった場合はどんな些細《ささい》な事でもお願いします」

　そうして、俺たちはアンジェリーナさんに洞窟であったことを話すのだった。すでに報告書という形でギフト持ちオークのことなどは話しているが、直接こちらの口からききたいということなのだろう。スライムと一緒にパーティーを組んだとか、冒険者たちが襲ってきたこと、そして例のギフト持ちオークの話しをした俺たちはついに解放された。特に冒険者たちが襲ってきた時の話でアンジェリーナさんが怒ってなだめるのが大変だった。でもちょっと嬉しかったのは内緒である。

　ギルドでの話が終わった俺たちは街へと繰り出す。緊急ミッションが発表される可能性があるのだ。武器や防具、道具の準備をした方がいいだろう。それにイアソンとの勝負のおかげで懐が暖かい。ちょっと贅沢をしてもかまわないだろう。

「この後どうするか？　そういえばカサンドラはこの街にきてまだ日が浅いんだろ？　暇だったら案内するよ、ついでに色々まわろう」

「本当？　いい武器屋とかを教えてくれると助かるわ。ふふ……なんか人と街をまわるのって嬉しいわね。何年振りかしら……せっかくだし、服を着替えてから待ち合わせしましょう」

「そうだね、確かに結構汚れているね……」

そういってカサンドラは嬉しそうに笑う。なんかデートみたいな雰囲気だな。いや、着替えってことは遠回しに臭いって言われたのか？　確かにトロルの返り血を浴びてるしね……。

そして俺たちは待ち合わせ場所を決めてそれぞれの宿に戻るのであった。


カサンドラとの待ち合わせ場所で俺は少しそわそわしながら待っていた。魔術で水をだして臨時の鏡を作りだして、身だしなみを確認する。ああ、でも女性と二人ってなんかデートみたいでいいよね。などと思っては失礼だろう。彼女は俺の事を相棒として信用してくれているのだから。

「ごめんなさい、待ったかしら？　その……この格好へんじゃないかしら？　前の街で流行っていたのよね」

俺が振り向くとそこには赤髪の天使がいた。普段の冒険者姿とは違い可愛らしいレースをあしらったワンピースを着たカサンドラが立っていた。リラックスしているのか表情もやわらかく、ぱっと見は冒険者には見えない美少女がそこにはいた。つまり一言で、表すと……。

「最高に似合ってるよ」

「ふふ、ありがとう、お世辞《せじ》でも嬉しいわ」

いや、お世辞なんかじゃないんだけどねと思ったが、わざわざ言うのも恥ずかしいので、俺は彼女と並んで歩く。少し歩いてから、彼女は少し緊張したように聞いてきた。

「シオンは今みたいに女性とよく二人で買い物とかするの？」

「いや、全然だよ。そういう事言われるとなんか変な風に緊張するだろ……」

「ごめんなさい。でも、私と一緒ね。異性どころか人と歩くのも久しぶりよ。だから、今日はエスコートしてくれるの楽しみにしてるわよ」

「ハードルあげないでくれない？　俺そんなにデートスキルないよ」

「大丈夫よ、私結構チョロいから。少しの事で喜ぶわよ」

「あー確かに……」

「そこはそんなことないって言いなさいよ」

そういうと彼女は不機嫌そうに口を尖らせた。ボッチだったからか、確かにチョロそうだよな。酒場でも一緒に飲むだけで嬉しそうだったし……でもさ、それだけ俺には心を開いてくれているってことなのだろう。少なくとも馬車で会った彼女はまるでとがった刃のようだったから……そう思うと俺も嬉しくなった。そして彼女を楽しませようと思う。そして俺の住んでいる街を好きになってもらおうと思う。

何年も拠点にしている街を歩いているといろんな知り合いができるものだ。道を歩いていると街で食堂を開いているジャックに会った。彼とは食材の納品の依頼を受けたのがきっかけで仲良くなったのだ。それ以来ちょいちょいお店に遊びに行ったり酒場に飲みに行く仲だ。

「おーい、シオン。今度鶏《にわとり》の話をきいてくれ、最近卵をあまり産まないんだよ」

「いいよ、その代わりランチをごちそうしてくれよ」

「おおいいぜ、よかったら、そっちの美人さんも連れてきていいぞ。シオンもやるじゃないか」

「美人……私がですか？」

「あんた以外いないだろう？　あんたシオンの新しい仲間だろ。うちは食堂をやってるんだ。今度シオンにつれてきてもらってくれよ。サービスするからさ。そのかわりこいつをよろしくな。卑屈《ひくつ》なところはあるがいいやつだからさ」

「お前は俺の兄貴か!!　恥ずかしいからやめろよ。カサンドラも困ってるだろ」

「ふふふ、シオンはこの人と仲良しなのね」

「いや、実は今初めて会ったんだ。あなた誰ですか？　なれなれしくしないでくれます？」

「シオンてめえふざけんなよ。お前の恥ずかしいポエムをこの子に話すぞ」

「お前あれを言ったらマジでぶっ倒すからな」

飼っている犬の世話を時々するメアリーさんに会った。彼女とは犬が苦しそうにしているところを見かけ、犬に話を聞いて、助けたことから仲良くなったのだ。

「あら、シオンじゃない、かわいい子ね、デートかしら？」

「デート……いや……その……シオンとは相棒で……」

「ちがうって!!　仲間だよ。この街には最近来たばかりだから案内してるんだよ」

「あらあらそうなの。綺麗な髪ねぇ、よかったらこれを食べてくださいな。ちょうど孫娘のために作ったんだけど、作りすぎちゃったのよ」

「え、クッキーですか……ありがとうございます。でもこの髪色へんじゃないですか？」

「なにをいってるの？　綺麗な赤色じゃないの。べっぴんさんよね。ねえ、シオン」

「なんで俺に振るかなぁ。ああ、綺麗だよ。まるで炎みたいでさ」

「あらあら、綺麗なのは髪だけかしら？」

「ああ、髪も顔も服装もみんな綺麗だよ。彫刻かなって思うくらいだよ‼」

「馬鹿……こんなところで何をいってるのよ」

「ふふ、二人とも顔を真っ赤にして初々《ういうい》しいねえ」

そのあともいろんな人と俺は話す。どうやら俺が見慣れない女性といるのが珍しいらしい。いや、それだけじゃないな。俺がパーティーを追放されたことを知っているのだろう。いつもより、みんなが優しい。その思いやりがありがたかった。いろんな人と話をしていると、カサンドラがびっくりしたようにいった。

「シオンは顔が広いわね。歩いているだけで何人もの知り合いにあうんですもの」

「俺のギフトは戦闘よりも日常生活で役に立つからね。俺にできることで助けられる人や動物がいれば助けるだろ？　そうしたら知り合いがどんどん増えていったんだよ」

「ふふ、あなたっていい人よね。ほら、もらったクッキーを一緒に食べましょう」

そういうと彼女は口笛を吹きながら上機嫌にクッキーに口をつけた。そして袋から一枚のクッキーをつまんで俺の口の前に持ってきた。え、何？　食べろってことなのかな。俺はそのまま、彼女の手にあるクッキーに口をつけた。

「え⁉」

「なんだよ、食べちゃいけなかったのか？」

「いや、その……手に取るものだと思ってたから……」

「あ……え……」

そりゃあ、そうだよね。俺は何やってるんだろう。周囲をみるとなんか通行人の人が微笑ましいものを見るような目線を向けてくる。確かに恋人みたいだったよな、くっそ恥ずかしいんだけど。

俺が気まずそうにカサンドラをみると彼女は不思議そうな顔をしながら言った
「犬に餌をあげるのってこんな気分なのかしらね……」

「台無しー!!　俺のドキドキを返してくれる!?　早く武器屋に行くよ!!」

俺は恥ずかしさをごまかすように早歩きをした。なんか意識してしまった俺が馬鹿みたいじゃん。

「ちょっと待ちなさいよ。私だってドキドキしたにきまってるじゃない……」

だから俺は彼女がボソッと何かをつぶやいたのを聞くことはできなかった。


俺はカサンドラを常連の武器屋に案内をする。この街には何軒か店はあるが、個人的にここが一番品ぞろえがいいのと、初心者の時からお世話になっているので愛着があるのだ。品定めをするかのように剣をみていたカサンドラがすこし驚いたように言った。

「へえー中々いい店ね。武器の手入れもしっかりされてるし」

「ここは俺がいつも使っている武器屋だ。この街では結構品ぞろえがいい方だよ。店長も口が悪いが、腕は確かだしね」

「はっ、生意気を言うじゃねえかよ。パーティーから外されたっていうから心配してやってたって言うのによ……」

「おっさん聞いてたのか？　まあ、色々あったんだよ。今は彼女と組んでいるんだ」

俺の声を聞きつけたのか、店の奥からガタイの大きい男性が出てきた。元冒険者というだけあって迫力がある。こんなんだから新人冒険者が中々来ないんだよなぁ……。

「はじめまして、カサンドラと言います。シオンとパーティーを組ませてもらっています。といってもまだ組んだばかりですが……」

「嬢ちゃんが新しいパートナーか……まあ、冒険者をやっていると色々とあるよな、シオン手を出せ。これをやるよ」

そういうとおっさんは壁に掛けてあった高そうな剣を渡してきた。何だろうと思い彼の顔を見ると抜けと示す。

「なんだこれ……軽い、しかも刀身むっちゃ綺麗なんだけど」

「シオン……それミスリルでできた剣よ、そんな高価なものを注文してたの？」

「はぁ!?　ミスリル？　悪いがこんなの買えないぞ」

俺は思わず素《す》っ頓狂《とんきょう》な悲鳴をあげて、おっさんをみる。ミスリルとは金属の一種でとても軽く、強い。そして何よりも魔術をよく通すのだ。武器としては鉄や鋼よりはるかに強力だがその分高価である。Bランクの冒険者でも上位の人間が持っているくらいである。ちなみにイアソンの剣もミスリル製でここで買った。

「だれも売るなんて言ってねえだろ、お前には鉱山までの護衛を頼んだ時に良い鉱石を教えてもらったり、色々世話になってるからな。新しいパーティー結成のお祝いだ。本当はAランクになったらやろうと思ってたんだけどな……」

そういうとおっさんは少し、寂しそうな顔をした。この人は俺以外にもイアソンや、アス、メディアとも仲が良かったからな……でも仕方ない事なのだ。俺は……俺達はもう袂《たもと》を分かったのだから。俺は少し寂しい思いをしながらも剣をありがたくいただくことにした。

恐ろしいほど軽い剣は不思議と俺の手に吸い付くようにぴったりだった。何度も武器の修理を頼んでいた俺の癖なども知り尽くしているおっさんの業《わざ》だろう。ってことはこれ、俺のために作ったのか？

「おっさん、ありがとう……大事にするよ」

「礼はいい。お前伸び悩んでたろ？　でも、これで武器を言い訳にはできねえからな。さっさと有名になってうちを宣伝しろよな。それより、カサンドラさんだっけか……」

おっさんは、さっきまでの仏頂面《ぶっちょうづら》から一転して真顔になってカサンドラをみる。その目は何か観察しているようで……その視線に何かを感じたのかカサンドラは眉をひそめた。

「なんでしょうか？　もしかして私の髪の色でしょうか……確かに私の髪は……」

「ああ？　髪なんてどうでもいいだろ。シオンは自分に自信がないヘタレだがわるいやつじゃない。あんた相当腕が立つのだろう？　だから、こいつを支えてやってほしい。こいつはもっと自分に自信をもてばできるやつなんだ……だから……」

「お前はおれの親父か‼　やめろよ、おっさん恥ずかしいだろうが‼」

「うるせえ、お前の事だからどうせ俺なんか……とかいってヘタレて迷惑をかけるんだろう。冒険者は舐められたら終わりなんだぞ」

「あんたのその言葉でカサンドラに舐められるだろ‼　まあ、自信がないのは否定しないけど……」

店の前でギャーギャーと騒ぐ俺たちを通行人たちがみて笑いながら通り過ぎる、つられてか、俺たちのやりとりを聞いてカサンドラが笑みを浮かべる。

「ふふ、武器屋のおじさん、安心してください。私は彼との付き合いは短いです。でも良い人だってことも、実はすごいやつだってことも、もう、わかってますから安心してください」

「なんだよ、それ」

「そのままの意味よ、照れないの。ちょっと店内を見てくるわね」

なにやら褒められて俺は自分の顔が赤くなるのを自覚した。おっさんはカサンドラに聞こえないように俺に囁《ささや》く。

「いい女じゃねえか。絶対逃すなよ」

「うっせえ‼　そういう関係じゃねーよ」

真顔でこのおっさんはなんてことを言うんだ。それにしても、どうしてみんな俺を甘やかそうとするかな。調子に乗っちゃうぞ。俺はカサンドラが奥に行ったのを見届けてから武器屋に来たもう一つの目的を話す。

「なあ、おっさん、こんなもんない？」

「はぁー？　まあ、うちにはアクセサリーもあるが……お前も色気づいたな。うまくやれよ」

「うっせえな、俺はあくまでパーティーの戦力強化をだな……」

「あーはいはい。わかったわかった、そういうことにしといてやるよ。童貞卒業できたらいえよ。酒でもおごってやるからよ」

「ど、どうていちゃうわ!!」

俺は少し笑みを浮かべているおっさんからカサンドラにばれないよう密かにアクセサリーを購入した。そして、カサンドラも気に入った短剣があったようで購入して俺たちはお店を後にした。彼女は俺からのプレゼントを喜んでくれるだろうか？


一通りの武器やアイテムを買い終えた俺たちはギルドの酒場とは違うちょっといいレストランへと向かうことにした。

このお店は高台にあるため街が一望できるのだ。いつか彼女ができたらデートに使おうとしていたところである。あいにくその機会はなかったが、今役に立ったからよしとしよう。

「カサンドラこの街はどうだった、好きになれそうかな？」

「そうね……シオンがこの街を好きだっていう事と、この街の人もあなたのことを好きって言うのはわかったわ。あなたと一緒だったおかげでサービスもしてもらったしね」

そういうと彼女は武器屋で購入した短剣を掲げながら本当に嬉しそうに微笑んだ。彼女が持つに

ドキ
ドキ

は少し大きいサイズだが何か考えがあるのだろう。よかった。本当に楽しんでくれたようだ。彼女の笑顔を見て俺はホッと安心する。

「だからって私もあなたの事を好きってわけじゃないんだからね？　か、勘違いしないでよね」

「え、ごめん、いきなり何？　レストランのご飯口に合わなかった？」

「え……シオンってこういうのが好きって、武器屋の人が言ってたから、喜ぶかなって今日のお礼にって言ってみたんだけど……なんか違ったかしら」

そういうと彼女は恥ずかしくなったのか、顔を真っ赤にしてうつむいた。いやぁ、確かに昔に武器屋のおっさんに、好きな異性のことを聞かれた時にそんなことといったけど……カサンドラにいうなよ、くっそはずかしいじゃん。でも可愛い……なれないツンとそのあとの恥ずかしがっている顔が、綺麗系の顔とあわさってやばい。

「いや、そんなことしないでも、カサンドラは魅力的だよ。でもツンデレっていいよね」

「そ、そう、ありがとう……」

何言ってんだ、俺。カサンドラも困ってるじゃん。変な雰囲気になってしまった。なんとか話を変えよう。俺がてんぱっていると彼女が口を開いた。

「この街はいい街よね、みんな温かいし、何よりもあなたと一緒にいたからっていうのもあるけれど、私の髪を見ても、誰も変なことを言ったり、変な目でみてこなかったもの」

彼女は俺のおかげといってくれるが、この街は商業が盛んなため人の出入りが多いので変わった人間が多いというのと、ここがはるか昔『魔王』と呼ばれた魔族の冒険者に救われたというのも関係しているのだろう。ようは魔族や、外見が違う存在に対して拒否感が少ないのだ。

でも、そういって自分の髪の毛を撫《な》でながらつぶやく彼女は本当に嬉しそうで……これまでどれだけ重い人生をおくってきたのだろうか、俺にはわからないけれど、これから彼女のその言葉の重みを少しでも軽くしたいなと思う。相棒として彼女を支えたいなって思う。

「ああ……いい街だよ。武器屋のおっさんは口が悪いが面倒見はいい。アンジェリーナさんは何にもわからない俺に色々教えてくれた。そりゃあ、襲ってきた冒険者のようにクソな奴だっているけど、俺はこの街も住人も好きなんだ。だからできればカサンドラにもこの街を好きになってもらいたいなって思う」

「私もこの街が好きになれそうよ。私は予言するわ。この街であなたと一緒に楽しそうに冒険者をしているわ」

「へぇー、それはギフトか？　なら真実になるんだろうな」

彼女の冗談に俺も冗談で返すと彼女は小悪魔のような笑みを浮かべて言った。

「ええ、あなたが私もこの街を好きにさせてくれる未来が視えたわ。期待してるからね、相棒」

これは責任重大だなと思う。でも、彼女が前向きになってきてくれている事がわかる。だからというわけではないが、俺は動く事にした。

「なあ、カサンドラ……パーティー結成記念に買ったんだ。良かったら受け取ってくれないか？その……君の赤い髪によく似合うと思ってさ……」

「え……これって……」

「特殊な魔術が付与されているらしくてな、身に付けていると少しだけど体力が回復するらしい。カサンドラには前衛として頑張ってもらうことになるからあったほうがいいなって思って」

彼女は俺が渡した紙袋を見て目を見開いた。そして彼女は俺が渡したルビーで装飾された髪飾りをみて、嬉しそうに微笑むと、そのまま、自分の頭につけた。その姿はとてもきれいで、俺は天使かな？　などと思ってしまったのだ。

「ありがとう、シオン。私達って気が合うわね。実は私もあなたに渡そうと思っていたのよ……プレゼントってしたことないから変かもだけど、受け取ってくれるかしら」

「これは……さっきの短剣か」

「ええ、少しだけど、ミスリルが混じっているから普通よりは魔術を通しやすいわ。狭いところなら剣より使いやすいわよ」

「ありがとう、大切にするよ」

武器屋のおっさんと、カサンドラのおかげでだいぶ武器が強化されたな。それになによりも俺のために選んでくれたというのが嬉しい。俺はミスリルの剣と彼女のくれた短剣にもっと強くなることを誓うのだった。

「それで、シオンのお勧め料理を教えてくれるかしら」

「ああ、いいよ。ここは肉料理が結構いけるんだよ」

そうして俺たちは食事を始めるのであった。ここの料理のレベルが高いって言うのもあるだろうけど、彼女と食べたご飯はこれまでで一番幸せな味がした。

俺たちは赤ワインとステーキを食べながら、今後の方針を話しあう。てかこのステーキ柔らかいな。むちゃくちゃ柔らかいんだけど……。

「それでオークたちだけどどれくらいの戦力かしらね」

「そうだなぁ、ギフト持ちのオークが二匹か……シュバインの方は確かに強いけど、もう一体のオークのギフトが気になるね……」

「私のギフトで、未来を視られればいいんだけど……こっちは自分の意思では制御できないのよね……でも、洞窟で出会ったオークはかなりの大集団でいたわよね。たぶん命令系のギフトじゃないかしら」

オークは基本的にソロで行動するか多くとも三体か四体程度で行動をする。そちらの方が、獲物を見つけた時に喧嘩になりにくいのと、知能が低いからか、団体行動が苦手なのだ。だが、洞窟では十体以上で行動をしていた。これは異常な事である。その報告があったからこそ、冒険者ギルドも追加で調査をしたのもあるだろう。

「命令系ってなると、あとは、オークのリーダーの知能次第でどれくらい厄介《やっかい》かかわるな……あいつらはなんであんな大人数でいたんだろう？　何かしらの作業をしていたのかもしれないが想像がつかないな……」

「ええ、そうね……でも、何らかの作戦を練っているのかもしれないわ。苦戦は覚悟しておいた方がいいかもしれないわね」

そういうと彼女は、ワインに口をつけてから街を見下ろした。建物からあふれる光がまぶしい。この光の数だけ人々が生きているのだ。

「もしも、オークたちがダンジョンから出てきたらこの街が襲撃される可能性もあるのよね……」

「ああ、そうだな、だから俺はなんとしてでも守りたい。厄介な依頼になりそうだけど、カサンドラにも力を貸してほしいと思う」

「当たり前でしょう、私はあなたの相棒ですもの。クエストの報酬でまたここに来ましょう。それに……私もこの街が好きになれそうだから」

そういうと、彼女は心強くうなずいて微笑んだ。そのあとは二人でオーク対策について話し合った。相手の戦力は未知数だが俺達ならなんとかできると思う。とりあえず、俺達は明日ギルドに寄った後に、ダンジョンに変わったことがないかライムに聞きにいくことになった。

高台にある店を出た俺たちは、街の夜景を見ながら帰路《きろ》につく。人々の家の明かりが輝いていて幻想的な風景を生み出している。酔った体を冷たい風が冷ましてくれる。隣を歩くカサンドラが楽しそうに喋る。

「私ね、もう、こんなふうに普通の服を着たり、誰かと笑いあえるなんて無理だと思ってたから、今日はすごい嬉しかったわ。ありがとう。こんなプレゼントももらっちゃったし、頑張らないとね。これからもよろしくね」

彼女はそういいながら、髪飾りを愛おしそうになでながらクルクルと回る。その姿はまるで、舞踏会のようで絵になっていたけれどスカートがフワリとして目の毒である。酔っているのか上機嫌だ。

「ああ、その髪飾りを気に入ってくれたんだな。俺もなんか嬉しいよ。でもさここって風が強いから……」

「え……？　きゃあぁぁ」

その時ちょうどきた突風が彼女のスカートをまくり上げる。その時思ったことは、ああ、下着は髪の毛と違って赤じゃないんだなって思ったのと、Bランクソロの冒険者も突然の風には対応できないんだなっていうのと、エロい気持ちというよりも、いきなりすぎてどう反応すればいいのかわからないってことだった。カサンドラはスカートを押さえつけながら羞恥《しゅうち》のためか目に涙をためてこちらを睨むように口を開いた。

「ねぇ……見た？」

「いや、見てない。何にもみてないぞ!!　いや、本当に!!　ちょうど目にホコリが入ってさ。あー目が痛い」

「よかった、実は今日のは使い古しのパンツだったからみられたら恥ずかしくて……」

「え、結構新しそうだったよ？」

「シーオーン」

カサンドラの地獄から響くような声で俺は自分の発言の失敗に気づいた。ゴゴゴという効果音が背後から現れそうな陰鬱《いんうつ》な顔でカサンドラが睨んでくる。

「記憶をなくしなさい!!」

「理不尽《りふじん》だぁぁぁ！」

その日夜の街で謎の爆発がおきて少し騒ぎになった。危うくオークと戦う前に負傷しそうになった。でもさ、俺何にも悪くなくない？

翌日、俺たちはギルドの前で待ち合わせてから中にはいる。中は普段と違いどこか緊迫感に満ちていた。いつもは酒を飲んでだべっている連中も、真面目な顔をして何やら話し合っている。

俺たちがクエストボードをみると一つをのぞいてクエストが全てはがされて、大きい紙に「緊急ミッション」と書かれている紙がある。内容はもちろん、オーク討伐だ。どうやらライムに話を聞きに行く時間はもうないらしい。俺とカサンドラはお互いうなずいてから、まっすぐに受付に行く。するとアンジェリーナさんと目があった。

「おはようございます、シオンさんにカサンドラさん……あなたたちにギルドから緊急ミッションの依頼が来ています。受けていただけますか？」

「もちろん受けます。俺にとってこの街は第二の故郷ですから」

「私も受けるわ。ギフト持ちオークを倒したら追加報酬ももらえるんでしょう？」

俺たちはあえて大きな声でアンジェリーナさんに返事をした。これで受けるか迷っているやつらも依頼を受けてくれればいいのだが……正直俺が受けても、あんまり影響はないだろうが、昨日Bランクのイアソンを倒したカサンドラも受けるのだ。多少は心強いだろう。

「もちろん俺達も受けるぞ。昨日の借りは返すからな、シオンと赤髪の女ぁ!!　冒険者はパーティーで動いてこそ意味があるんだ。お前のように一人だけ強くてもなんの意味もないんだよ」

声のした方をみるとイアソン達がいた。後ろにはメディアと、重そうな甲冑《かっちゅう》を装備した青年に、狩人《かりうど》らしき軽装の少女がいる。何度かギルドで会ったことがある顔で、二人とも実力派で有名だ。今回のためにパーティーを組んだのだろう。その二人は俺と目があうとイアソンにばれないようにこっそりと頭を下げた。すごい気まずそうな顔をされてしまったのだが、俺はもう、気にしてないんだけどなぁ。むしろライムと冒険できたり、カサンドラとパーティーも組めたし、いい経験だったと思う。

「あらあら、負け犬が何やら騒いでいるわね。ごめんなさい。私は犬の言葉はわからないの。シオン『翻訳』してくれるかしら」

「クソおんなぁぁぁぁぁぁ!! 後で吠え面をかかせてやるからな!! お前ら作戦会議をするぞ!! ギフト持ちのオークは俺たちがいただく!!」

「あとね、ひとつだけ訂正させなさい。あなたは一人だけ強くたって意味がないって言ったけど、シオンだって強くなったんだから」

「あのな……あんまりイアソンを刺激するなって。一応今回は仲間なんだからな……」

「はっ、だったら、俺達より活躍してみろよ!! お前らがギフト持ちのオークを倒したら裸《はだか》踊りでもやってやるよ」

そういうとイアソンは中央のテーブル席にどっかりと座った。相変わらず元気な奴だ……俺がイアソンを視ていると肩をトントンとされたので振り返ると、カサンドラが口を尖らせていた。なんか不機嫌そうなんだけど……。

「あなたの相棒は私よ。いつまであいつをみてるの？　あんた元カノとか引きずるタイプでしょ」

別に未練があってみていたわけじゃないんだけど……でもこれって嫉妬《しっと》してるのかな？　ちょっと可愛いな。てか、元カノどころか彼女すらいたことないんだけど……。

「心配しなくても俺の相棒はお前だけだよ。俺たちも作戦会議をするぞ」

「ええ、あの男に吠え面をかかせてやりましょう!!」

「敵はイアソンじゃなくてオークなんだけどな……」

「すいません、私達にもお話をきかせてくれませんか？」

「おい、ポルクス!!　僕はまだいいなんて言ってないぞ!!　大体こんなやつの知識なんて借りなくても僕がお前を守って……」

「兄さん黙ってください、シオンさん達に失礼です」

俺たちが作戦会議を始めようとすると見知った二人組の冒険者が声をかけてきた。Bランクの肩書のおかげか、それとも、俺達が報告書を書いていたことが知られているのかは、わからないが頼られるのは嬉しいものである。

やってきたのは彫刻のように美しい顔をした礼儀正しそうな少女と、中性的で美しい顔を不満そうにゆがめている少年だ。二人とも金髪に、緑の目をしており、髪型が一緒だったらどちらがどちらかわからないくらいそっくりだ。『魔けん士』のギフトを持つポルクスと『守護騎士』のギフトを持つカストロの双子の冒険者パーティーだ。

「久しぶりだな、二人とも。お前らもこのミッションに選ばれるとはギルドに期待されているんだね」

「ふん、当たり前だ。僕はポルクスのために強くなるって決めたんだ。いつかお前だって……ごはぁ!!」

「愚兄《ぐけい》が失礼しました。お久しぶりですね。シオンさん、色々あったようですが元気そうで何よりです」

「ああ、お前らもCランクにランクアップしたって聞いてるよ、よくやったね」

「えへへ……シオンさんに色々と教わったからですよ」

そういって頬を赤らめるポルクスは可愛らしい。妹がいたらこんな感じなのだろうか？

「ちょっと待って、この少年、あなたに杖でみぞおちを突かれて悶《もだ》えているけどそのままでいいの？」

カサンドラが、ポルクスに思いっきりお腹を突かれて悶えているカストロを指さすが、俺もポルクスも気にしない。いつもの事だからだ。最初はびっくりしたが、毎回の事なので正直慣れた。なぜかカストロのやつは俺を敵視しているので突っかかってくるのだが、いつもポルクスが物理的に止めているのだ。

「それで……ギフト持ちのオークと戦ったそうですがどうでした？」

「ああ、正直俺では歯が立たないな。明らかに気配が違うからな。会ったら逃げるんだ。戦おうとしてはいけない」

「ふん、それはお前が弱いからだろ……」

「兄さん……私とシオンさんの会話の邪魔をしないでくださいね」

「ひぃっ!!」

カストロが満面の笑みを浮かべているポルクスをみて悲鳴をあげて後ずさる。はたからみたら異常だが、この二人はいつもこんな感じである。二人なりのコミュニケーションの取り方なのだろう。こんな感じでも一緒に暮らしているし、パーティーを組んでいる時の連携には目を見張るものがある。

「なんというか、不思議な関係ね……」

「まあ、双子だからな、こんなんでも以心伝心みたいだし、仲はいいんだよ」

「へぇー、私たちもこんな感じで行く？　シオンちょっと変なこといってみてよ」

「いいよ、カサンドラの昨日のパンツの色は……ひぃぃぃぃぃ!!」

「あ？」

うおおおおおお、目線だけで殺されるかと思った。さすが元Bランクソロ!!　殺気が違うぜ。オークに殺されかけた時より怖かったんだけど……。

「冗談だって。俺は何もみてなかったし、昨日の記憶はなかった。俺たちは今までみたいな感じでいいって。あとカサンドラにつっこまれたら、骨が折れそう……」

「私だって手加減くらいするわよ……たぶん。でも以心伝心ってあこがれるのよね……」

「まあ、俺たちは俺たちなりの関係を築いていこう」

カサンドラは俺の言葉に、不満そうに口を尖らせている。今たぶんっていったよね、昨日の爆撃を思い出して俺は冷や汗を流す。彼女的にはずっとソロだったからか、こういうのに憧れがあるみたいだ。でもさ、そういうのって時間が解決してくれると思うんだよね。

「パンツ……？　え、お二人はそんな関係なんですか？　でも……確認して誤解とかじゃなかったら立ち直れなさそう……」

「心配するな、ポルクス。俺はその男と違って清廉潔白《せいれんけっぱく》だぞ!!」

「ちょっと考え事をしているんで兄さんは黙っててください!!」

そうして、少々脱線しながらも、ダンジョンの地図を見ながら俺たちは簡単な作戦を話し合うのであった。この時俺たちは初の「緊急ミッション」ということで少し浮かれていたのかもしれない。ギフト持ちのオークの存在を……緊急ミッションが発表されたという意味をもっと考えておくべきだったのだ。


馬車での移動は便利だが、一度に運べる人間の数には限度がある。まずは斥候が得意なパーティーたちがオークたちの戦力と現状を調べるために先行してくれている。

そして、そのあとに、あまり強くないパーティーが、先遣隊《せんけんたい》として敵の戦力を減らし、ギフト持ちや、強力な部隊が現れたら、俺たちのようなBランクを筆頭とした上位連中が決戦部隊として洞窟に入るのだ。

軍隊のように集団で一気に攻めればいいという人もいるかもしれない。だが、俺たちは冒険者だ。パーティーなり、ソロなりで活動してきた連中は、下手な人間と組ませるとコンビネーションが崩れやすくなるし、そもそもダンジョンは狭い道がメインなので、集団で行くには向いていない。

ちなみに俺たちも本来はもう少し遅い到着のはずだったのだが、ライムに話を聞きたかったので、ひとつ早い便にしてもらったのだ。

「そういえば、さっきの子たちと仲良さそうだったわね……特に女の子の方と。受付嬢の子とも仲良さそうだし、シオンはモテるのね」

馬車に揺られているとカリンドラがぼそっとつぶやくように言った。え、なんかすごい誤解されてるみたいなんだけど。そもそも俺は全然モテない。いや、俺だってBランクになって女の子に声をかけられるようになって、一瞬勘違いしかけたけど、変なツボを売られたりとか、イアソンを紹介してくれとかそういうのばかりだったのだ。

「誤解しているが俺はモテないぞ。カストロやポルクスとも、バイト代わりにギルドの講習をやったときに会っただけだし」

「へぇー、あなたけっこういろんなことやってるね」

「ああ、俺の場合魔物と一緒にいることもあるからな。ギルドの人に信用されていないとあらぬ疑いをかけられる場合があるんだよ」

過去の苦い記憶を思い出す。ゴブリンと話していたら、魔物と勘違いされて俺も襲われかけたのだ。今ではBランクに上がったこともあり、俺の事も多少は知られるようになり、ギフトの力で、魔物と時々一緒に話している変なやつという認識である。

「まあ、あとは人に頼まれたのもあるけどね」

「へぇー、アンジェリーナさんかしら?」

「いや、別の人だよ。もう冒険者はやめちゃったけどね……」

「そうなの……」

俺は一瞬過去を思い出して押し黙る。カサンドラもその一言で察してくれたのだろう。しばらく、沈黙が馬車を支配した。そう……俺達冒険者は命懸けだ。今回のミッションだってだれか知っている顔が死ぬかもしれないのだ。

「色々考えているのね……私もがんばらなきゃ」

「がんばるって何を？」

「人間関係をよ、だって私たちは相棒ですもの。私が下手なことをしたらあなたの評判までさがるでしょう」

「へぇー」

「何にやにやしてるのよ」

彼女の言葉に俺は思わず笑みをこぼした。彼女は俺の事を想ってくれてるのだな。それにしても最初に馬車で会ったときに比べて表情が豊かになったなと思う。これが本来の彼女の性格なのかもしれない。

「カサンドラって時々可愛い事を言うんだなっておもって」

「な、ばかにしてるでしょ!!」

「恥ずかしいからって暴れるな。馬車が揺れる」

顔を真っ赤にしたカサンドラが、俺に突っかかってきたせいか馬車が揺れる。そのあと結局馬車の人に怒られて、馬にはいちゃついてんなとばかにされてしまった。くっそ、一瞬シリアスになったのに……でもこれくらいがいいのかもしれない。変に気負いすぎて失敗するよりは……。

馬車から降りた俺たちは、まず、ダンジョンで作戦を指示しているギルドの職員にあいさつをする。そして、しばらく待機をするようにいわれたので、たまたま見かけた、カストロとポルクスに声をかける。

「緊張するかもしれないが、二人とも焦るなよ。強敵が現れたらすぐ逃げるんだ」

「ふん、お前に言われなくとも……ふぐぅ」

「兄さん、うるさいです。ありがとうございます、シオンさんも気を付けてくださいね。その……無事に帰ったら一つお願いを聞いてほしいのですがよいでしょうか？」

「ああ、おれにできる事ならば気軽に言ってくれ」

「おい、ポルクス、あの話は僕は承認してないぞ……」

「ありがとうございます！　約束ですからね！　さあ、兄さんもう時間です、行きましょう。置いてきますよ！」

「ポルクスぅぅぅぅ!!」

騒がしく叫びながらも二人は洞窟の方へと向かっていった。彼らはCランクになったばかりというこどもあり、先遣隊として雑魚モンスターの退治を担当しているのだ。

「あの二人……本当にいつもああなのね……大丈夫かしら」

「ああ、あれでカストロは優秀な守護騎士だからな、それに妹想いで慎重だから無茶はしないよ。

ポルクスも一つ一つの魔法は強くないが、連射が得意で応用性があるから結構優秀だ。それにああ見えて接近戦もこなせるんだ。二人ともギフト持ちだし。なによりも、あの二人には独自のスキルがある」

「独自のスキル？」

「ああ、個人情報だから俺からは言えないけど、今度聞いてみるといい。カストロは誇らしげに、ポルクスはしぶしぶ教えてくれるよ」

本当にうらやましいスキルである。俺たちは元気に出て行った彼らを見送った。そしてライムに挨拶をしにいく。ここらへんはダンジョンの入り口付近なので、魔物も人もあまりいないのだ。俺が口笛を吹いて、ライムを呼ぶと、洞窟の隙間からライムが現れたので挨拶がわりに薬草を与える。

「よう、何か変わったことはなかったか？」

『変わったことばかりだよ!!　人間はたくさん来るし、オークたちが洞窟中に穴をあけて困っているんだ。いつか、僕の住処《すみか》にも入ってきそうで安心できないんだ。このままじゃ睡眠不足で僕のプルプルな肌が荒れちゃうよ』

「ああ、今オークの討伐にギルドが力を入れていてな……隠れてるスライムまで相手はしないから安心してくれ」

俺はライムを安心させるようになでながら、彼の言葉を考える。オークが穴か……いったいどうしてだろう？　やつらには穴を掘る習性はないはずだ。そもそもあまり頭は良くないし……てか、ひんやりしていて気持ちがいいな。

『それと大事な話があるんだ……驚かないで聞いてほしいんだけど……』

「ん？　いったいどうしたんだ？　愛の告白か？　悪いな、人間に転生したらまた言ってくれ」

『転生したらスライムだったけど元は人間だよって言ったらどうする？　まあ、嘘だけど。それに君に告白するなら、ゴブリンに求愛した方がましだよ。大事な話っていうのはね、信じてもらえないかもしれないけど……』

「俺とお前の仲だろ、信じるに決まってる！」

「嘘でしょ…そんな……」

俺がライムに続きを促すと後ろのカサンドラが急に叫び声をあげた。え、一体何がおきたの？　あわてて振り返ると、彼女は険しい顔をして頭を抱えている。そして俺を見て神妙な顔で口を開いた。

「シオン安心して……あの子たちは無事このミッションをクリアできるわ」

『シオンまずいわ。あの子たちはオークに襲われるわ』

「なんだって？」

俺は思わず聞き返す。だってあいつらは先遣隊である、そんなに深くは潜らないはずだ。ポルクスはともかくカストロは無茶をしないだろうし……。

まさか、オークの進行が予想以上に進んでいるのか？

「ライム悪い、急用ができた。さっきの話はダンジョンへ向かいながらでいいか？　カサンドラ行こう！」

「ええ、でも私の予言では彼らがオークに襲われて戦っているだけだから、彼らだけで無事撃退できるかも……」

「それならそれでいいさ。ライム、俺達は走るから俺の鎧《よろい》の中にはいっておちないようにしてくれ」

『わかった。どうせなら女の子の方に入りたかったなぁ』

「このエロイムが！」

ライムが俺の鎧に入るとひんやりとした感覚が襲う。少し感覚に違和感を感じながらも、俺たちは早急にポルクス達の元を目指すのであった。

私はついていると思う。なぜなら、今日は憧れの冒険者であるシオンさんにお話を聞くことができたばかりか、仲良くなれたからだ。あの人は覚えていないかもしれないけれど、私が新人だった時に色々教えてくれ、私に希望をくれたのがあの人だった。

私は別に、冒険者にはなりたくてなったわけではない。ゴブリンに村が滅ぼされて、双子の兄以外の家族や知り合いを失った私達には冒険者になって食い扶持《ぶち》を稼ぐくらいしか生きる道はなかった。幸い私も、兄もギフトには恵まれていたのでそこまでの苦労はなかったが、私は生きる意味を失っていた。

Cランク

ポルクス
　ギフト
『魔けん士』
本能的に魔術、剣術、拳術《けんじゅつ》を理解することが可能。それぞれのスキルを使う時に熟練度の上昇率及び、魔術の詠唱までの速さがあがる。魔剣と魔拳が使用可能。
保有スキル
中級魔術　　火、水、風、土の魔術が使用可能。威力の向上。熟練度によって、制御力に補正がかかる。
連射魔術　　魔術の本質を理解したものがたどり着くスキル。威力が少し劣《おと》るが連続で魔術を放つことができる。
初級剣術　　剣を使用したときにステータスアップ。
初級拳術　　拳を使用したときにステータスアップ。
双子共感《シンパシー》　　兄の思考及び、次の行動、視界の共有が可能。

私のギフトはそこまで強力なものではないけれど、冒険者の人達にはうらやましいとよく言われたものだ。確かに生きるのにはとても役に立った。でも私が前向きになれたのはシオンさんのおかげだった。私は彼との思い出を……彼の言葉を思い出す。

それは、冒険者の新人研修で、依頼を受けて講師をしていた彼に冒険者になった理由を話した時の事だった。

私の話を聞いた彼は気まずそうに顔を歪めた。ああ、同じだ。私がこの話をしたほかの人と同じ顔をする。この顔をしたあとにみんなは決まってこう言うのだ。「生き残れて運がよかった、なら亡くなった両親の分も精一杯生きるんだ」とか「君の力は君のような境遇の子供を増やさないためにあるのかもしれない」とか言ってくるのだ……申し訳ないが、そんなことはどうでもいいのだ。だって私は私だ。家族や知り合いを失った私は新たな目標が欲しかったのだ。運がよかった、確かにそうかもしれない。でも、私は平穏がすぐに壊れることを知ってしまった。

私と同じような人間を増やさないようにする？　なるほど確かにそれは素敵なことだと思う。でも私が救いたいのは私だ。わたしのようになる人間ではない。私自身を救いたいのだ。今思えば余裕がなかったのだろうと思う。ありきたりな言葉に聞き飽きていたのだろう。だから彼の言葉を聞いたときは驚いた。

「ごめん、俺さ、孤児だったから両親を亡くすってことがどれだけつらいかわからないんだ……でもさ、知り合いがいないんだったら、知り合いを作ろう。冒険者になってうまいものを食べたり、いろんなところに行ってみようよ。人生は楽しいこともあるからさ」

「なんですかそれ……でもそんな日常も簡単に壊れるんですよ!!　何を信じればいいんですか？」

「そうだね、日常は壊れるさ、だから守れるために力をつけよう。自分の日常を守るために強くなるんだ。自分のために強くなって、自分のためにお金をたっぷり稼いで、おいしいものを食べて、人生を謳歌《おうか》するためにいきればいいんじゃないのかな？」

「自分の事ばかりじゃないですか、そんなのでいいんですか？　私と兄だけが生き延びたんです。それなのに、そんな自分のためだけに生きていいものなんですか？」

「いいに決まってるよ、だって君は運よく生き延びただけなんだからさ。運がよかっただけだよ。ならその運に感謝して、人生を楽しもうよ。それでさ、将来余裕ができたら他人の事も考えてもいいかもね。とりあえずは君は自分が幸せになってから考えよう。せっかく可愛いんだからさ、そんな沈んだ顔をしていたらもったいないよ」

私は彼の自分の事だけを考えていいという言葉に思わず笑ってしまった。初めてだった。こんな風に言われたのは……でも、彼は私を適当な慰めではなく、憐れみでもなくちゃんと一人の個人として扱ってくれているのだということがわかった。ゴブリンの襲撃に生き残った可哀《かわい》そうな女の子でもなく、悲しみを糧に努力する女の子でもなく、ただの冒険者のポルクスとしてみてくれていることがわかった。そして、彼が「内緒だよ」と連れて行ってくれた夜景が見えるレストランのご飯はとてもおいしくて、久々に、生きているんだなって実感がわいたものだ。

それから私は時々ギルドで、彼を見つけては挨拶をするようになった。教習が終わってしまったので会う機会は減ってしまったけれど、彼に会うと胸がポカポカするのであった。そしていつか……もう少し強くなったら言おうと思う。「臨時でもいいので一回パーティーを組んでもらえませんか？」といってみようと思う。彼がみている冒険者の世界が知りたいから。

「何をボーっとしている!!　もうダンジョンの中だぞ、ポルクス」

兄の言葉で私は目の前に集中する。私たちの任務は、入り口付近の弱い魔物の退治、及び、侵攻ルートの確保だ。さきほどから、ゴブリンなどの魔物と何度か戦っているがうまくいっているから、少し油断してしまったようだ。

「どうせ、あの男の事を考えていたのだろう？　まったく、あんな男のどこがいいのやら……もっと強いやつはたくさんいるというのに……」

「兄さんにはわかりませんよーだ」

わたしは顔が真っ赤になるのを自覚しながらも、兄を睨みつける。スキルの双子共感《シンパシー》のおかげでお互いの考えていることが、だいたいわかってしまうのは便利なのだが、こういう時は不便である。ちなみに兄さんがシオンさんに強く当たるのは、このスキルで私の想いを知ってからだ。まったく応援してくれればいいのにと思う。

「ポルクス」

「ええ、兄さん」

通路の奥に敵の気配を察した私たちは、戦闘モードに意識を切り替える。ゴブリンなどならばいいが……。

「水よ。敵はオークが三体ですね」

魔術によって通路にできた水たまりを利用して奥を見た私は兄に報告をした。オークはCランクの魔物だ。ギルドではCランクで対応できると認定している。Cランクとはいえ私たちは昇進したばかりである。だけど……。

「シオンの言っていたギフト持ちはいないんだな、行くぞ」

「はい、普通のオークですね。では、援護します」

「神の加護よ」

兄の法術によって、私は身体能力があがるのを感じる。兄の『守護騎士』の力である。兄の『守護騎士』のギフトは法術を使えるだけではなく、守ると決めた者と自分自身のステータスを上げることができる。

ソロならともかく、パーティーを組んだ私達の力は自分で言うのもかなりのものだ。そして慎重な兄がいけると判断をしたならば、問題はないだろう。そうして私たちは戦いを仕掛けるのであった。少しでも減らしておけばシオンさんたち決戦組の負担も少なくなる。そうして私たちはオークと戦う準備をするのだった。


「ブヒ？　ブヒィィィ!!」

強襲されたオークは兄に切り刻まれて、驚愕と共に悲鳴を上げた。何を言っているかわからないけど奇襲は成功したようだ。「しゃがむぞ」と兄の思考が私に流れてくるのを感じ、それに合わせて私は魔術をはなつ。

「風よ!!」

私が放つ複数の風の刃がオークたちを襲う。絶妙なタイミングでしゃがんだ兄によって死角から現れた魔術に驚いているオークを兄が追撃する。これが私たちのスキル双子共感《シンパシー》である。声を、視線すら交わさずに、お互いの思考を読めるこのスキルは戦闘にとても役に立つ。時々兄さんが年上好きってのいうのが流れ込んできたりなど、余計な情報も手に入るが私はこのスキルに感謝をしている、これがあるからこそ私たちは短期間でCランクに昇格できたのだから。

「くらえ、ポルクスラッシュ!!」

私の魔術で傷ついたオークを兄が剣で切り裂く。私たちの必殺のコンビネーションである。でも一言いいたい事がある。

「私の名前を技名にするのやめてくれませんか？　無茶苦茶恥ずかしいんですが!!」

「何を言っているのだ。かつての英雄は神の名を技につけたという。ならば世界一美しい女神のような妹の名前を技につけて何が悪いというのだ!!」

「私が悪いって言ってるんですよ!!　あ、でも、これが流行ってシオンさんも私の名前を呼んでたらやばいですね」

その光景を想像して私は顔が赤くなってしまう。それをみた兄が不機嫌そうに顔をゆがめているがどうでもいい。

「それにしても、流石です、兄さん……思ったより、スムーズにいきましたね」

「不意打ちだったからな、正面からまともにやったらこうはうまくいかなかっただろう。それよりも……傷よ癒えよ」

兄が私の手の擦り傷に治癒をかける。おそらくダンジョンを走っている最中怪我をしてしまったのだろう。

「この程度の傷なんですから……精神力がもったいないですよ」

「もったいないはずがあるか、お前を傷つけるものは何人も許さんし、お前が傷ついているのをみているのはもっと許せん」

「ありがとうございます。ついでに、私の心が傷つかないために、どうやったらシオンさんを落とせるかも考えてもらえませんか？　アスさんがいない今がチャンスだと思っているのですが、最近アンジェリーナさんが怪しい気がするんですよね」

「ふん、俺はどうやったらあの軟弱男にお前が幻滅《げんめつ》してくれるかだけを考えているよ」

そういってカストロは不機嫌そうに鼻をならす。まったく、兄さんは本当にシスコンである。

時々うっとうしいこともあるが嫌ではない。私は素直にお礼を言う。

「それにしても、まだ浅いのにオークに遭遇するなんて……どうします？　奥に行きますか？」

「いや、いったん引くぞ。ここにオークがいたということは勢力図が伸びているということだ。ギルドに報告すべきだろう。数が多ければ僕たちの手に余る」

「そうですね、わかりました」

兄が討伐証明にオークの耳を切るのを見届けて私たちは入口へと戻ることを決める。なにがおきてもいいように通路への警戒は怠《おこた》らない。兄が耳を袋にしまい、一息つく。

ちょうどその時だった。壁の一部がぼろりと崩れ、闇の中から二つの光がこちらを射貫くようにみる。そして、なにかが光ってこちらへと飛んでくる。どんっと押されると同時に兄の痛みの感情がながれてくる。

「ポルクス!!」

何がおきたかと思うと壁からオークが何匹か出てきたのだ。先頭のオークは弓矢を持っていて、そいつの矢からの攻撃から、兄は私をかばって怪我をしたのだろう。肩をから血を流している兄をみて私は現状を理解する。

「火よ!!」

私の魔術によって弓をもったオークが燃え盛る。でもそれだけだ。倒せたのは最初に出てきた一匹だけだ。

『リーダーのオークがどんなギフトをもっているかはわからないが、何をしでかしてくるかわからない。絶対油断をするな』

シオンさんの言葉が思い出される。私だって油断をしたつもりではなかった。でも、それでも警戒が足りなかったという事だろう。だって、オークは知能が少なくて、こんな隠し通路を作るようなことはないはずだったから……。

「ポルクス……早く逃げろ。ここは俺が食い止める」

「何を言ってるんですか、利き腕を怪我している兄さんに何ができるというんです？　それに私の足ではすぐに追いつかれてしまいますよ、だから兄さんが逃げてください」

「何を言っている!!　お前の『守護騎士』である僕がお前を置いて逃げるものかよ!!　それにもう大事な人を失うのはまっぴらだ!!」

「そんなの私だって同じに決まってるじゃないですか!!　でも、どっちかが囮にならないと……」

その時、背後からも何者かの足音が聞こえてきた。一瞬援軍を期待するが、その直後にゴブリンか何かだろう。あきらかに魔物であろう声が聞こえる。私は現実を知る。もしもこのタイミングで援軍が来たとしたらそれは英雄譚のようにできすぎている。そもそも、ここらへんの区画は私達しかいないはずだ。背後からの足音が私には死神の足音に聞こえた。

正面のオークたちが嫌らしい笑みを浮かべて迫ってくるのをみて私は覚悟を決める。せめて一体でも多く倒すのだ。私は甘い期待をしたことを恥じる。だって私はもう知っているから、この世に英雄なんていないという事を……両親がゴブリンに襲われた時に誰も助けが来なかったときに知ったのだ。ああ、こんなことだったら、想いを告げておけばよかったなぁ……それだけが心残りだ。


「シオンさん達の順番はまだ先ですよ!!　勝手な行動は困ります!!」

「悪い、どうしても行かないといけないんだ!!」

制止をするギルド職員を強引にかいくぐって俺たちはダンジョンの内部に突入する。幸いにもポルクスから相談を受けていたので、彼女たちの担当エリアは理解している。俺はすぐに蝙蝠たちから情報を集める。しかし、今は人間やオークが大量にいるためにどれがポルクス達かいまいちわからない。

「シオン……私が言い出したくせにあれだけど、私の予言はあくまで過程を見ただけなの……だから、二人は無事かもしれないわ。それに今ので、だいぶギルドに反感を買ってしまったかも……」

「そうかもね。でもあの二人はCランクになったばかりだ。不意打ちならともかく正面からはきついだろうし、なにより、今回のオークたちは何をしてくるかわからないんだ」

確かに今回のような緊急ミッションはギルドの主導で行われているのに、その命令に従わないのは問題児扱いをされるだろう。でもさ……。

「あいつらが生きていたらアンジェリーナさんに、土下座して許してもらおう。うまいもんでも食って忘れればいいさ。でも死んだら一緒にうまいもんも食えなくなるんだ。知った顔が死ぬのはごめんだし、俺は君のギフトを……カサンドラの言葉を信じるよ」

「……ありがとう、私もアンジェリーナさんに土下座するわ。急ぎましょう」

そういって、彼女は俺の前を走る、顔がにやけていたのは気のせいだろうか？　てかさ、カサンドラ走るのがすごい速いんだけど!!　おいて行かれないよう必死だ。しばらく走ると俺たちは一匹の挙動不審なゴブリンを見つける。

「カサンドラ、殺すな!!」

「わかったわ」

以心伝心とばかりに彼女はゴブリンの腹に剣の鞘《さや》をたたきつける。よだれと悲鳴をまき散らしてゴブリンがふっとぶ。俺はそいつの喉元に短剣を押し付けながら聞く。

「ここら辺に人間はいなかったか？　喋らなくても殺す、嘘をついても殺す」

『ひぃ……なんでこいつ俺の言葉が……みた、みたよ。人の雄と雌だろ？　俺の仲間を殺しやがったんだ……俺は隠れていたら助かったけど……』

「よし、そいつらはどこにいった？　大体でいいから案内しろ。さっさと歩け」

そうして、俺は強引にゴブリンを立たせて道案内をさせる。頼む。二人とも無事でいてくれ。

『ほら、こっちだよ、この奥に入っていったんだ。嘘じゃないぞ』

確かに何者かが戦っているような音が聞こえる。俺とカサンドラはうなずく。意識をそらした瞬間に、ゴブリンが俺を突き飛ばして、逃げようとした。俺は短剣を構えて対応しようとしたが……ゴブリンはいつの間にか、抜かれたカサンドラの刃によって、切られていた。いや、俺だって反応してたよ。でも速すぎない？

「早くいきましょう」

「ああ、そうだな」

俺たちが進むと、通路の奥には利き腕を怪我をしたカストロが今にもオークに切りかかられようとしているところだった。ポルクスは魔術を大量に使ったのか、杖を支えにして、かろうじて立っているようだ。二人とも善戦はしたようで、何体かのオークの死体が転がっている。

「カサンドラ!!」

「わかっているわ。炎脚《フランベルジュ》」

スキルを使って猛スピードでオークに迫るカサンドラの刃が、カストロを襲うはずだったオークの剣をはじく、そして返す刀でオークを一刀両断。炎のような赤い髪を舞うように跳ねさせながらの剣技はとても美しかった。だが、今は見惚れている場合じゃない。

「大丈夫か。ポルクス」

「シオンさん……私ったら最期に幻覚を……」

「何言ってるんだ、本物だよ、飲むんだ、精神力が回復する」

俺はマジックポーションをポルクスに渡して彼女を守るようにオークたちの前に立ちはだかる。

突然の乱入者に混乱をしていたオークたちだが、すぐにこちらを警戒するように陣形をとる。おかしいな……こいつらスムーズすぎる。本来オークは頭のいい生き物ではない。特に予想のできないことがおきるとパニックになりがちなはずなのだが……。

「こっちは四人、お前らは七体、数の優位は減ったぞ。ここは引いてくれないか？」

『ニンゲンコロス……コロス』

話しかけても無駄なようだ。おそらく、これがもう一体のオークのギフトなのだろうか？　こいつには……いや、こいつらには自分の意思がない、まるで何者かの命令のためだけに生きているようで……この状態は洗脳だろうか？

「シオン、彼をそっちに避難させるわ」

「ああ、任せろ」

そう言うと四体のオークと切りあっていたカサンドラは、守りから攻めに転じる。圧倒的な剣技の前に手前のオークがなすすべもなく切り裂かれていった。その隙に怪我をしたカストロがこちらに来るのをみて、俺は声をあげる。

「ライムこいつらを守ってやってくれ。俺が敵を倒す。風よ」

『わかった、任せて』

俺の鎧から出たライムがカストロの怪我に体を重ねる。薬草ばかり食べているライムの肌には治療効果があるのだ。

カストロを追いかけてきたオークと俺は、風を纏わせて切れ味をあげた剣で受け止める。そして受け流した刃でオークを切り刻むと、おどろくほどあっさりと首を断つことができた。ミスリル本来の切れ味と、魔術による相乗効果だろう。普通では考えられない切れ味に俺は心のなかで武器屋のおっさんに感謝をする。

「ポルクス、杖を借りるぞ」

「は、はい」

「風よ!!」

俺は一つの事を思いついたので試してみる。迫ってくる二匹のオークのうちの一匹が杖によって強化された魔法によって切り刻まれて、絶命した。残りの一匹を俺は利き腕で持った剣で受け流し、先ほどと同様に首を絶った。ミスリルの剣すげぇぇぇぇぇ!! 素材の軽さのおかげで片腕で持っても、振るのが遅れない!! そのおかげで、左手で杖を持つことができるため、魔術の威力も上がった。これなら以前よりも戦略の幅が広がるな。

「シオンさん……すごい……これがBランクの冒険者の力……」

ポルクスが何やら目を潤ませてこちらを見つめている。さっきも俺の名前を呼んだりしていたが、大丈夫だろうか? 頭を打ったりしてないよね? あとこれは俺の力と言うよりも武器の力な気もするんだよね……。

カサンドラを見ると彼女もこちらに戻ってくるところだった、もちろんオークはみな息絶えている。もう四匹倒したのかよ……。

「ポルクス、カストロ大丈夫か？　ってうおおおおお‼」

「シオンさん助かりましたぁぁぁ、私、本当にもうだめかと思って……」

「シオン顔がいやらしいわよ」

『僕は男の体にひっついているのに、シオンばっかりずるい』

緊張の糸が切れたのか、ポルクスが泣きながら俺に抱き着いてきた。鍛《きた》えているはずなのにちょっと柔らかいなぁと思っていると、カサンドラが口を尖らせているのに気づいて、気を引き締める。そもそも敵の本拠地である。早く冷静になってもらわないと……俺は落ち着かせるように、頭を撫でてやる。

「その……先ほどは失礼しました……気が動転していまして……」

気分が落ち着いたポルクスは顔を真っ赤にしながら、俺に状況を説明した。壁に隠し通路を作っておそってきたオーク。そして、俺の言葉に一切反応のないオーク。あきらかに異常だ。そして異常な人間がもう一人……。

「天使だ……僕は赤髪の天使をみた……」

何言ってんだこいつ？　ライムが怪我は治したはずだが……さきほどからカサンドラの方を向いて何かをつぶやいているカストロを見て、俺はどうしようか悩む。死にかけて頭がおかしくなってしまったのだろうか？

「兄さんの事は放っておいてください……まあ、気持ちはわかりますので」

そういうとなぜかポルクスは俺をみて顔を真っ赤にした。一体なんなんだろうか？　まあ、大丈夫っていうならば大丈夫なんだろうな。

「とりあえず、俺たちはもう少し、ここらへんを見てみるから、先に行ってギルドに報告をしておいてくれ。二人とももう大丈夫だよな？」

「もちろんです。怪我は治りましたし、同じ手にはもうひっかかりません。行きますよ、兄さん」

「天使……僕の天使……」

俺達は二人を見送ってから作業に移る。壁を叩いては隠し通路に魔法をぶち込んで穴をふさぐのだ。それにしても、まずい。オークは知能が低いからこそ、身体能力が高いのにCランクに分類されていたのだ。それが頭を使って作戦通り動くとなると話は別である。

今回のように少数ならなんとかなったが、もし、大人数だったらと思うとゾッとする。

「さて、俺たちも戻るか……」

『ちょっと待って。ちょうどいいや、ついてきてくれない？　ここの近くに見せたいものがあるんだ。説明するよりは実際見た方が早いからさ』

オークたちが空けた穴をあらかた破壊した俺たちが戻ろうとするとライムがそれを引き留めた。そういえばライムが何か言いかけていたのを思い出した。

「どうしたの？　シオン戻らないの？」

「ああ、ライムがついてきてくれって。見せたいものがあるらしいんだ」

俺はライムの後について行く、そういえばこいつ何かを言いかけていたよな。ここは確かこいつの巣の方角だ。そして、洞窟の隅の草が生えているところに来ると、ライムはそのまますると隙間に入っていった。草の奥は意外と大きい裂け目になっているのだ。人間一人どころかオークだって入れるだろう。俺とカサンドラは困惑しながら入るのだった。

そしてそこに待っているのは一つの影だった。マジかよ……こいつは……。

俺たちは目の前にいる傷だらけのオークをみて絶句する。そいつは、俺を殺しかけ、カサンドラと渡り合ったギフト持ちの黒いオークだった。彼は失った体力を取り戻そうとしているのか、眠っているようだった。

「シオンこいつって……」

「ああ、あいつだ……シュバインだ……」

驚愕しながらも俺はライムをみる。彼はオークを恐れることなく、オークの傷を覆《おお》うようにかぶさる。まるで大切な仲間を守るかのように、優しくかぶさる。一体何がおきているんだろう？　カサンドラは怪訝な顔をしながらも、いつでも切りかかれるように武器に手をかけている。

『ねえ、シオン彼の傷を治してくれないかな？　僕だと一気に治療はできないんだよね』

「何を言ってるんだよ、俺たちは今こいつらオークと……」

『彼はオークの集団に襲われていたんだ……僕と一緒なんだよ』

その言葉に俺はなにも言えなくなる。ライムは元々はこのダンジョンに巣くうスライムの集団の一員だった。だが、ダンジョンを定期的に来る人間達に興味があり、俺と出会った。

そして俺と仲良くしていたことが、他のスライム達との仲を険悪にした。おそらく彼は自分とオークを重ねているのかもしれない。彼自体は、『自分は他のスライムと違い元々知能が高いので浮いていたから気にしないで』と言っていたが、所属しているグループから追放される辛さを今の俺は知っている。そして、このオークもなんらかの理由で群れを追放されたというのなら俺は……。

「カサンドラ……こいつが襲ってきたら、いつでも切りかかれる状態にしておいてくれ。俺はこいつを癒す」

「はっ？　何を言ってるのよ。こいつはあのギフト持ちのオークよ、私たちの敵なのよ!!」

「ライムがさ、こいつを助けてっていうんだよ、それにこいつは他のオークたちに襲われていたらしいんだ。もしかしたらこいつから、何か情報を聞き出せるかもしれない。だから助けようと思う。ダメかな？」

俺の言葉に彼女はあきれたというようにため息をついた。そして「仕方ないわね」とつぶやいて俺を信頼に満ちた目で見つめる。

「ダメに決まってるでしょう？　あなたじゃなかったら、気が狂っていると思うわ。でも私はあなたを信じてあげる。相棒だからね。それに私もこいつがそこまで話が通じない奴だとは思わないしね」

「ありがとう、カサンドラ」

「気にしないで、あなたがさっき私の予言を信じてくれたように、私はあなたの判断を信じるだけよ」

「なんか恥ずかしいなぁ……傷を癒せ」

カサンドラは苦笑しながら俺のわがままを許してくれた。それにシュバインが不意打ちをしたオークに対して怒ったときの感情は本物だった。俺もこいつが悪い奴だとは思えないのだ。少なくとも傷を癒した俺達をいきなり襲うようなやつには思えなかったのだ。

俺の法術によってオークの傷が治っていく。てか、すげえな、再生力が高すぎて傷がどんどんふさがっていくんだけど。俺がびっくりしていると『うう』とオークが呻《うめ》いて意識を取り戻した。

『お前らは……』

『彼らは悪い人間じゃないよ』

『はは、なんていってるかわからねーや。でもお前が同族に襲われているところを助けてくれたんだな。ありがとうよ。チビすけ』

当然スライムとオークの言葉は通じない。でもライムが助けてくれた事はわかったようだ。オークは……シュバインは優しく微笑む。そして俺たちに向きあって言った。

『お前達にも助けてもらったようだな、本当だったら今すぐにでも、そこの雌と殺し合いたいが、貸しがある。このまま戦うのも気分が悪いんでな。お礼になんでもいう事を聞こう』

「はぁ？　お前どんだけカサンドラと戦いたいんだよ……」

「どうしたのよ？」

「いや、カサンドラはオークにもてるなって話」

「はぁ？　喧嘩なら買うわよ」

やべえ、言い方が悪かったのかカサンドラの機嫌が悪くなった。まあいい、俺は困惑しながらもシュバインに何があったか話を聞くことにした。

「それでお前はなんでオークの集団に襲われていたんだ？」

『ああ、それはな……』


俺とカサンドラは困惑しながらもシュバインに話を聞くことにした。ちなみにオークの言葉をわかるのは俺だけなので後で俺がカサンドラ達に伝える方式だ。少し面倒だがこちらの方が効率がいい。

『どうやら、俺が仲間を殺した上に、お前らを見逃したのを誰かがリーダーに言ったらしくてな……それがリーダーの逆鱗《げきりん》に触れたようだ。まあ、元々俺は地上侵攻に反対だったからな。追放するのにちょうどよかったんだろう』

「そうか……俺達を見逃したせいで……なんか悪い」

『いや、たくさんの同族と戦うのは中々楽しかったぞ。殺しても殺しても襲ってくるからな、良い戦いだった。おかげで俺はさらに強くなれたよ』

そういうとシュバインは豪快に笑った。こいつどんだけ戦うのが好きなんだよ。どうやらこいつにとっては仲間に裏切られた辛さよりも、戦えたことが楽しいらしい、バトルジャンキーめ。

「楽しかったって、お前は裏切られたんだろう？　その……オークたちを恨んでないのか？」

『まあ、別に恨んでいないといえば嘘になるけどな、俺も強い奴と戦うために好き勝手やっていたし仕方ないさ。それに俺は負けたからな。文句を言う権利はない。それに、俺は強い奴と戦えればどうでもいいんだ。だから、お前らがオークを倒すっていうのなら手伝ってもいいぜ。兄貴のやり方は気に食わなかったしな。そのかわりすべてが終わったらそこの雌と一戦させてくれ』

カサンドラを見ながら豪快に笑うシュバイン。でも、今気になることを言っていたな。兄貴か……そういえばライムもオークのリーダーが代わったって言っていた。となると、シュバインの兄貴がオークのリーダーなのかもしれない。それならば、もしかしたらギフトについても知っているのでは？

「なあ、お前の兄貴がオークの群れのリーダーなのか？　あと、お前の兄貴はお前と同様に特殊な力をもってるんじゃないか？」

『おお、さすがは人間だ、今の言葉でそこまでわかるのかよ。兄貴みたいに頭がいいな。よく見れば兄貴に似ていて性根が曲がってそうな顔してるもんな』

え、なんで俺こいつに馬鹿にされてんの？　文句を言いたくなったが今は我慢だ。俺はシュバインの話を聞く。

『そうだよ、兄貴は特殊能力を持っている。兄貴は屈服させたやつに命令できるんだ、そして命令された奴は兄貴に絶対逆らえない。その力で兄貴はオークのリーダーになったんだ。兄貴はオークにしては変わっていてな、力は弱いけど頭は回るんだ。今頃やってくるだろう人間たちを倒す準備をしているんじゃないか？　あえて逃がしたとか、なんか計画がどうのこうのっていってたからな』

俺はそのセリフで嫌な予感がよぎる。たまたま一人だけ帰還できた冒険者。そして、まるで俺たちに不意を打つかのために壁に掘られた穴。これは……まさか、罠《わな》なのか？　俺達は……人間はオークがそこまで頭が回るということを知らない。ならば前線部隊はやばいんじゃ……。

「最後にもう一度聞くぞ、お前の兄貴と俺たちは戦うがいいんだな。場合によっては兄貴を目の前で殺すかもしれないが……」

『ああ、覚悟の上だ。兄貴は俺を粛清《しゅくせい》しようとしたんだ。今更、かばう義理はないだろう、それに俺達オークは強い奴が絶対だからな。負けたら殺されるのも仕方ないさ』

俺の言葉にシュバインは当たり前のように答える。おそらくこれは人とオークの価値観の違いもあるのだろう。それでもシュバインの目に一瞬寂しそうな色が映った気がした。彼も彼なりに色々考えて決めたのだろう。

「そうか……他には何か知らないか？」

『俺も全部の作戦を聞いたわけじゃないんだけどな……』

シュバインの話に俺は顔を真っ青にする。まずい、このままでは前線部隊が全滅するかもしれない。おそらく……前線部隊は致命的な勘違いをするだろう。俺はカサンドラ達に声をかける。

「カサンドラ、ライム行こう。みんながやばい」

「どうしたの？　いろんな情報は聞けたみたいね」

「ああ、最高に最悪な情報だよ。事情は走りながら話す。一秒でも早く決戦部隊と合流をするんだ」

そして俺たちは蝙蝠の力を借りて洞窟を探索してもらいつつ、一番冒険者やオークがいるところに向かう。もちろんライムとシュバインも一緒だ。それはまるで一つのパーティーのようだった。

俺たちはギルドの命令でダンジョンの中へと進む。だがその進みは遅い。先遣隊が主力の場所を掴んだという話があり出撃の命令が下りたのだ。しかし、いざ進もうとしたところ、新しい情報が入った。オークたちがダンジョンの壁に穴をあけて不意打ちをしてくることもあるらしい。魔物如《ごと》きがそんな小細工を使うのも煩《わずら》わしいが、それを知らせてきたのがシオンの息がかかった人間だというのも、またイラつかせる原因になっていた。

「おい、いつまでやってるんだ‼　他の奴等はもう、とっくに進んでいるんだぞ」

「無茶ですよ、どこに穴があるかわからないんですよ。また奇襲を受けてしまいます‼」

「くっそ、ならば蝙蝠にでも話を聞けばいいんじゃないか？　お前ら狩人は動物を使えるんだろう？」

「蝙蝠ってダンジョンに巣くっているやつですよね？　私達狩人はずっと一緒に育ってきた動物となら意思疎通できますが、そんなの無理ですよ」

先導しているのは今回のために臨時でパーティーを組んだ狩人の少女だ。罠を警戒しながら進んでいるのだが、進みが遅くてイライラする。俺は思わず舌打ちをしてしまう。このままでは他のパーティーに手柄を取られてしまうではないか。

シオンだったら蝙蝠の声を聴いてすぐなのに……何回か壁から穴を空けたオークたちに強襲されたせいか、少女の歩みはより慎重になっている。先遣隊たちが調べてくれた安全と思われていたルートもオークたちの奇襲によって無駄になってしまっているのだ。

「イアソン様落ち着いてください」

「わかっている！　俺が冷静じゃないって言うのか？　だいたいお前がシオンを追放しようって言うから……」

「すいません……ですが、彼は不要でした。それにそれの件に関してはイアソン様も了承したはずでは？」

「うるさいなぁ。じゃあ、俺が悪いって言うのかよ!!　だいたいシオンの奴がもっとしっかりしていれば追放しようって話になんかならなかったんだぞ」

俺の声にメディアが頭をドげ、それを見た他の二人が困惑した顔をしている。それをみて俺はさらにイライラする。俺は……俺たち『アルゴーノーツ』はBランク期待のエースパーティーなのだ。ここで手柄を立てて、Aランクに昇進をしなければいけないのだ。そのためには誰よりも活躍をしなければいけない。特にシオンに負けるのだけは許せない。あいつのことだ、どうせ、この洞窟にいたスライムあたりから情報を得たのだろう。

情報戦では負けたが、戦闘力ならば、俺達『アルゴーノーツ』は負けていない。そう、戦闘能力ならば負けていないのだ。だから早くオーク達の元へ向かい、俺達で、オークのリーダーを殺してしまえばよい。

英雄である俺と、すさまじい魔力をもつ『大魔導士』メディア、Cランクのソロ狩人であり『俊足の狩人』アタランテ、最近Bランクに昇進した聖騎士で牛や豚などの獣系の魔物に対して圧倒的な力を持つ『獣殺し』テセウスである。俺を含めてすべてギフト持ちである。

シオンもカサンドラとかいう女とパーティーを組んでいたが、勝負にもならないだろう。一騎打ちでは負けたが、あれも不意打ちのようなものである。真正面からやりあえば俺が負けるはずがないのだ。

少し進むと、奥から怒号と共に、剣と剣のぶつかり合う音や、悲鳴が聞こえた。ようやく着いたようだ。そこはもはや、戦場だった。高台からはオークたちが弓を構え近づこうとする冒険者を射貫く。遠距離攻撃が得意な冒険者たちが応戦しているが高低差のためか苦戦をしているようだ。そして中央にはオークの集団がいる。おそらくオークたちは自分達が有利な所で待ち伏せをしていたのだろう。オークが戦略を考えるとはな、生意気な……。

「状況はどうだ？」

「小競り合いが続いています、敵のリーダーの元には何人かが奥に辿《たど》り着いたのですが……」

俺が近くにいる冒険者に声をかけると、彼は奥にいるひときわ巨大なオークを指さす。そのオークはバカでかい錆《さび》付いた大剣を持っており、その刃には血と肉がこびり付いている。今もまた、冒険者が大剣を叩き付けられてぺちゃんこになっていた。そしてその側にはまるで、奴隷《どれい》のように一際小さいオークが嫌らしい笑顔を浮かべて立っていた。

大きいオークはおそらくオークロード。通常のオークよりも強力な力を持つ魔物である。このダンジョンのオークのリーダーと噂をされていた存在だろう。強さはBランクの上位に分類されている魔物である。俺は興奮に体を震わせる。これは運命だ。英雄には試練が必要だという。新しいパーティーの門出にふさわしい試練、これこそまさにチャンスである。

「皆の者聞け!!　この戦場は『アルゴーノーツ』に任せろ!!」

俺は剣を掲げて宣誓する。あの馬鹿でかいオークを倒して俺は英雄になるのだ。おれが英雄になるのを見て悔しがるがいいシオン。俺は剣を構えながら笑みを浮かべるのであった。


シュバインの話で冒険者たちの危機を知った俺達はすぐに戦場になっているであろう場所へと向かう。そしてその道中で詳しくシュバインに話を聞く。カサンドラとライムは先頭で魔物の襲撃を警戒してもらっている。

「つまり、リーダーがオークロードから、お前の兄貴に変わったんだな。そしてお前の兄貴は小さいがその分頭が良いと……お前の兄貴はどんなやつだったんだ。」

『ああ、そうだ、兄貴は元々体が弱かったからオーク内ではあまり良い扱いをされてなかったんだ。だから俺が獲物をわけたり、庇《かば》っていたんだけどな……ある日、俺が狩りに行っている間に、兄貴は何匹かのオークと狩りに連れて行かれたらしい。そこで何が起きたか分からないが、そいつらは兄貴の言うことを聞くようになって、それ以後はそいつらに狩りをやらせたりして生きていたんだ』

「そこでギフトに目覚めたのか……」

『そうなのかもな……それ以来兄貴は変わったよ。それまでは穏やかだったんだが、どんどん気性が荒くなっていった……でも、なぜか兄貴に従うオークたちは増えていったんだ。そしてそれに比例するかのようにどんどん兄貴は偉そうな態度をとるようになったんだ』

そういうシュバインは少し、寂しそうに顔を歪めた。その顔は先ほどまでの豪快さはなりをひそめて、まるで何か大事なものが消えていったようなそんな顔だった。

『兄貴はギフトによって、負けを認めさせた者の命令権を得るらしい。兄貴はいつの間にかリーダーも支配下に入れていて、そこからはやりたい放題だったな。雌は独占するし、食い物も兄貴ばかりが喰ってやがった。そして兄貴はいつの日かダンジョンだけではなく、地上も支配しようと言い出した。俺は数多くの魔物や人間と戦っていたからな……世界にはもっと強い奴や、賢い奴がいる。だから反対したんだ。そんな俺が気に食わなかったんだろうな、どんどん兄貴との仲は悪くなっていったよ』

「そして、お前と俺たちの戦いがきっかけで群れを追放されたってことか」

『ああ、だが、おかげで、お前らと再会できたんだ。人生捨てたもんじゃないな。それに元リーダーとも一度は戦ってみたかったんだ。これで遠慮なく戦えるぜ」

俺はシュバインの顔をみるが悲愴感はない、同じように追放された関係なのにな。こいつは強いなぁと思う。ちなみにシュバインのギフトは『狂戦士《ベルセルク》』。傷を負えば負うほど、ステータスがあがるらしい。だからカサンドラに腕を切り落とされた時強くなったんだろう。

「カサンドラにライム聞いてくれ。オークのリーダーは小柄なオークらしい、巨大なオークがいるがそいつを実際は小さいオークが支配しているそうだ」

「小さいオークが……？　なんかオークって大きい奴が一番偉いってイメージだけど……でも、このままじゃあ、まずいわね……リーダーと思ったオークを止めても、他に命令系統があるって知らなかったら……」

「ああ、油断したところを攻められたらやばいな」

『こっちが近道だよ』

洞窟内部を把握《はあく》しているライムの道案内で、俺たちは急ぐ。間に合ってくれればいいのだが……

ようやく戦いの音が聞こえる。通路を出た俺が最初に聞いたのは助けを求める悲鳴だった。

「イアソン様!!」

「わかっている!!」

オークの集団に俺たちは予想外の苦戦をしていた。大きい理由は二つある。一つは混戦のため、思うようにメディアの強力な魔法を撃てないという事と……、

「何をしている、テセウス!! メディアの魔術の射線に入るんじゃない」

「そんなこと言っても、この状況ですよ!!」

連携不足だ。シオンを追放した俺達は、今回のために臨時でテセウスとアタランテをスカウトしたのだが、思うように力を発揮できないでいた。テセウスは戦闘力はあるものの、前へ突っ込みがちであった。そして視野も狭い。これがシオンだったら、状況を判断して、メディアやアタランテが動きやすいようにサポートをしてくれただろう。そしてもう一つ……。

「きゃっ!!」

「テセウス、治療を!!」

オークの矢が刺さったアタランテのサポートのために、テセウスが抜けた前線を俺一人で何とか守りぬく。何匹か屠《ほふ》ったが、相手の攻撃が激しくなる。これ以上は支えきれなくなる。

「どうした、お前の法術はそんなものなのか？　早く治療を済ませてこちらの援護に来い」

「だって、俺は前線で戦うのがメインですよ。法術はあくまでもおまけですって」

法術の練度が全然違う。シオンと同じ中級法術のスキルを覚えているが、効果が全然違った。パーティーを組む時に持っているスキルだけしか聞かなかったから、熟練度でこうも効果が違うのは予想外だった。

目の前のオークどもの相手が精一杯で中々前に進めない状況が歯がゆい。あと一手あと一手足りないのだ。

「イアソン様!!」

「おう」

「火よ!!」

メディアの声で察した俺は相手を押し返して、何とか距離とる。そしてメディアの魔法によって、オークたちが焼き払われて、オークロードへの道が開ける。今しかない。他のやつに狩られる前に俺が狩る!!

「メディアよくやった。よし、今のうちに突っ込むぞ!!」

「はい、イアソン様!!」

「まだ回復が……」

「く、傷が……」

「ならばいい、テセウスはそのままアタランテの治療を!! 終わったら、近くのパーティーに合流して援護をしろ!!」

俺の言葉について来れたのは、メディアだけだった。テセウスのやつはまだ治療が終わってなかったようだ。まあいい、奴らには後方支援をしてもらおう。オークロードの周りには肩に乗った小柄なオークしかいない。おそらく、あの大剣に巻き込まれないように、他のオーク達は近づかないようにしているのだろう。何人かの冒険者が必死に食らいついているのには理由がある。オークには指揮系統が一つしかないのだ。つまり、賢いリーダーがいてもそいつが戦闘にかかりっきりの場合は指揮が疎《おろそ》かになるのである。確かにこの大きなリーダーのオークは賢いのかもしれない。だが、何人もの冒険者と戦いながら頭を働かせ、指示を出すのはさすがに難しいだろう。そしてダメ押しとして……。

「俺も加勢してやる!! 足を引っ張るなよ。お前ら!! そこのお前、メディアの護衛を頼むぞ」

「イアソンか!! ありがとうよ」

一人の冒険者が引いたタイミングで入れ替わるように、俺は全力を出し切る勢いでオークロードに攻めかかる。指揮をする余裕を与えないように。戦闘に意識を集中させるように、俺はさっきまでオークロードの近くにいた小柄なオークがいないことに気づく。どうせ逃げたのだろう。あんな小物はどうでもいい。

「ぶひぃぃぃ」

オークロードが何かを叫んでいる。部下への命令だろうか？　意味さえ分かれば、対処方法はとれるのだが、わからないものは仕方ない。俺はまた無意識にシオンの事を思い出したことに気づいて舌打ちをする。

「一気に攻めるぞ!!」

「おーー!!」

オークロードと切り結んで、俺は違和感を覚える。こいつは確かに強い。このままでは圧倒的な力と体力によって、力負けをするだろう。だがそれだけだ。こいつの攻撃はすべてが力任せで、知能が高いようには感じられない。なんというのだろう……ただの強いオークというのだろうか？　まあいい、もう決着はつく。俺は背後から熱気を感じたので、オークロードの一撃を受け流す。ミスリルの剣がキィィィィーと音を立てながらも、なんとか相手の隙をつくった。腕に負担が来たが、もう終わりだ。そして俺は周りの連中に指示を出す。

「魔術が来るぞ、ひけ!!」

俺たちはその隙をついて相手から距離をとる。背後からのすさまじい熱気が俺の横を通り、オークロードにぶつかるかとおもったがそうはならなかった。

その前に横から投げられたオークによって、邪魔をされたのだ。どこかから投げられたオークが盾《たて》になってオークロードへの直撃が防がれたのだ。盾にされたオークは爆発と共に消し炭になった。だがオークロードはどうだ？　仕留めることができたのか？　というか、俺達との戦いに集中していたはずなのにどうやって魔術に気づいた？

煙の中から巨体が迫ってくる。その巨体は俺たちを無視して、まっすぐに強力な魔術を放ったメディアの方へと向かう。ふざけるなぁぁぁ。俺を無視しただと⁉

「きゃあぁぁぁぁ」

メディアを守っていた冒険者たちは大剣の一振りでふっ飛ばされる。だがそれによってわずかだが時間ができた。悲鳴を上げているメディアの顔が見える。

「メディアーーー‼」

なんとか追いついた俺はメディアを庇うが不安定な状況だったために、オークロードの攻撃を受けきれずに、メディアごと他の冒険者と同様に吹き飛ばされた。とっさに彼女を左腕で抱えるが全身が痛い。特に右腕がやばい、骨が折れたのか動かない。ああ……全身が……痛い……俺は死ぬのか？　こんなところで？　無様に、こんなダンジョンで、オークロードごときに倒されるのか？

「イアソン様イアソン様ぁぁぁぁ」

「なんでだよぉぉぉ、俺は英雄なんだ‼　神に成功を約束された存在のはずだ。その俺がこんなところで……」

戦線は崩壊した、崩壊してしまった。オークロードと渡り合える冒険者たちの壊滅。今回の冒険者で一番強力な魔術を使えるメディアはパニック状態になってしまった。ああ、くそ……俺達はここまでなのか……メディアが俺をかばうかのように覆いかぶさってくるが邪魔だ。早く逃げろというのに……。

「カサンドラ、シュバイン‼　そのでかいオークを頼む‼　俺だ、シオンだ‼　その黒いオークは俺の仲間だ。攻撃をしないでくれ」

「任せて、炎脚《フランベルジュ》」

「ぶひぃぃぃぃ」

「大丈夫か、イアソン、メディア」

絶望の中に聞こえたのは俺がもっとも聞きたくなかった声だった。なんで貴様がここにいるんだ、シオン……俺がピンチの時に現れたその姿はまるで俺が目指している英雄の様じゃないか。


「大丈夫か、イアソン、メディア」

ライムの案内でオークたちが空けた穴から戦場へと出た俺たちは、ぎりぎりで間に合ったようだ。イアソンは俺を見ると何か言いたそうだったが、口を開くことなく意識を失った。瀕死《ひんし》のイアソンと彼を呆然《ぼうぜん》とみているメディアをみた俺は近くにいた冒険者に声をかけて救助を頼む。

カサンドラとシュバインがあの大きいオークの相手をしている間に俺は状況を確認する。

『俺はお前とずっと戦いたかったんだよ!! リーダー!!』

『ニンゲンコロス!! オマエモコロス』

「オークロードね。相手に不足はないわね」

シュバインとカサンドラがオークロードとすさまじい戦闘を繰り広げている。シュバインに指揮をするオークが誰か聞きたかったのだがあいにく無理なようだ。だから俺は耳を澄まして、オークたちの声を聞く。

『あの人間と、シュバインを背後から矢で射ろ。奴ごと射貫いても構わない!!』

『ヤツラヲコロス!!』

「メディア杖を借りるぞ!! 風よ!!」

他のオークたちに命令をしている小柄なオークめがけて魔術を放つ。メディアの持つ杖によって、強化された風はすさまじい勢いで小柄なオークに迫る。それをみた小柄なオークは驚愕の顔をしながら悲鳴をあげる。

『なんで俺を……まもれぇぇぇ!!』

小柄なオークの号令で近くのオークがかばうように小柄なオークと魔術の間に入ってきた。盾となったオークたちによって魔術は止められてしまったが、小柄なオークも無傷では済まなかったようだ。片腕から血を流しながらこちらを睨みつけている。

「オークのリーダーはそいつだ。手があいているやつは俺と一緒に倒すのを手伝ってくれ!!」

「リーダーはオークロードじゃ……」

「信じてくれ!! 俺はオークから聞いたんだ。『翻訳者』のギフトでな!!」

俺の言葉に冒険者たちの間に困惑が広がる。ああくそ、説明をしている時間が惜しい。早くしないとリーダーが逃げてしまう。少し、カサンドラの気持ちが分かった気がする。俺がどうしようかと悩んでいると、一人の狩人が逃げようとしていたオークのリーダーに弓を射った。

「俺はシオンを信じるよ、こいつは魔物と話せるからな。その力に助けられたことがある」

「この前稼がせてもらったし、信じてやるか!!」

狩人の言葉によって、流れが変わった。オークのリーダーへと手が空いている冒険者たちが迫る。賢いが体が弱いオークのリーダーはこうなると弱かった。仲間を集めさせて、自分の身を守ろうとするがそれはもう作戦とは言えなかった。そして乱戦になって、一人の冒険者が大声を上げる!!

「リーダーを討ち取ったぞ」

小柄なオークの首を掲げた冒険者の言葉が、洞窟に響き渡る。そこからはもう、冒険者たちの有利なように戦況は進んだ。指揮系統を失ったあげく、ギフトが解けたオークたちは突然正気に戻ったものの状況がわからず、混乱していた。そこに冒険者たちの猛攻が迫る。あるものは呆然としたまま命を失い、あるものは逃亡を始めた。

「オークロードを討ち取ったわ」

『よっしゃぁぁぁぁぁ!!』

「せめろーーー」

「く、殺せーー!!」

「仲間の仇《かたき》だ!!　やるぞ!!」

更にオークたちに追い討ちをかけるようにカサンドラ達の勝利宣言が洞窟内に響いたのだった。そして戦闘は終局へと向かうのであった。

だけど、俺は違和感を覚えた。たしかに冒険者が首を掲げたオークは小柄だけれど知性を感じられなかったのだ。

ありえないことだった……俺は傷だらけの体を引きずって、住処への帰路を目指す。あの男はなんなのだろう？　囮である元リーダーには一切気を取られず俺をピンポイントで狙ってきた。おそらく、俺と同様に特殊な力を持つ人間なのかもしれない。そう思って、俺と似ているオークを囮にして、そいつが死んだタイミングで、ギフトを解いたせいで混乱はおきたが、無事逃げることができた。

まあいい、住処に戻って体制を立て直すのだ。幸い俺が生きていればまたオークの軍勢は強くなれる。頭の悪い馬鹿共だが俺が導いてやれば、人間とも渡り合えることは証明された。

体制を立て直したらあの人間は生け捕りにして、たっぷり嬲《なぶ》ってやろう。ああ、あとはあの裏切り者の弟も同様だ。ちょっと力を持っているからって、調子に乗っていた弟だ。あいつにも力を使えばよかった。でもあいつは……あいつだけは俺の言う事を聞いてくれると思っていたのだ。だというのに、人間と親しくしていたという。頭にきて追放してやったが、まさか人間と組むとは予想外だった。これまで好き勝手な事をしていたのを、許してやった恩も忘れやがって……。

「あぶねー、間に合った」

「シオンの読み通りね、あの混乱の中逃げ出しているなんて……」

「勘だよ。念のためシュバインに顔を確認してもらってよかった」

俺は壁の穴から出てきた人間たちを見て、絶句する。なんでこいつらがいるんだ、こいつは……この男は……俺に魔術を放った男で、この女は元リーダーと対等に戦っていた女だ。そして何よりもなんで、俺はこの男の言葉がわかるんだ？

「知恵を持つオークがこんなに強敵だとは思わなかったが、今度こそ終わりだ。さっきとは違いお前を守るやつはいないし、俺たちは絶対にお前を逃がさない」

男が俺に話しかけてくる。ああ、だが、言葉が通じるのは逆にラッキーなのかもしれない。俺は昔を思い出す、冒険者に返り討ちにあって、他のオークが殺されかけて、俺が必死に命乞《いのちご》いをした時のことを……。

あの時の冒険者は小柄な俺を子供だと思ったのか、必死に頭を擦り付けたら見逃したのだ。だから背後から襲って殺してやった。そして、その時に力に目覚めたのだ。死にかけた他のオークたちを助ける事によって俺は奴らを支配下に置く事が出来た。

屈辱的な出来事だったが、俺はそのおかげで人間の恐ろしさと甘さを知ることが出来た。しかも今回は言葉も通じるのだ。必死に命乞いをしよう。そして無事逃げたら体制を立て直すのだ。

『頼む、俺だって好きでやっていたわけじゃないんだよ。俺のような体の弱いオークは、こうして結果をださないと生きていけなかったんだ!! リーダーになんて本当はなりたくなかったんだ。でも、生き残るにはこうするしかなかったんだよ!!』

俺の言葉に人間が悲しそうな顔をした。その表情をみて俺は内心ほくそ笑む。ああ、本当に人間はバカだ。このままいけばこいつは俺を見逃すだろう。涙を流しながら俺は内心ほくそ笑んだ。

「お前は俺と似ているのかもしれないな……お前も生きるのに必死だったんだよな、だからできる事をやってお前は成り上がったんだ。生きるために……生き残るために……もう、地上に出ないって誓えるか？」

ああ、もう一押しだ、俺は過去の冒険者の顔が思い浮かぶ。本当に人間は甘い。

『ああ、もちろんだ、俺はもう懲《こ》りたよ。ここにこもって大人しく生きると誓おう。なんだったらこれからは他のオークにも、人間を襲わないように命令をしてもいい』

「そうか……いい事を教えてやる。俺のギフトはお前の本心を教えてくれるんだよ」

『な……しねぇぇぇ』

俺は失策を理解する。ああ、こいつには俺の本心がばれているのだ。ならば殺すしかない。幸いこいつは雌よりも強くない。俺はしゃがんだ状態から男に襲い掛かって……。


俺はカサンドラからもらった短剣で、オークのリーダーの喉を貫いた。今度こそ絶命しただろう。もちろん心が読めるというのは嘘だ。やつの本心を確かめるためのブラフである。俺は必死に生きているこいつに一瞬同情心を感じてしまった。弱いけれどがんばっていたこいつに……。

「お疲れ様、こいつがリーダーだったのね……まさか自分に似た死体まで用意しているなんて思わなかったわ」

「ああ、あとはオークの事は放っておいてもいいだろう」

俺はギフト持ちのオークの耳を切り取った。これで報奨金がもらえるはずだ。今頃冒険者たちはオークたちの耳を切ったりして、報酬を数えていることだろう。このままオークの巣へ行けばオークを全滅させることはできるかもしれない、だがそれではダンジョンの生態系が乱れて、かえって予期せぬ魔物が上層にくるかもしれない。そもそもオーク自体は今回のようなイレギュラーがなければ脅威ではないのだ。あとはまた、別のオークのリーダーが現れて群れを統率するだろう。

「こいつも俺と同じように弱い力でなんとか生きようとしただけなんだよな……」

「まさか、あなたこいつに同情をしたの？」

「いや、そういうわけじゃないんだが……こいつも生きるために必死なだけだったんじゃないかなって思ってさ」

「あなた、こいつが自分に似ているとか思ってないわよね？」

「それは……」

俺の言葉に彼女はあきれたとばかりにため息をついた。もしもこいつがギフトに目覚めなければ、大した力も無いこいつはのたれ死んでいただろう。カサンドラと会えなかった俺と同様に……もしかしたら俺だってこいつのように……。

「あのねぇ、あなたとこいつは全然違うわよ。だってこいつは他のオークを駒《こま》のように扱っていたじゃない。あなたは私を駒のようにすることもできた、でもあなたは私に相棒になってほしいって言ったもの。それに、そいつはギフトを自分のためだけに使っていたけれど、あなたはギフトで他人を助けてるじゃない。全然似てないわ」

「……」

「え、ごめんなさい、私なんか見当違いなこと言っちゃった？　なんか言ってよ。恥ずかしいじゃない」

俺が彼女の言葉に絶句していると、なぜか彼女は顔を真っ赤にしてあたふたし始めた。違うよ、カサンドラ、俺はお前が俺の欲しかった言葉をくれたから驚いているんだ。

「いや、ありがとう、カサンドラは最高の相棒だなって思ってさ」

「何よそれ……じゃあ、行きましょうか。みんな帰り始めてるわよ」

そういう彼女は照れているのを隠すかのように口を尖らせていたが、俺は彼女に感謝をするのであった。

「終わったぞ」

『そうか……騙し討ちに失敗とは無様な最期だったな』

俺は隅っこに身を潜ませていたシュバインに声をかける。彼は俺を止めなかったけれど、やはり思うことはあるのだろう。その表情は何とも言えない顔をしている。

「お前……やっぱり……」

『ふん、俺たちは殺しあっているんだ。恨んだりはしねえよ。兄貴は負けたんだ……敗者には文句を言う権利はない。でも……兄貴はさ、俺がまだ小さかった時に肉を分けてくれたんだ。自分だってろくに食ってないのにさ……あの時の肉は本当にうまかったんだよ。兄貴は力を得て変わってしまったけど、本当は心優しい奴だったんだ』

「そうか……お前の兄貴の死体はそこに置いてある。お前らの弔《とむら》い方はわからないからあとは任せていいか」

『ああ……ありがとう。それと、約束は忘れるなよ』

「もちろんだ」

そうして俺たちはダンジョンを後にした。去り際に押し殺したような鳴き声が聞こえた気がしたが、それは意味のない泣き声だったのだろう。『翻訳』ギフトを持っている俺にも意味は聞き取れなかった。


「オーク討伐に乾杯!!」

ダンジョンから帰宅して、冒険者ギルドに戻るとすでに宴会が始まっていた。緊急ミッション終了ということもあり、ギルドの酒場で飲食が無料で振舞われているのだ。っていうか、緊急ミッションに参加してない奴らもいるじゃん。ずるくない?

「シオンさん、それが噂のスライムですか?」

「キャー可愛い、ちょっとさわってもいいですか?」

遅れてきて場の雰囲気についていけない俺が困惑していると顔見知りの、冒険者の女の子が声をかけてくる。俺の肩に乗っているライムに興味津々《しんしん》なようだ。

『ちょっと行ってくるね』

「あーなんか、ひんやりしていて気持ちいい」

「あー、ずるい」

『フフフ、やっぱりシオンに触られるより幸せだなぁ』

そういうとライムは俺の肩から彼女達の方へと飛び移った。あれ、お前、人の言葉は判らないはずだよな? てか、スライムと女の子ってなんかエロくない?

「何嫌らしい顔しているのよ、飲みましょう」

「ああ、そうだなって、もう顔真っ赤じゃん。何杯飲んだんだよ」

「えへへ、秘密ー。シオンも飲んでよー」

そういってカサンドラがエールの入ったコップを俺に押しつけてくる。ちょっと近すぎない？　あとさ、酔いのせいか顔が上気していてなんとも艶《なま》めかしい。俺は普段とは違うカサンドラに少しドキッとする。てか、こいつやたらとテンション高いな……。

「ありがとう、カサンドラってこういうの好きなんだな、ちょっと意外だよ」

なんかパーティー組む前の評判とか聞くと、「興味ないわね。報酬だけもらうわ」とか言ってどっか行きそうなイメージなんだけど……俺の言葉に彼女は顔を赤くしながら目を逸らして、ちょっと恥ずかしそうにいった。

「その……昔に一回参加したことあるんだけど、誰も話しかけてくれなかったからそれ以来は参加したことなくて……今回はシオンがいるから安心して騒げるなって思って……」

「よっしゃ、今日は朝まで騒ぐぞーーーーー!!」

俺は彼女の黒歴史に触れてしまったようだ。誤魔化《ごまか》す様に乾杯をする。しばらく二人で喋っていると、何人かの前衛職の連中がこちらに寄ってきた。その中にはカストロもいたが、珍しく、ポルクスは近くにいないようだ。

「カサンドラさん!!　オークロードとの戦いすごかったです。話を聞かせてください」

「あのオークはカサンドラさんが倒して仲間にしたって言うけど本当ですか？」

「ああ、ぼくの天使……お酒を飲んでいる姿も美しい」

「え……あの……その……」

質問攻めにされて可愛らしくてんぱっているカサンドラだった。彼女が俺に視線で助けを求めてきたので俺は笑顔で答える。

「カサンドラにお客さんのようだね。俺はちょっと挨拶回りをしてくるよ」

「え……？　嘘よね、シオンちょっと……」

助けを求める彼女に手を振って俺は席をはずした。こうすれば彼女のコミュ障も良くなるだろう。彼女の話しかけづらいイメージも払拭《ふっしょく》できるだろうし、友人も増える。一石二鳥である。俺と話すのはいつでもできるしな。「シオンのばかぁぁぁ」と聞こえたような気もするが気にしない。

しばらく歩いていると俺は冒険者に口説かれつつも、適当にあしらっているアンジェリーナさんを見つけた。そして彼女と視線で察した俺は大声で彼女を呼ぶ。

「アンジェリーナさん、今回のことで報告が……」

「はい、あっ、すいません。呼ばれているので……」

そういうと彼女はグラスを持ったまま俺の方へとやってきた。少し酒を飲んでいるのか、顔が少し、赤くてなんか色っぽい。

「助かりました、あの人結構しつこくて……」

「アンジェリーナさんは可愛いからなぁ」

「はいはい、どうせみんなにそういうこと言ってるんですよね、最近はカサンドラさんといい、ポルクスちゃんといい女の子にばっかり声かけてますもんね」

あれー？　俺普通の会話をしてたよね？　なぜかすごい責められているんだけど……俺が困惑していると彼女は意地の悪い笑みを浮かべた。

「ふふ、冗談ですよ。今回はお疲れさまでした。話は聞きましたよ。大活躍だったみたいですね。私も嬉しいです」

「ありがとうございます、アンジェリーナさん達もお疲れさまでした。そういえばイアソンは大丈夫でしたか？　ここにはいないようですが……」

俺はそういって、隅っこで酒を飲んでいるイアソンと臨時パーティーを組んでいた二人を指さす。そこにはイアソンもメディアもいなかった。

「ああ、イアソンさんは命には別状はないそうです……招待はしたのですが、気分が悪いといって欠席されています」

「そうですか……」

俺は少し寂しく思う。なんだかんだで俺はあいつにも認めてもらいたかったのかもしれない。

「まあ、それはさておき、シオンさんが今回のＭＶＰですね」

「いや、そんなことないですよ、どちらかというとカサンドラですね、彼女のおかげでだいぶ助かりましたから」

そういって俺は一生懸命ほかの冒険者と喋っているカサンドラを指さす。目があったら涙目で睨まれた。後が怖いなぁ……。

「そうですね、カサンドラさんはとても活躍してくれました。でも、オークの本当のリーダーに気づいたのも、あの黒いオークを仲間にしたのはシオンさんでしょう？　魔物を従えてパーティーを組む……まるで伝説のSランク冒険者『魔王』を思い出しますね」

「買いかぶりすぎですよ、それに俺は魔物を従えているんじゃないです、ライムもシュバインも力を貸してくれたんです」

俺は女の子に囲まれているライムを見ながら言う、あいつちょっと調子に乗ってない？　ちなみに『魔王』という冒険者ははるか昔にいた冒険者で、魔物ばかりを従えていた変わり者の冒険者である。その仲間は全て魔族と魔物で占められており、人間では辿り着けないレベルの強さの魔物達とあらゆるクエストをクリアしたという伝説の冒険者だ。

「買いかぶりなんかじゃないです。本当にすごいって思っているんですよ。私は知っています。シオンさんがこれまで強くなるために死ぬほど努力をしていたことを、今回の件で情報を集めてくれていたことを、あなたがオークの真のリーダーに気づいてそのおかげで勝てたことも。だから今日ばかりは自慢していいんですよ。『俺がやったんだ』って、『俺がオークのリーダーを倒したんだ』って。それでは未来の英雄に乾杯」

そういうと彼女は俺に微笑みながらグラスを掲げた。酔っているのかやたらと距離が近いのと、胸元がいつもより、開いていて、腕を上げた時にちょっと揺れた。うおおお、絶景じゃん。

「どうしたんですか？　乾杯しましょう？」

「ええ……乾杯」

上目づかいで目を濡らしながら、乾杯を促してくる姿はとても魅惑的で。俺はかろうじて返事を返すので精いっぱいだった。あとおっぱいがすごい……。

「アンジェリーナさーん」

「ああ、もう……いいところだったのに……」

ギルドの受付から彼女を呼ぶ声で不思議な雰囲気は霧散する。よかった……あのままだったら間違いなく恋をしていた……俺は残念なような助かったような気分でため息をついた。

「じゃあ、シオンさん、近いうちにご飯に行きましょうね。もちろん二人っきりですよ」

そう耳元でささやいて彼女は受付へと戻っていった。なにこれ？　すっげぇドキドキした……一人になった俺は再び知り合いを探す。ポルクスが目に入ったが、女冒険者たちと話している。なにやら黄色い声でキャーキャーと話している。女子会ってやつだろうか？　今は声をかけない方がいいんだろう。俺が他の知り合いを探そうと思い踵を返すと呼び止められる。

「シオンさーん、なんで声をかけてくれないんですか？　ひどいです」

「え、いや……仲良く話していたから邪魔をしちゃあいけないかなって……」

「シオンさんならいいんですよ!!　乾杯しましょう」

「ああ……てか酔っているなぁ……何を話していたの？」

俺が何気なく聞くとポルクスは酔って赤い顔をさらに真っ赤にした。大丈夫？　飲みすぎじゃない？　カストロが近くにいないから相当羽目を外しているのかもしれない。

「それは……私の英雄についてですね」

「へぇぇー、あこがれの英雄っているよな。なんていう冒険者なんだ」

「それは……秘密です。それより、ダンジョンでは助けてくださってありがとうございました。本当にあの時はもう駄目だと思っていたので……」

「ああ、気をつけろよ、すっごい心配したんだからな」

「心配してくれたんですか……ありがとうございます」

「おい、ポルクス？」

そういうと彼女は俺に抱き着いてきた。おお？　何これ？　てか、子供だと思っていたが彼女もいつの間にか成長していたようだ。具体的に言うと胸とか胸とか。あとさ、なんで女の子ってこんないい匂いするんだろうね。カサンドラともアンジェリーナさんとも違う魅力を持つポルクスに一瞬ドキッとしてしまう。

「すいません、飲みすぎたみたいで……シオンさんずっと言いたかったことがあるんですが聞いてもらえますか？」

「え、ああ……」

彼女はそのまま俺の耳元でささやく。彼女の吐息が俺の耳を刺激して、ゾクリとした。

「シオンさん、私はあなたのことが……」

「ポルクスぅぅぅ!!　はしたないぞ、なにをやっているんだ。それに酔っているのならばそんな雑魚ではなく、僕を頼れぇぇ!!　ごはぁ!!」

「ああ、もう、兄さんのばかぁ!!　もうちょっとだったのに!!」

「ああ、脛《すね》が砕けるようにいたいぃぃぃぃぃぃ」

そういうと彼女は俺から体を離すと、走ってきたカストロの脛を杖で思いっきり叩くのであった。

相変わらず仲良しだなぁと思う。

「それでポルクスさっきは何を言おうとしたんだ？」

「それは……またの機会に言います。今ので勇気が無くなってしまいました」

そういうとポルクスはちょっと残念そうに頬を膨《ふく》らませてから頭を下げた。その姿は年相応で、さっきまでの大人びた姿がまるで幻覚の様だった。俺が混乱していると、ちょんちょんと肩が叩かれる？　一体何だろうと振り返ると、すっごい不機嫌そうなカサンドラが俺を睨んでいた。あれ、俺なんかやっちゃった？

「私を放っておいて他の女を口説きまくるとはいい度胸ね!!　ぶっ殺すわよ」

「え、なんで怒ってるの？　それに別に女の子を口説いてなんて……いや、女の子としか喋ってないな……」

「その根性を叩き直してあげるわ。模擬戦よ!!　私とシオンどちらが強いか勝負しましょう!!」

「うおおおおお!!」

「やっちまえーー、アンジェリーナさんの前で恥をかかせてやれ!!」

「ポルクスの前で無様な姿をみせろぉぉぉぉ!!」

カサンドラの言葉にみんなが興奮の声をあげる。みんな酔っているせいか悪乗りがすぎない？

俺はアンジェリーナさんに助けを求めるが、彼女は事務所の奥に行ってしまったし、他の職員は今日は無礼講《ぶれいこう》という感じでスルーされた。

ああ、でもアンジェリーナさんもポルクスも俺のことすごいって言ってくれたし、ワンチャンあるんじゃないだろうか？　俺も酔っているがカサンドラも結構酔っているみたいだし……。

「よし来いよ!!　カサンドラ勝負だ!!」

「乗ったわね、ぼこぼこにしてあげるわ」

「お前ら、どっちにかける？　俺はカサンドラだ」

「俺も」

「私も」

「お前ら誰か俺に賭けるやついないのかよ!!」

自分の不人気っぷりに半泣きになりながら叫ぶ。ポルクスと目が合うが彼女は目をそらして申し訳なさそうにいった。

「私もカサンドラさんで、すいません、今回あんまり活躍できなかったんでお財布が厳しくて……」

「フハハハハ、無様だな、シオン。我が妹は弱い奴には興味がないんだよ。もちろん僕もカサンドラ様だ。ごはぁ」

「兄さんうるさいです!!　シオンさんに興味が無いなんてことはないですから!!　勘違いしないでくださいね!!」

くっそ、こいつら!!　いいぜ、絶対勝って損させてやる!!　俺は剣を構えてカサンドラと向かい合って……瞬殺された。いや、気づいたら目の前にいるんだよ？　おかしくない？

結局この後いたるところで模擬戦がおきて、店内をボロボロにした俺たちはアンジェリーナさんにマジで説教されて祝勝会はおひらきとなったのだった。でも、すごい楽しかったんだ。


オークの騒動から何日かたち、ギルドも通常通りの運営を始め、ダンジョンも解禁になったので俺たちは再びここに足を踏み入れた。

「なあ、カサンドラ……信じてるからな」

「ええ、あなたの相棒に任せなさい。彼の戦い方はもう知っているもの、負けることはないわ」

俺とカサンドラはうなずいて、ライムの巣へと向かう。そうして俺たちは再起の戦いに向かうのであった。シュバインとの約束を果たしに向かうのだ。

ライムの巣に来た俺は、まるで守護者のように巣の入り口に仁王立ちをしているシュバインに声をかける。彼は俺たちを見るとニィと好戦的な笑みを浮かべた。

「傷は大丈夫か？」

『ああ、問題ないぜ。元リーダーの時も、急に動きが止まった瞬間にそこの雌が殺しちまったからな、不完全燃焼なんだよ。この時を待っていたぜ』

そういうと彼は好戦的な笑みを浮かべてカサンドラを見た。なるほど……オークロードを狩った時もいきなりギフトが解けて混乱している隙をカサンドラが持っていったのか。俺たちが会話をしているとライムがやってきた。

『ねえ、シオンこの戦いに意味ってあるの？　僕はシュバインにもカサンドラにも怪我をして欲しくないんだけど』

「あるさ、約束だからな。こいつはちゃんと約束を守ってくれたんだ。こちらも守らないと……それにシュバインには強い奴と戦うことがなによりもお礼になるんだ。カサンドラには悪いが……」

「いいえ、構わないわ……だって、私もわくわくしているもの」

ライムの言葉に俺が答えていると、カサンドラが武器を構えて俺に向けて楽しそうに笑った。そしてカサンドラとシュバインは剣を構え向かい合う。

カサンドラの『予言』と、炎剣《フランベルジュ》の二つのスキルによる戦い方と、シュバインのギフト『狂戦士《ベルセルク》』による身体能力の向上どちらが上かはわからない。おまけに二人は一度共闘をしている、ある程度戦い方などはわかっているだろう。最初とはちがう、お互いの手の内を知った上でどう対策をするかも大事になってくるのだ。

先に動いたのはシュバインだった。彼はすさまじい勢いで剣を振るうが、カサンドラはそれをかいくぐる。一瞬彼女が怪訝そうな顔をしたのは気のせいだったただろうか？

『はは、さすがだなぁ!!　あんたがオークだったら迷わず求婚していたぜ!!』

「ごめん、何言ってるか全然わからないわ。でも私も楽しいわよ!!」

カサンドラはシュバインの攻撃を受け流しては、その隙をついて、軽い傷を負わせているが、致命的なダメージは与えられていない。膠着《こうちゃく》状態がしばらく続いたが、一瞬シュバインの腕の筋肉が膨張したようにみえ、次の瞬間にはカサンドラに切りかかっていた。

「残念ね……私にはそれは視えているわ」

『そう来る思ったよ‼』

その攻撃をカサンドラが躱《かわ》し反撃をする。ここまでは以前と同じ、しかしそこから流れが変わる。シュバインの必殺の一撃を予言によって躱したカサンドラが反撃をしようとすると、シュバインはそのまま剣を捨て徒手空拳に切り替えたのだ。

『この前と同じだと思うなよ‼』

「へぇーおもしろいわね、じゃあ私もお礼をしなきゃね」

シュバインの拳を躱した彼女は距離を取ろうとするが、そうはさせまいとシュバインが迫る。思うように剣を振るえないカサンドラのピンチと思いきや彼女は笑みを浮かべた。

「炎脚《フランベルジュ》」

カサンドラの足が爆発と共に、蹴《け》り上げられる。そして爆破の加速力と相まってすさまじい威力となった彼女の足がシュバインの顎《あご》を捉えた。

「オークだって、脳がある以上振動には耐えられないでしょう。致命傷ではないからあなたのギフトも発動はしないわ。これでチェックメートよ」

そうして勝負はついた。彼女は、何がおきたかわからず倒れたシュバインの喉元に剣を突きつけて勝利を宣言した。それを見たシュバインは満足そうに笑った。

『俺の負けだ……あとは好きにしてくれ。最期にいい勝負ができた』

「シオン……あなたに通訳してほしいのだけど……こいつに何で右手の傷が完治していなかったのに勝負を挑んだか聞いてくれる？　その傷がなければこの勝負わからなかったもの」

「え……ああ。シュバイン、カサンドラがなんで、怪我が治るのをまたなかったんだって？」

だから彼女は途中顔をしかめていたのか？　俺は確かに傷を治したが神経までは完全に癒せていなかったのだろう。怪我をして日が浅いこともあり、オークの治癒能力をもってしても、完全には治っていなかったのだろう。

『簡単なことだ、俺にとってこの戦いはあの時の続きだ。俺の手は本来そこの雌に切られて失っていた。くっつけてもらえたのでもありがたいのに、完全に治るまでまってもらうなんて都合がよすぎるだろ』

「馬鹿ね……でも、そういう考え方は嫌いじゃないわよ」

俺がカサンドラにそう伝えると彼女は微笑みながらうなずいた。俺にはよくわからなかったがカサンドラには納得のいく理由だったらしい。

『さあ俺を殺せよ、俺を放っておけばここに来る人間を襲うぞ。お前らも嫌だろう？』

「ねえ、シオン……」

『シオン、お願いがあるんだ』

カサンドラとライムが俺を見つめる。ああ、二人の言いたいことはわかっているよ。

「なあ、お前が人を襲わないって言うんだったら俺は……」

『それは無理だ。俺の生きがいは強敵と戦う事なんだよ。それに……自分の生きがいを我慢してまで生きたいとも思わないしな』

俺の言葉にシュバインは首をふった。ああ、でもこいつはわかっていないな。何もわかっていない。

「お前は強い奴と戦いたいんだよな？　それは人間じゃなくてもいいんだろう？」

『ああ、まあな。でも、ここにくる強い奴なんて人間くらいだろう？』

「ここならそうだろうな。だったら、俺たちと来いよ。強い奴と戦いたいなら、俺たちはAランクの冒険者を目指すんだ。色んなところへ行くし、そこにはお前やカサンドラより強い敵がいるかもしれない」

『いいのか？　俺はオークだぞ』

「ああ、魔物だって言うならライムもいるし、お前は今回俺たちと戦ってくれたからな。ギルドの連中もお前に悪い印象はないよ」

『そうか……じゃあ、俺を外に連れて行ってくれないか？』

「ああ、行くぞ。シュバイン。ダンジョンの外は楽しいぞ」

そうして俺たちはシュバインとダンジョンの外に出ることにした。これからアンジェリーナさんに説明したり色々大変ではありそうだけど、俺は……俺達はこれが正しいと思ったんだ。ここから俺の新しい冒険者としての道がはじまるのであった。

Bランク
シオン
ギフト『万物の翻訳者』

いかなる生き物、魔物と意思疎通可能。
保有スキル
中級剣技　剣を使用したときのステータスアップ
中級魔術　火、水、風、土の魔術が使用可能。威力の向上。熟練度によって、制御力に補正がかかる。
中級法術　傷の回復、身体能力の向上などの法術を使用可能。効果の向上。熟練度によって、制御力に補正がかかる。
NEW
魔と人を繋ぎしもの　人でありながら魔のモノと心を通わせた人間にのみ目覚める。自分の所属するパーティー内に限るが、信頼を得た人や、魔物、魔族同士でもギフトがなくとも会話が可能になる。ただし、信頼をなくしたりした場合は声は聞こえなくなる。

シュバイン
ギフト『狂戦士《ベルセルク》』
傷を負えば負うほど身体能力があがる。
保有スキル
力溜め　力を体にためることによって次の攻撃速度及び破壊力が上昇。
強者への嗅覚　視界に入った相手の強さがだいたいわかる。

強さへの渇望　何よりも強さを求めるものにのみ目覚める。鍛錬時のステータスアップ。及び強敵と戦った時にステータスアップ。

馬車の上で俺はゴブリン達を見下ろしながら指示をする。

「シュバイン!!　そっちの群れを任せた。おそらく奥にいるのがリーダーだ」

『おう!!　なぎ払ってやるぜ』

「追撃は私に任せて!!」

馬車の積み荷を狙ってきたゴブリン達だったが、その群れは、大剣を持ったシュバインによって蹂躙《じゅうりん》されていた。シュバインの大剣が振り回されるたびにゴブリンたちが吹き飛んでいく。そして逃げようとしたゴブリンたちをカサンドラが追撃をする。

『ねえ……シオン……』

「言うな……言わないでくれ……」

『僕らなんの役にも立ってなくない？』

「言うなっていってるだろぉぉぉぉぉ。あ、大丈夫だからね、もう少しでゴブリンは倒せるから、落ち着いてくれ」

俺は恐慌《きょうこう》状態になりそうな馬たちをなだめながらシュバインとカサンドラがゴブリンたちを蹂躙しているのを改めて馬車の上から眺めていた。俺たちは今、馬車の積み荷の護衛のクエストを受けていた。積んでいるものは食料がメインなため、こうして腹を空かせた魔物が時々襲ってくるのだ。

「パーティーの連携を高めるためにも何かを守る依頼の方がいいんじゃないですか？」とアンジェリーナさんに言われたので受けてみたのだがなんというか、自分が役に立っている気がしない。一応リーダーと言う事でみんな指示には従ってくれるのだが……。

まず、シュバインが戦いとなるとすぐに出て行ってしまう。しかも、戦闘に関しては頭が回るのだ。今も、ゴブリンの逃げる場所を一か所に誘導してくれるため、追撃をしやすく文句のつけようがない。

そしてカサンドラも同様に強い。俺が魔術を使うよりも、彼女がスキルを使って追撃した方が確実だし早い。ライムはまだいい。回復能力あるし、マスコットキャラみたいな扱いになっている。問題は俺だ。今回なんか偉そうに指示してるだけなんだけど……俺追放されないよね……。

「いやぁ……最初はオークを仲間にしているといわれて驚いたのですが優秀ですな。さすが『群団《レギオン》』のみなさんです。ギルド一押しだけありますね」

今回の依頼主の商人のおっさんが物珍しそうに言った。最初俺が魔物を連れてきた時は少し揉めたけれど、依頼をこなしていくうちに多少は信頼を得たようだ。

ちなみにパーティー名は俺が決めた。シュバインはどうでもいいって言うし、ライムは『ライムのハーレムと使用人』がいいとかいうし、カサンドラは『漆黒英雄団《シュバルツアルゴナウタイ》』とか言ったためだ。俺ら別に漆黒《しっこく》でもないし、英雄でもないんだけどね……あと、個人的に『アルゴーノーツ』を連想してしまうので断ったのだ。

「おーい、そろそろ戻るぞ!!」

『おうよ！　やっぱりこいつらじゃあつまらねえなぁ。帰ったらまたいつものあれをやるかぁ』

俺はゴブリンたちを蹴散らしたシュバインとカサンドラに声をかけた。するとシュバインは物足りなそうに、カサンドラは涼しい顔で馬車へと戻ってくる。今回は討伐クエストではないので深追いをする必要はない。むしろ納期に間に合わなくなる方が問題である。まあ、そろそろ街につくし、これでクエストは終わりだろう。そんなこんなで俺達は順調かは置いといて、パーティーとしての経験を積んでいるのであった。


「お疲れ様です、シオンさん。依頼主の方も大変喜んでいましたよ。またお願いしたいとのことです。やりましたね!!」

「いえ、アンジェリーナさん達のおかげですよ」

ギルドに戻った俺たちはアンジェリーナさんに報告すると、彼女はいつものようににっこりと笑顔を浮かべて俺達を迎えてくれた。実際、魔物を連れた俺達がたいした問題なくクエストをこなしているのは彼女達ギルド職員のフォローのおかげというのが強い。この街の住人たちはカサンドラを受け入れたように、異物に対してあまり抵抗感はないが、他の街の住人たちはそうはいかない。現に最初は先ほどの依頼主も、不審な目で俺たちを見たものだ。それをアンジェリーナさんと俺が説得して依頼を実行したという流れになる。

緊急ミッションから一か月、ギルド内もようやく落ち着いてきたし、俺の仲間の魔物たちも徐々にだが、ギルドと街に受け入れられつつある。そして俺達は次の段階として、他の街にもその存在を宣伝しているのだ。

「きゃー、本当に気持ちいい。ライム君すごい」

『ふー、やっぱりシオンの肌より女の子の方がいいなぁ……』

声の方を見ると戦士らしき少女の肌にライムがくっついている。よくわからないが、ライムはいくつもの薬草を定期的に摂取しているためか肌にとてもいいらしく、よく冒険者の女子達に頼まれてくっついているのだ。ライムと視線が合うとあいつはニヤリといやらしい笑みを浮かべやがった。くっそ、あのエロイムめ!!　あいつばっかり女の子にくっついててずるくない？

「それで……あれってなんとかなりませんかね」

「すいません……本当にすいません……あいつの生態みたいなものなんですよ……」

俺はアンジェリーナさんの指をさした方をみて謝る。そこにはシュバインとガタイの大きい、前衛系の冒険者が取っ組みあいをしており、周囲では歓声が飛び交っている。あいつらまた金賭けてやがるんだろうなぁ……。

これは一人の冒険者がシュバインに取っ組み合いを挑んだことから始まった恒例行事と化している。シュバインに勝ったら、賞金がもらえて、参加者は挑戦料を払う。勝手なことをするなよって話だが、シュバインも楽しんでいる分あまり文句は言えないのだ。それに強そうなやつにかたっぱしから喧嘩を売るよりはましだろう。

「そういえば、イアソン達は……」

「わかりません……あれ以来ギルドにも顔を出してませんし……」

「そうですか、見つけたら教えてください」

そうして俺は少し寂しい思いをしながらもアンジェリーナさんにお礼を言ってカサンドラの元に向かった。

「そういう場合はこうすればいいわ」

「ありがとうございます!! 次会う時には絶対マスターしてみせますね」

「そんなに焦らなくていいわよ、あなたはまだCランクなんだし。またわからなくなったら聞いてね」

「はい、カサンドラさんありがとうございます」

俺がカサンドラと少女のやりとりを見守っていると、少女はお礼を言って去っていった。緊急ミッションの後からだろうか、カサンドラは一部の前衛の少女に良く話しかけられるようになった。

男性が多い前衛職で、活躍する女性と言うのはそれだけ、賞賛を集めるという事だろう。

「はぁー、うまく教えられたかしら」

「大丈夫だと思うよ。あの子喜んでたし」

「シオン!? まさか聞いてたの? それなら声をかけてよ……バカ」

一人になってため息をついているカサンドラに声をかけると彼女は顔を真っ赤にしてこちらを睨んできた。すねた感じでちょっと可愛らしい。

「あの魔術剣ってそんなにぽんぽん教えていいものなのか?」

「別にいいんじゃないかしら、それでこの街の冒険者の戦力が上がるならむしろありがたいことじゃない？」

俺の言葉に彼女はきょとんと聞き返す。すっかり表情がやわらかくなった気がする。他の人とあんなに好意的に話すなんて最初に会った彼女からは考えられないくらいである。まあ、時々狂犬みたいに凶暴になるけどね。

「ねえ、シオン今、なんか変なことを考えなかった？」

「いや、なんも考えてないって。それより次はどんなクエストを受けようか？」

「そうねぇ……私達は連携さえもっと強化できればAランクも昇進クエストを申請してもいいと思うのよね」

「そうだなぁ……」

確かにカサンドラとシュパインのおかげで、戦力はこの街でも上位になったと思う。ならばあとは実戦を繰り返しつつ、昇進クエストを受けてもいいかもしれない。

「シオンさーん!!　こんなところで会うなんて奇遇ですね。私、今日もクエスト頑張ってこなしたんですよ。褒めてください!!」

「おい、ポルクス!!　だからその軟弱男に近寄るなと言っているだろう。それにこの時間はシオンがいるから早く行こうって言ったのは……おぐぅ」

声の方を向くと、ポルクスとカストロがいた。カストロがまた杖でみぞおちを突かれて呻いているがいつもの事だ。

「お疲れ様、今日はどんなクエストをしたんだ？」

「墓地でアンデッド退治ですね、スケルトンってやっぱり怖かったです……ほら、私の手まだ震えてませんか？」

そういうとポルクスは俺に自分の手を握らせる。やわらかくて気持ちいい。あとなんかいい匂いが……いや死臭《ししゅう》だ。全然良くないいや。俺は急激に胸のドキドキが消えていくのを感じた。

「シオン……嫌らしい顔しないの」

「いや、ポルクス、お前ノリノリでアンデッドを焼き払って……いや何でもないです」

カサンドラがゴミをみるような目で俺をみてきた。いや、俺なんもしてなくない？　でもさ、可愛い女の子に慕《した》われてニヤニヤするのは仕方ないと思うんだよね。

そうしてみんなが集まったことで俺たちは今日も無事にクエストを終えたお祝いに酒を飲むのであった。


酒を飲んで自分の家へと向かっていると、俺は家の前にフードを深くかぶった人影が立っていることに気づいた。一体何者だ？　とりあえず、近くの草むらにいたネズミに声をかける。

「よう、兄弟。あの人影はいつからいた？」

『酒くせえな、二時間くらい前だぞ、なんかずっとお前の部屋を睨んでたけど大丈夫？』

「情報提供ありがとう、今度チーズを渡すよ」

俺はネズミにお礼を言って、人影の方へと向かう。一応身体能力の強化法術もかけて武器もいつでも抜けるようにする。

「そこは俺が泊っている宿なんだけど何の用かな？」

「シオン……馬鹿……私待ってたんだよ」

「え、アスか？」

俺は意外な人物に驚愕の声を漏らす。少女がフードを取ると腰まで伸びた銀髪があらわになる。純白のように真っ白いローブを着た少女は俺を一瞬睨んで頬を膨らませたかと思うとこちらに駆け出してきて抱き着いてきた。

「シオン……『アルゴーノーツ』を抜けたって本当？」

「え、だってそのことはアスだって……」

俺が何かを言う前に彼女は俺に抱き着いたまま匂いを嗅ぐ。そして、なぜか一切感情のない瞳でこういった。

「知らない女の匂いがする……これはどういうこと？」

「へ？」

なぜだろう、俺はすさまじい殺気を感じたのだった。

番外編◆アンジェリーナとシオン

今日はオフの日だ。緊急ミッションでオークロードとギフト持ちオークを狩った私たちは、結構な額の報奨金をもらったということもあり、少し休息を取ることにしたのだ。

せっかくの休暇なので、シュバインと模擬戦をやった後、私はライムと街をぶらついていた。シオンも誘ったのだが、何やら予定があるとの事で断られてしまったのだ。彼は元々この街で活動していたということもあり、顔が広いのだろう。部屋にこもっているというのもなんだかもったいないので外出をしている。

とはいえ、シオンとは違いあまり知り合いもいない私はライムと一緒に時間を持て余していた。前までは一人でいることが当たり前だったというのに、私も変わったものだと思う。でも、この寂しいというのは悪くない。だって、私は他人と……彼といたいと思えているのだから。本当にこの街に来れてよかったと思っている。

『でもシオンの用事ってなんだろうね？　エッチなお店に行ってないといいけど……』

肩にいるライムが私に軽口を叩く。彼の声が聞こえるのはどうやらシオンの新しいスキルの効果によるものらしい。彼を通じてどうやら信頼しあったものには異種族でも言葉が通じるようになるそうだ。ただし、条件は厳しいので、今はシュバインとライムの声しか聞こえない。シオンみたいに猫と会話をするっていうのも少し憧れたのだけれどそれは無理なようだ。でもいつか……会話できたらいいなと思う。まあ、そんなことよりもだ。

「エッチなお店ってあれよね……女の人がいるお店よね……」

ライムの言葉に私は少し眉をひそめる。まあ、犯罪をするよりはいいし、彼も年頃の少年である。

そういうお店に行くのは個人の自由である、でも、なぜだろうか、胸の中がもやもやする。今まで感じた事はないけれど、ちょっと不快な感じだ。

『ごめんごめん、冗談だよ。たぶんシオンにはそんな度胸はないんじゃないかな？　だからそんな獲物を盗られたオークみたいな怖い顔をしないでよ』

「別にそんな顔してないわよ、失礼ね‼　大体シオンが休みに何をしてようが関係ないもの」

そんなに怖い顔をしていたのかしら？　ライムが慌てて謝ってきた。私は胸の中のこの感情について考える。この気持ちはなんなのだろうか？　相棒が私に秘密にしていることへの不満かしら？　それとももっと何か違う意味があるのだろうか？

『ふふ、これは結構脈ありかな？』

「当たり前でしょう、生きているんだか脈はあるわよ。あなたたちスライムはわからないけど……」

『スライム差別だ‼　僕たちは脈の代わりに核があるんだよ。でもカサンドラって天然とか言われない？』

「言われないわね……その、人とも魔物ともあまり話したことなかったから……」

『助けてー、シオン助けてー、この雰囲気なんとかしてーー‼』

私の言葉にライムがわざとらしく悲鳴を上げる。彼なりに雰囲気を明るくしようとしているのだろう、こういうところはこのエロイムも、シオンと似て人に気を遣うところがあると思う。でも、私はもう気にしてないのよね、彼らとパーティーを組むことになって本当の仲間を手に入れたのだから……だから、私は安心させるようにライムに微笑みかける。

「私はもう、仲間ができたしそんなに気にしてないんだけど……って噂をすればシオンじゃない」

『あ、待って、誰かと一緒にいるよ！』

シオンを見かけて声をかけようとした私だったが、ライムの声に動きを止める。本当だ、誰かしら。シオンは顔が広いから誰かといても不思議ではないのだが、あの後姿には見覚えがある。栗色のロングヘアーの女性だろう。おそらく……。

「あれはアンジェリーナさんですね、やっぱりシオンさんは巨乳が好きなんでしょうか……くっ、アスさんがいない隙を突かれましたね。不覚です!!」

「そ、その……こんにちは。カサンドラさん」

「あなたは……ポルクスちゃんとカストロ君だっけ……？」

いきなり声をかけられて振りむくと、悔しそうな顔をしたポルクスちゃんと、なぜか顔を真っ赤にしたカストロ君がいた。二人ともこの前の打ち上げでシオンに紹介されてから、ギルドで挨拶をする程度にはなった関係である。

「カサンドラさん、二人の跡をつけましょう!!　このままではアンジェリーナさんにシオンさんがとられてしまいます!!」

「いや、私は別に……」

「いいから行きますよ!!　あ、あそこってカップルに人気なお洒落《しゃれ》なバーですよ。なんか片腕の元冒険者がやってるんですが、雰囲気が良く味も確かって話です。私もシオンさんを誘おうと思っていたのに!!」

「待って、でも、バーってお酒を飲むところでしょう？　別に付き合いでそれくらいあるんじゃ……」

「ダメです!!　シオンさん押しに弱いから、アンジェリーナさんに酔い潰されて、持ち帰られてしまいます!!　バーは付き合っている男女の密会に最適ですからね!!」

「ポルクスちゃんにとってバーってどういうイメージなの……？　というかそういう場所なの？」

そう叫ぶとポルクスちゃんが、村を焼いた仇でも見るかのようにバーを睨む。そもそもだ、アンジェリーナさんとシオンは付き合ってるの？　いや、別にいいんだけど……でも、私は何も聞かされてないいんだけど？　私は彼の相棒よね。そういう事なら一言くらいあってもいいんじゃないかと思う。水臭いじゃない。あとなんだろう。少し胸がモヤッとするのだ。

そうして私とライムはポルクスちゃんについていくように彼らが入っていったバーへと入るのだった。多分本気で嫌がればポルクスちゃんも無理強いはしなかっただろう。だけど、私はこの胸のもやもやがなんなのか確かめるためにも、彼女達に付いていく事にしたのだった。


「ふぅー」

私は書類仕事が一息ついたところで体を伸ばした。通常の仕事に加えて、緊急ミッションの後処理などもあり、大忙しである。ギフト持ちのオークについての報告、活躍した冒険者の表彰の準備、仕事をやってもやっても減りはしない。

特に大変なのはシオンさんの事である。ライムさんはともかく、シュバインさんを仲間にすると言った時は大変だった。そりゃあ、今回の緊急ミッションで敵だったオークが街中に現れるのだ。冷静に考えたらみんな嫌がるだろう。

でも、幸いなことに緊急ミッションで、シュバインさんが活躍しており、命を救われた冒険者が何人かいた事、この街が『魔王』という冒険者にかつて救われたということ、シオンさんの活躍と人柄でなんとか認められた。だけど、それはこの街だけだ。それすらも、今の状況は奇跡的な幸運が味方をしているだけにすぎない。他の街のギルドにも、魔物を従えている冒険者が現れた事は伝えているが、周知するのには時間がかかるだろう。

でも、今日は終わった後に楽しみがあるのでがんばれる。私が思わず笑みを漏らすと同期のセイロンがからかうような笑みを浮かべて声をかけてきた。

「どうしたのよ、アンジェ、今日はずいぶんと御機嫌じゃないの、まさか男とデートとか？」

「別にそんなんじゃないよ。ただ食事をするだけ。確かに、相手は男の人だけど……」

うん、たしかに彼は男だ。でも、男と言うよりは少年と言う方が近い気がする……私が口を濁すと、セイロンが興味津々と言った顔で私の隣に座った。こうなってはもう逃げられないだろう。

「えーどんな人よ、ようやくあんたにも春が来たのね。イケメン？　お金持ち？　どこで出会ったの？」

「うーん、顔はどうだろう……セイロンも会ったことあるよ」

「会ったことあるってあんた、まさか……」

矢継《やつ》ぎ早《ばや》に迫ってくる質問に私は一つだけ答える。すると彼女の顔がこわばった。うん、わかるわかるよ……あなたの言いたいことはすごいわかる。でも、別に恋人にしたいとかではないのだ。ただ一緒にいると落ち着くだけである。だから問題はないはずなんだけど……。

「相手は冒険者なの……？　やめておけって言われているでしょうに……辛い思いをするのは残される私達なのよ」

そういうと彼女は苦い顔で窓の外をみた。私達受付嬢は冒険者とよく話すこともあり、自然と仲良くなる。でも、新人として入った時に、私たちは先輩達に最初にきつくいわれるのだ。『冒険者とは付き合うな』と。

理由は簡単である。女癖がわるいやつが多い、それもある。宵越《よいご》しの銭は持たない、それもある。だけど一番の理由は死んでしまう人間が多いのだ。目の前のセイロンも新人の時にとある冒険者といい感じになったが、その冒険者が命を落として悲しい思いをしている。だから心配してくれてセイロンもそういってくれているのだろう。

「別にそういうんじゃないよ、彼の事はなんていうか、弟みたいなものだから」

私は彼女に安心させるように微笑みながら言った。年下の彼は私が担当をした二つ目のパーティーの少年だ。まだ新人だった私は色々と手が届かないところがあっただろうに、頼りにしてくれた。だからだろうか、私達には不思議な信頼関係があった。そして、それはあの人も一緒だったという事も関係しているだろう。

「ああ、シオン君か、あんたのお気に入りだもんね。カサンドラさんを連れてきた時荒れてたし」

「なっ、別にそんなんじゃ……あれは私の忠告を彼が無視したから……それに、別にシオンさんとは言ってないでしょう」

「はいはい、そうねー。あ、シオン君どうしたの？　アンジェリーナに何か用かしら？」

「え、シオンさん？　待ち合わせは噴水ですよね？」

セイロンの声に慌てて受付の方を見たが誰もいなかった。隣のセイロンが意地の悪い笑みを浮かべている。

「おやおや、やっぱりシオン君だったのね」

はめられた……私はセイロンを睨みつける。彼女はしばらく笑って、いきなり真剣な顔で私を見つめた。

「まあ、あんたが決めたならいいと思うわよ、私だって彼の事で傷ついたけど後悔なんてしてないし、あんただって失う悲しみはわかっているだろうから」

「セイロン……」

「あ、でも早くしないとやばいわよ。今まではアスちゃんがいたから誰も近寄らなかったけど……今はカサンドラさんもいるし、ポルクスちゃんもシオン君の事を狙ってるっぽいし、ライバルは結構多いわよ」

「だからそういうんじゃないって!!」

「はいはい、それよりもあんたデートなんだから身だしなみもっとしっかりしてきなさい、あとの仕事は私がやっておくから」

「いいの？　でも……」

「あんたは最近働きづめでしょう？　たまには息抜きをしなさいな」

「ありがとう、お言葉に甘えるね」

そうして私は彼女の言葉に従うことにした。荷物をまとめる時にふと手紙が目に入る。あの人からもらった手紙だ、こんなところにあったなんて……私は懐かしい思い出を胸にしまい、シオンさんとの待ち合わせに向かうのだった。


いつもよりお洒落をした私は自分の気持ちを考える。セイロンに言われたせいか、少し意識してしまう。私は彼をどう思っているのだろうか？　やはり、放っておけない弟だろうか……少なくとも、彼がパーティーから追放されて、声をかけた時は、凹《へこ》んでいる彼を心配しているっていうのが強かったと思う。まあ、彼にご飯にさそわれて嬉しいっていうのも事実だったけど……。

だけど、同時に親しくなるのが怖いという気持ちもある。でも、彼がカサンドラさんを連れてきた時の感情はなんだったんだろう。

そんなことを考えながら歩いていると、待ち合わせ場所についてしまった。街の中央にある噴水の前は人であふれている。

そこに、待ち合わせよりまだ早い時間だというのに彼はいた。魔術で作り出した水の鏡で、髪型をチェックしているようだ。こういうところが可愛いなぁと思う。

「こんにちは、早いですね、シオンさん」

「あ、アンジェリーナさん！　アンジェリーナさんもずいぶんお早いですね」

私を見て微笑みを浮かべた彼はあわてて、魔術を解除した。鏡は水となり、地面に落ちる。少し動揺している姿を見ると最初に会った時を思い出してしまい、自然と笑みがこぼれる。あの頃も緊張しながら私に話しかけてきたのだ。

「ふふ、付き合いが長いのにこうして、二人で出かけるのは珍しいですね」

「いやぁ、だって、アンジェリーナさん忙しそうだから……」

「シオンさんもそうじゃないですか？　Bランクになってからは色々忙しそうでしたよね」

そういって私たちはお互いの環境の変化を実感し合った。私が新人で、彼が新米冒険者だった時は、よく講習などをしていたが、最近はそれも少なくなったものだ。

私もベテランになり業務が忙しくなったことと、彼は彼で、彼の知識はもうかなり豊富になり、講習は不要になったのと、Bランクということで色々とやることが増えたのもあるだろう。

いや、それだけではない。シオンさんも私も積極的に異性を食事などに誘う性格ではない。思えばいつも言い出しっぺはあの人だったのだ、あの人がギルドから居なくなったのだから、一緒に出かける事がなくなるのも納得である。だから、久々に彼が食事にさそってくれたのは嬉しかったし懐かしいなって思ったのだ。

「それよりも、何か言うことはありませんか？　私、今日はお洒落してきたんですが？」

「え……その似合ってます。いつもの制服もいいんですが、私服は新鮮ですね。どこかの令嬢《れいじょう》かなって思っちゃいました」

少し動揺しながらも、彼はちゃんと褒め言葉を返してくれた。それが予想外で……ちょっとドキ

フフ…

ッとした自分が悔しくて、わたしは意地悪をすることにした。

「胸を見ながらそんなことを言っても説得力はありませんよ」

「え……いや、見てました？　いや、たしかに見ましたけど、一瞬ですよ！　本当に！」

「ふふふ、今日は特別に許してあげますよ、さあ、行きましょう。シオンさんオススメのお店を案内してくださいね！」

私が彼をからかうと顔を真っ赤にして動揺する。こうしていると昔に戻ったみたいだ。あの人も一緒にいたあの頃に……その雰囲気が懐かしくて、ついまた三人で集まりたいなどと思ってしまった。

「アンジェリーナさん、なんか考え事してませんか？　悩みとかあったら聞きますよ」

彼の言葉にわたしは驚く。どうやら顔に出ていたようだ。本当に彼はよく気が利くと思う。おそらくこういうところが彼の強さなのだろう。彼のギフト『翻訳者』はあくまで動物や魔物と会話をするだけのギフトだ。仲良くなれるギフトではない。彼が魔物や動物と仲良くなるのが早いのは彼の人柄によるものだろう。私は彼といるスライムとオークをみて思う。私に彼らの言葉はわからなかったけど、オークもスライムもとても楽しそうで、シオンさんを信頼しているのがよくわかるからだ。

「その……シオンさんとギルドの外で会う時は、たいていあの人がいたから、つい昔を思い出してしまって……」

「あー、それすごいわかります。こういう時はいつもあの人もいましたもんね……よかったら今日は食事よりも、お酒にして思い出話でもしますか？　アンジェリーナさんは知らないでしょうけど、俺お酒も強くなったんですよ」

「ありがとうございます。シオンさん、今日は予定を変更して私が行きたいお店にしてもいいですか？」

「もちろんです！　あの店ですよね？　俺も久々に顔を出したかったんです」

そうして私たちは予定を変更してバーへとむかうのだった。シオンさんと話しながら、私は思い出す、あの人と、シオンさんとの思い出を……。


冒険者ギルドに就職したのは大した理由があるわけではなかった。ただ給料が良かったのと、人の世話をするのが好きだから。それだけだった。

「アンジェリーナ、この新人パーティーまかせていいかしら？」

「はい、わかりました」

先輩の言葉に私は元気よく返事をする。そして渡された資料を見る。三人パーティーで、全員ギフト持ち？　これはすごいパーティーを任されてしまったかもしれない。まあ、新人の私に任せるのだ。全滅しにくいパーティーを任せるという事だろう。あと一時間ほどで来るようだ。今のうちに色々資料に目を通しておかないと……。

「へぇー『英雄』に『医神』ね。あとは『翻訳者』か……他の二人はともかく、なんでこの子は冒険者になろうと思ったのかしらね」

「ちょっと勝手に人の資料を見ないでください!!　まあ、どうせ調べようと思えばすぐわかる内容ですが……」

「だって、声をかけたのに無視をするんですもの、それとも新しい担当パーティーができたら、私の事は捨てちゃうのかしら。あー悲しくて涙が出ちゃう。しくしく」

そういってわざとらしく泣く真似をしているのは、私の担当冒険者のジェシカさんだ。女性にしては身長が高く、長い黒髪を後ろに縛っている。Cランクのソロ冒険者である。彼女は年の割には冒険者としての経験が豊富で、新人の私が任されたのはその面倒見のよさも見込まれたのだろう。私がギルド職員としてサポートをしなければいけないはずなのに、むしろ色々教わっている気がする。

「新人パーティーを任されるなんてあなたの仕事が認められたのよ、がんばりなさい。アンジェ」

「ええ、わかってます。失敗しないようにしないと……」

私はマニュアルを頭の中で思い出しながら、流れを思い出す。まずはパーティー編成を聞いて、ヒアリングをする、そして、どんな人たちか見極めて、最適なクエストを斡旋するのだ。基本的に冒険者たちは自分の力を盛る癖がある。それに騙されてはいけない。

「ねえ、アンジェ、緊張をほぐすおまじないをしてあげようか？」

ぶつぶつと言っている私を心配したのか、ジェシカさんが優しく声をかけてきてくれた。こういうところがあるから憎めないのだ。たぶんお姉ちゃんがいたらこんな感じなのだろうなと思う。私はせっかくなのでお言葉に甘えることにする。

「すいませんが、おねがいしま……キャッ!!」

「ほうほう、なかなか良いものを持ってますな」

「ジェシカさーん!!」

私は揉まれた胸を押さえながら涙目で抗議をするがあっという間に逃げられてしまった。まったくもう……今度会ったときにどんな仕返しをしてやろうかと考えていると、三人組の少年少女がギルドに入ってきた。先頭の少年はどこか偉そうな雰囲気をしていて、金髪に中々端正な顔立ちをしているが、どこか意地の悪い笑みを浮かべている。その後ろを銀髪のローブを着た無表情な少女と、レザーアーマーを着た目つきの悪い、黒髪の少年が歩いている。

「今日から冒険者になる『アルゴーノーツ』だ。俺たちの担当は誰だ？」

「イアソン、敬語くらい使おうよ……」

「何を言っているんだ、英雄になる俺たちがこの街のギルドを選んだんだ。むしろ感謝されるべきだろう」

「イアソンやめて……恥ずかしい……存在が……」

大声で得意げに喋る金髪の少年を、黒髪の少年が諫《いさ》め、それを見て銀髪の少女が呆れたように呟く。なんというか騒がしそうなパーティーだ。名前も一致するし、彼らが私の担当のパーティーだろう。まあ、冒険者というのは癖が強いものだと聞いている。あれくらい可愛いものなのだろう。

「『アルゴーノーツ』の皆さん、こちらです。あなたがたの担当をするアンジェリーナです。よろしくお願いします」

私が手を挙げると彼らが私の方を向いた。そして、三人とも希望に満ちた目で私の方へと歩いてくる。その姿を見ると不思議と私も嬉しくなるものだ。

「ふははは、今日が、俺たちの英雄への船出の日だ!!」

「イアソン……私たちは船に乗らない……馬鹿なの……？」

「アス、今のは比喩《ひゆ》だから!! イアソンもアスを睨みつけないの!!」

黒髪の少年が、二人を諌める。苦労人らしき彼に少し親近感がわいた。騒がしいけど仲良しだなぁと微笑ましい目で見ていると、銀髪の少女と目があう。彼女は私をみるとなぜか胸を凝視した。

「気を付けて……シオンは巨乳好きだから……今も、ちらちらとあなたの胸を見てる……」

「風評被害ぃぃぃぃ!! いや、確かに巨乳は好きだけど……って、痛いよ!! アスなんで俺を蹴るんだよ」

「ははは、シオンはむっつりで巨乳好きだからなぁ、アスの貧乳じゃあ、物足りないんだろうよ。うおぉぉ……」

「シオンの馬鹿……いつか薬を作るからいいもん……あと……イアソン……デリカシーなさすぎ……もげちゃえ」

股間を杖で突かれて悶絶する金髪の少年、少女は一体どんな薬をつくるつもりなんだろう？ 黒髪の少年と目があったので私はとっさに胸を隠す。すると、少年は露骨にがっかりした顔をする。まったくこの子たちは……彼らに色々言いたいことはあるが、仕事はしないと……。

「まだ会話すらしていないのに、俺へのギルドの職員さんの好感度がすっごい下がった気がするんだけど……」

「大丈夫……シオンには私がいる……説明を聞きに来ました……お願いします」

「待て、俺を置いて行くな……というか俺がリーダーだぞ……」

傷ついた顔をする少年と、無表情な少女の後を股間をおさえながら金髪の少年が這いずってついてきた。とりあえず三人とも席につくのを待って、私は説明をはじめることにした。


私は今日の報告書をまとめながら、安堵する。『アルゴーノーツ』が無事に薬草採取を終え、帰還したのだ。途中で一角ウサギというウサギに鋭い角が生えた魔物に襲われはしたものの、なんとか、撃退したようだ。

イアソンさんが偉そうに討伐証明の角を持ってきた。一角ウサギは戦闘力はそこまではないが、すばしっこいので初心者には狩りにくいはずなのだが、さすがはギフト持ちというところだろうか。でもあんまり調子に乗らないように言っておかないと……。

「へぇー、あのルーキー達、一角ウサギを倒したんだ。やるわねぇ」

「ここはご飯を食べるところじゃないんですが……」

「まあまあ、これでも飲んで気分転換しなさいな」

私はあきれた声で当たり前のように書類を覗いているジェシカさんに返事をする。私が睨むと彼女はおどけた顔をして、コーヒーを差し出してきた。ちょうど疲労もたまっていて頭をすっきりさせたかったのでちょうどいい。そして彼女は私が一息つこうとしたタイミングを見計らって声をかけてきたということもわかってしまう。こういうところがあるから憎めないんだよね。

「ありがとうございます、頂きますね」

「あいつら無事に帰ってきてよかったわね、あんた一日中気に病んでいたでしょう。いちいち気にしていたら心が持たないわよ」

「冒険者のあなたがそれを言いますか……」

「冒険者だから言うのよ……でも、私はあんたのそういう真面目なところ嫌いじゃないけどね」

「はいはい、ありがとうございます」

私は少し恥ずかしくなって、ジェシカさんに適当に返事をしながらコーヒーをいただく。少し甘く調整された味が私の脳を癒す。そして、ジェシカさんに言われたことは受付嬢が最初に注意されることだ。『冒険者に感情移入をしすぎるな』言いたいことはわかる。でも、彼らは一生懸命生きているわけで……私達の依頼を一生懸命受けてくれているわけで……そんな彼らに適当な対応なんてできるはずがないのだ。

「あの……すいません、アンジェリーナさんちょっといいですか？」

「はい、なんでしょうか……って巨乳好きさん⁉」

「待ってください、俺にはシオンっていう名前があるんですけど⁉　何で胸元を隠すんですか？俺そんな凝視してました⁉」

声の方をみると黒髪の目つきの悪い少年が立っていた。『アルゴーノーツ』のシオンさんだ。どうやら今は一人らしい。とっさに胸元をおさえてしまったが失礼だっただろうか？　実際報告をしにきた彼は礼儀正しい少年という感じだった。意識しすぎだろうか。

「三回ね」

「え、何がです？　ジェシカさん」

「シオンとやら良いことを教えてあげるわ、私はCランクの冒険者だから目は良いのよね。暇だから数えていたのよ」

「すいませんでしたぁぁぁぁぁぁぁぁ、でもそのおっぱいで受付嬢は無理ですよ‼」

「え……？　は……？　はぁぁぁぁぁぁ⁉」

全然失礼じゃなかった。私はとりあえずシオンさんを睨みつける。いや、確かにこの制服はちょっと胸を強調するところもあるけれど見られるのはあまりいい気分ではない。男の本能なのかもしれないが……というかジェシカさんもなんで数えているのよ……私はにやにやと笑っている彼女を睨みつける。

「それで何をしに来たんですか？　セクハラでもしに来たんですか？　巨乳好きさん。冒険者の資格を剥奪されたいんですか？」

「せっかくなったばかりなのに⁉　そのこれを受け取ってもらえませんか？　お願いがあるんですが……」

「これは……？　すいません、胸ばっかり見る人はちょっと無理なんで……大体あなたはパーティーの銀髪の子と仲良しなんじゃないですか？」

私は彼が持ってきた綺麗な石を突っ返す。受付嬢になると冒険者からのお誘いがすごいと聞いたが本当にあるとは……しかも、こんな少年が……私はちょっと彼の将来が心配になった。

「え、なんで俺振られてるんです？　ってかまだ俺何にも言ってませんよね？」

「え、デートのお誘いじゃなかったんですか？」

「いや、確かにアンジェリーナさんは綺麗ですけど、俺達今日あったばかりですよ⁉　なんで、デートに誘うんですか？　その……これをクエスト中に拾ったんですが、たぶん換金すればお金になると思います。これを報酬ってことで俺に色々冒険者の知識を教えてもらえないでしょうか？」

「冒険者の知識ですか……まあ、いいですけど……でもなんでまた……」

どうやらデートのお誘いではなかったようだ。セイロンがしょっちゅう声を掛けられる事を愚痴《ぐち》っていたのを聞いていたこともあって勘違いをしてしまって恥ずかしい。それに、彼には悪いことをしてしまった。

「俺はイアソンほど剣も強くないし、アスみたいに回復も得意じゃないんで、少しでもパーティーの役に立つために知識を得たいんです。イアソンやアスと一緒に英雄を目指すために俺は俺にできることをやっておきたいんです」

先程までの情けない雰囲気とは一転して、その声はあまりに切実で、私は一瞬迷ってしまう。個人のサポート……そこまでは完全に業務外だ。だからこそ彼は先に報酬をわたしてきたのだろう。助言を求めるように私はジェシカさんに視線で助けを求める。

「シオンとかいったわね、あなた、この宝石をどこで見つけたのかしら？　あなたが行った森で見つかるようなものじゃないと思うんだけど」

「ああ、鳥が教えてくれたんです、『珍しいものが落ちてるよ』って。そこには誰かが落としたのか、この宝石があったんですよ」

「ああ、なるほど……『翻訳者』のギフトの力ね。ちなみにあなたのギフトは魔物とも話せるのかしら？」

「ええ、話せますよ、さすがに仲良くなるのは難しいですけどね」

ジェシカさんはシオンさんの返事にうーんと唸《うな》って何かを考えて、私と彼を交互に見て言った。

そして何か思いついたとばかりににやりと笑うのをみて私は嫌な予感を感じた。これは面倒なことになりそうだ。

「この子には色々教えた方がよさそうね。アンジェ、私も付き合うわよ!!」

「ジェシカさんがいるならまあ……」

「ありがとうございます!!　このお礼は必ずお返ししますから」

そうして私たちは彼に冒険者の講習をすることになったのだった。私の業務が終わるのを待って、ギルドの別室を借りての講習会である。

「ふーん、つまり、あんたは初めてのクエストで、もう自分の実力が劣っていると思ったのね」

「はい、結局俺は一角ウサギを見つけることはできましたが、イアソンほどうまく戦えなかったし、アスのようにサポートもできなかったんです。だからこうして知識を得て、少しでもあいつらに追いつこうと……幼馴染だからこそ負けたくないんです」

「今時珍しく勤勉ですね……」

シオンさんの話を聞いて私は彼を見直した。基本的に冒険者とはそれでしか生きる方法がないものと、腕っぷしに自信があり一攫千金《いっかくせんきん》を狙うものが多い。前者はそれほどのモチベーションがなく、後者は地味なことを嫌う。行き詰った中級者ならばともかく、初心者で彼のように知識を得ようとする冒険者はあまり多くないのだ。

「なるほどね、せっかくだし私が冒険者のイロハを教えてあげるわ。でもその前にあなたのギフトを教えてもらえるかしら」

「ええ、俺のギフト『万物の翻訳者』は、動物や魔物の声を聞くことができます」

「それで鳥たちと仲良くなって、これが落ちている場所を教えてもらったんですね。便利な『ギフト』ですね」

「うーん、厄介なギフトね……」

「はい……ちょっと使いづらいんですよね……戦闘力は上がりませんし」

「いや、そんなことよりも人きな問題があるわ」

私は素直に感動したがジュシカさんの顔はなぜか晴れない感じだ。なぜだろう。確かに戦闘で使えるかといえば微妙だが、索敵などには役に立つと思うのだけど。それに猫とかと会話できたりするのは素直にうらやましい。にゃーにゃーと可愛らしく鳴いている猫と会話できたらきっと幸せだろうに……。

「ねえ、アンジェリーナ、もしも、ダンジョンで魔物と話している冒険者がいたらどう思う?」

「そりゃあ……頭がおかしくなったか、魅了されたかって思いますね……あ……」

「そう……つまりシオンはまずは自分の知名度を上げるのと、同時に周りの信用を得ることが大事なのよ」

「なるほど……一理ありますね……」

「私、初めてジェシカさんを尊敬できるなって思った気がします」

尊敬のまなざしを向けるシオンさんと、意外にまともな事を言ったことに驚いている私の言葉にジェシカさんは少し得意げな顔をした。

「ふふん、Cランクの冒険者を舐めてもらったら困るわね」

「流石Cランクなんですね。頼りになります」

ジェシカさんをシオンさんがほめるものだから余計調子に乗ってしまう。この人は調子に乗るとめんどくさいんだけどなぁ……。

「それでジェシカさん、シオンさんが信用を得る方法って何だと思います？　今は緊急ミッションもありませんし、新人ができることはあまりないとおもいますが……」

「ふふん、私に名案があるのよ」

ジェシカさんがにやりと笑った。その顔に私は嫌な予感がしたが、シオンさんがキラキラした目でみているので止められなかった。

「それはね、今度Dランクの冒険者研修があるでしょう？　私は講師として参加するんだけど、私のサポートをしなさい」

「サポートですか……？」

「そうサポートよ、アンジェと資料を作れば勉強にもなるし、ギルド職員と一緒に働いていればギルドの覚えもよくなるでしょう？　ご褒美《ほうび》に私の使い古しの武器をあげるわ。それにアンジェは私ほど鋭くないから胸をみてもあんまり気づかないわよ」

「なるほど、さすがです!!　いや、今の勉強になるってことに関してですよ、アンジェリーナさんそんな人殺しみたいな顔で俺を睨まないでください!!」

「いや、なんかまともすぎて逆にうさんくさい気が……あ」

ジェシカさんの言葉の意味するところを復唱し私は一つの真実に気づいた。

「もっともらしいことを言って古い武器をシオンさんに渡して、面倒な作業をしないで、講師の報酬をもらうつもりですね!!」

「あはは、さすがね、アンジェ。というわけでよろしくー、でも新人に教えるのはあなたにもいい勉強になると思うわよ」

そうして私とシオンさんはジェシカさんに面倒ごとを押し付けられたのだった。まあ、シオンさんも真面目な人の様だし、お互い勉強になるだろう。そうして私たちは講習の準備をするのだった。

そうして、私たちの交流がはじまって一年の時間がたった。その間にシオンさん達『アルゴーノーツ』はEランクからDランクへ昇進したりなど色々なことがあった。私の方も、この一年で担当冒険者が増えたこともあり、良いことも悪いこともあった。そう、悲しいお別れもあったのだ。

私たちはジェシカさんの提案で、シオンさんの昇進祝いと、ジェシカさんの冒険者講習の担当が終わったお祝いをしようという話になり、シオンさんとジェシカさんで時々行くバーに行った。

「それでは乾杯!!」

「え、待ってください。俺はまだお酒とか飲めないんですけど」

「かたい事言わないの。いいから飲みなって、酔った勢いなら、アンジェを口説いても文句は言われないわよ」

「口説きませんよ!? 俺にそんな自信は……」

「へぇー、私ってそんなに魅力がないんですね……」

「え？ いや、そうじゃなくてですね……なんてこたえればいいんだこれ……」

私がわざとらしく悲しい顔をするとシオンさんは慌てた声で叫ぶ。そして助けを求めるようにジェシカさんを見たが、彼女は美味しそうにお酒を飲んでいる。コップに注がれている透明な液体は、確かすごいアルコール度数が高いやつだ。この一年でだいぶ仲良くなった気がする。今では軽口だって叩き合える。もっとも、いつもシオンさんがいじられているけど。

「あー、すごい悲しいです……私なんて……」

「いやいや、そんなことないですって!! だって俺いつもアンジェリーナさんが、俺たちが依頼達成の報告したときの笑顔好きですもん!!」

「おやおや、シオンは色気づいたねぇ……好きらしいわよ、どうするのアンジェ？」

「どうしましょう……冒険者との恋愛は禁止されてるんですよね」

「だぁぁぁぁ。もうどうすればいいいんだぁぁ!!」

「叫ぶと喉が渇くでしょう？　はいどうぞ」

「ありがとうございま……ってなんだこれ苦っ!!　くらくらする……」

シオンさんがジェシカさんからもらったコップを一気に飲みほすとそのままぶっ倒れた。待って、シオンさんに何を飲ませたんですかこの人!?

「あははは、弱いねぇ。まだまだね」

「え？　シオンさん大丈夫ですか？　何をやってるんですかジェシカさん!!　彼はまだお酒飲んだことがないんですよ」

「あー、もうシオンは情けないわねぇ……せっかく誘ってあげたっていうのに……」

私はシオンさんをテーブルに寝かせながらジェシカさんを睨むが、彼女は涼しい顔をしている。そして彼女は一杯お酒を飲むといきなり真面目な顔をして言った。

「アンジェ……担当の冒険者が死んだらしいね……」

「ええ……やはり、聞いてましたか……」

Dランクのパーティーだった。ゴブリンの集団に襲われて全滅だったらしい。故郷の家族に仕送りをするんだと言っていた戦士の子がリーダーで、幼馴染の魔術使い女の子と気弱そうな盗賊の少年の三人パーティーだ。酒場でいつか「お金持ちになる」といって夢を語っていた。彼らはもう笑わないし、喋らない。

彼らの事を思い出しているとジェシカさんは黙って私のコップにお酒をついでくれる。彼女が私を飲みに誘うのはいつもこういう時だ。例えば私が仕事でミスをしてへこんでいたり、例えば今みたいに担当したパーティーが全滅したりとか……決まって彼女は私をこうして誘ってくれるのだった。

「もう、誰かが死ぬのを見たくはないんですけどねぇ……」

「じゃあ、今の仕事やめればいいんじゃない？」

彼女の前では私は思わず弱音を吐いてしまう。そんなわたしの頭を撫でながら彼女は冗談っぽくそんなことを言うのだ。ああ、姉がいればこんな感じなんだろうなって思う。

「無理ですー、だって私この仕事好きですし、私の事を頼ってくれる人だっているんですよ。シオンさんみたいに……」

私は思わず甘えた声をだしてしまう。そして酔いつぶれている彼を見て、その髪の毛を撫でる。そう、この仕事は辛いこともある。でも……それ以上に嬉しいことだってあるのだ。例えば担当の冒険者達が昇進したり……例えばクエストを達成した後に、お礼の手紙が届いたり……だから私は頑張れる、頑張ろうと思えるのだ。

私にできることは、せいぜい笑顔で彼らに「いってらっしゃい」と「おかえりなさい」を言うくらいだけれど……クエストの情報に不備がないか、彼らに達成できる内容かどうかを精査するくらいだけれど……私は私にできることを一生懸命やるのだ。

「そうだね、たぶんあんたが思っている以上にあんたに救われている人だっているんだ、だから自分の仕事に自信を持ちなさい」

「はい……ジェシカさんは死なないでくださいね」

「当たり前でしょ。私はね、殺したってしなないって有名なんだからね」

「いや、それって褒められてないですよね⁉」

私の言葉に彼女はウィンクで返した。彼女との時間は本当に心地よい。そして私はいつの間にかなんとなく就職した仕事に愛着を感じていることに気づく。そうなったのは、彼女のおかげというのもあるのだ。

「私ね、お金もたまったし、そろそろ冒険者を引退してバーを開こうと思うの。ちょうどこの店の店主がここを畳《たた》むか考えてるって話を聞いて買い取るっていったら格安で譲ってくれるって言ってね」

「えー、いいですね‼　最初のお客さんは私とシオンさんにしてくださいね」

そうして私たちはお互いの夢について語りあったのだった。その時の私はどこか油断していたのだろう、彼女なら大丈夫だろうと。冒険者に絶対なんかないってわかっていたはずなのに……。


ランチから帰ってくると冒険者ギルドはどこか騒がしかった。胸騒ぎがする。こんな時はたいていろくでもないことがおきているのだ。

「大変よ、ジェシカさんが重傷で運ばれたって……初心者パーティーを救うために戦ったんだけど、片腕も失って、生死をさまよってるって……」

冒険者ギルドでセイロンからその話を聞いたとき私は自分の頭の中が真っ白になった。私だって、冒険者ギルドで受付嬢をやって、もう一年だ。担当パーティーの死には慣れている。慣れてしまった。だけど彼女は違うのだ。彼女とシオンさんだけは違うのだ。最初に担当したということもあった。

最初の関係は冒険者と受付嬢だった。だけど彼女は私を色々サポートしてくれて……プライベートでも一緒にご飯に行ったり、お酒を飲んだりして……私にとって彼女はもう、友達以上に親しくて、まるで姉のような存在だったのだ。

「そんな……だってジェシカさんは言ったんですよ。バーを開くんだって、開いたら一番最初のお客さんにしてくれるって、だからそんな……」

「アンジェリーナ……今日はもう休みなさい。今のあなたに仕事は任せられない」

「でも……」

「いいから‼　鏡を見てみなさい。そんな顔じゃあ、冒険者だって不安になるわ」

そうして私は冒険者ギルドを追い出された。ジェシカさんが運ばれたという教会に足を運んだが、そこも治療中だからと追い出されてしまった。私はあてもなくふらふらと街を歩く。

結局私が来たのは以前ジェシカさんと夢を語り合ったバーだった。困惑している店主に頼み込んで私は店を開けてもらい、いつもの席に座る。なぜだろう。ここにくればジェシカさんが来てくれるそんな気がしたのだ。もちろん、そんなはずはない。そんなことはあり得ない。

私は先輩たちの言葉を思い出す。『冒険者と仲良くなりすぎるな』ああ、まったくもってその通りだ。冒険者たちは私たちを置いていく……こんな思いをするくらいならもう、冒険者に心を開くなんてことは……。

「アンジェリーナさん、大丈夫ですか？　ギルドで話を聞きましたよ。ジェシカさんが……」

「シオンさん……」

私が顔をあげるとそこに息を切らしているシオンさんがいた。乱れた髪に服、きっと彼は私のために、街中を走ってくれたのかもしれない。そのことに嬉しくなる。だけどだめだ。彼もいつか死んでしまうのだ……だから、彼ともこれ以上仲良くなってはいけない。

「なんですか……帰ってください。私は大丈夫だから……」

「大丈夫なはずないじゃないですか⁉　そんな世界が終わったみたいな顔をして大丈夫だなんて言われても誰も信じませんよ‼」

「大丈夫だって言ってるでしょ‼　私に優しくなんてしないでよ、どうせシオンさんだってわたしの前からいなくなっちゃうんだ‼　だったら優しくしないでよ、仲良くならないでよ」

私のひどい言葉に彼は一瞬驚いたように目を見開いたが、一歩も引かずに私の言葉を受け止める。彼はそのまま私の隣に座って私の方を真正面から見つめる。

「俺はあなたに悲しい顔をさせたりなんかしませんよ‼」

「信じられるはずないでしょ‼　そんなこと言ってみんな死んじゃうんだ。ラヴァさんだって、ヘイズさんだって、ジュナーさんだって死んだ……絶対大丈夫っていっていたジェシカさんだって死んじゃうかもしれないいんだよ‼」

「俺は死にませんよ、絶対死にません‼」

私の八つ当たりの言葉を彼は真正面から受け止めた。その顔はいつもの気弱そうな印象はなく、まるで一人前の男の人のようだ。彼は私を見つめながら言葉を紡ぐ。私の視線を受け止めながら言葉を紡ぐ。

「だって、俺にはアンジェリーナさんから教わった冒険者としての知識があるから。ジェシカさんから、教わった冒険者としての経験があるから。だから俺は死にませんよ!!　だから……俺を信じてくださいよ。アンジェリーナさんやジェシカさんが教えてくれた知識と経験を信じてくださいよ!!」

「シオンさん……」

その姿があまりにも立派に見えて私はつい甘えてしまう。彼の強さに甘えてしまう。いままでためていたものを吐き出すように彼に甘えてしまう。

「だって、私達ギルド職員はあなたたち冒険者たちを見送ることしかできないんです。みんな命を懸けているのに神様に祈るくらいしかできないんです」

「そんなことないですよ、アンジェリーナさん達が俺たちに適したクエストを選んでくれるから、ちゃんと見送ってくれるから、俺たちは安心してクエストにいけるんです」

「でも、私はクエストに出たあなたたちには何もできないです。苦しんでいるあなたたちに何もできないんですよ」

「そんなことないですよ、だって、クエストで苦しい時や、つらい時にアンジェリーナさんの笑顔を浮かべるとがんばれるんです。だからなんにもできないなんて言わないでくださいよ」

「シオンさん……」

私は感情を抑えきれず、彼に抱き着いてしまう。冒険者として生きている彼の体は意外とがっちりしていて不思議な安心感に包まれるのであった。いつの間にか大きくそして立派になっていたんだなぁとびっくりした。そして、彼はずっと私の愚痴や弱音を聞いてくれていたのだった。

結局ジェシカさんは一命をとりとめたものの、もう冒険者としてはやっていけないとのことだった。でも生きていた。それだけで私の胸は少し軽くなったのだった。

「そんなこともありましたね……うわぁ、今思い出したら無茶苦茶恥ずかしいんですが!!」

「ふふ、その時ちょっとかっこいいなって思ったんですよ。それにシオンさんはあれ以来約束を守ってくれてますしね」

「それは……アンジェリーノさんがちゃんとしたクエストを選んでくれてるからですよ」

私が思い出話をしているとシオンさんが顔を真っ赤にしている。隣に座る彼は記憶の時よりも、背も伸びてずっと男らしくなっていた。そしておそらく、彼をちょっと……ほんのちょっとだけ意識したのはあの時だったんだろうなって思う。

確かにお互い異性を積極的に食事などに誘うタイプではなかったけれど、彼と二人になるのを避けていたのは、これ以上感情移入して、仲良くなるのをさけていたのかもしれない。でも、彼はまだ生きてくれている。彼はまだ約束を守ってくれているのだ。だから私も一歩進んでもいいかもしれない。彼が追放された時に助けになりたいと思ったこの感情がなんなのかはまだわからないけれど、悪く思っていないのは事実なのだから。

「あらあらシオンも女の子を口説くようになったのね。でも、あの時は本当に焦ったわ……」

「べ……別に口説いてませんよ!! でもジェシカさんが無事で本当によかったです」

「そりゃあね、私もアンジェに約束をしたからね。でもあんたもかっこいいことを約束したわね。

あのあとじっくり聞かせてもらったんだからね」

「いや、それは……」

ジェシカさんの言葉にシオンさんが顔を真っ赤にした。その姿が可愛かったので私も追撃をすることにした。

「えー、そうなんですか？　私を食事に誘ってくれた時はデートかなって期待したんですよ」

「アンジェリーナさん絶対酔ってますよね⁉　ジェシカさんからも何とか言ってくださいよ」

「いや、やっぱり、あんたは全然進歩してないのね……ちなみに十二回ね」

「ジェシカさーん、まじでやめてください‼　ああ、アンジェリーナさんが俺をゴミをみるような目でみている‼」

「シオンさんのエッチ……」

「うおおおお、だって本能なんですよ⁉　つい見ちゃうんですって。ああ、でもこのノリ懐かしいなぁ」

「あ、十三回。はい、飲みなさいな」

そういうと彼女は片手で器用にお酒を注いでくれた。結局彼女はあの事件がきっかけで、片腕を失い冒険者をやめることになったのだ。そして怪我の治療などもあり、実家に帰って、資金をためて、時間はかかったもののこうしてバーを経営している。彼女が店を開いたという手紙をみたのとセイロンとの会話で、久々に三人で飲みたいなと思い、今日はシオンとのデートから予定を変更してもらったのだ。

「でも、こうして久々に集まるのもいいですね、昔に戻ったみたいです。ここ何かカップル専用みたいで中々入りにくかったんですよね……」

「まあ、せっかくだからね、私の趣味に特化させようと思って。でもアンジェは時々来てるわよね」

「女子会に使えますし、ここだと変なナンパもありませんから一人で飲みに来やすいんですよ。お客さんがあんまり来ない日はジェシカさんも構ってくれますから」

「え、待ってくださいよ、なんで俺だけ仲間外れになってるんですか？　誘ってくださいよ」

「まあまあ、それよりさ……あれってシオンの関係者？　さっきからあんたらのことを睨んでる怖い子がいるんだけど……」

「「えっ？」」

　私たちがジェシカさんの指さす方を見てみると、頭を抱えているカサンドラさんと、酒に酔って顔を真っ赤にしているカストロさんに、こちらをすごい目で見ているポルクスさんがいた。うわぁ……待って、私たちの会話を聞かれていたのか……。

「あれ、みんなもここに来ていたんだ。偶然だなぁ。でもカサンドラもポルクスたちと飲みに行くくらい仲良くなってたんだ。よかったよ」

　シオンさんが間の抜けたことを言う。絶対偶然じゃないと思うんだけど……それにカサンドラさんが、目をそらしながら答える。

「ええ……そう、偶然入ったら二人がいたけど邪魔するのも悪いかなって思って……」

「そんなことどうでもいいんですよ!!　なんで二人は一緒にいるんですか？　シオンさん、やはり胸ですか？　そんなに巨乳がいいんですか⁉　そんなのただの脂肪の塊《かたまり》ですよ‼」

「ポルクスぅぅぅ‼　これ以上酒を飲まないでくれ。スキルのせいで僕にまで酔いが……気持ちわるい……」

なんか騒がしくなってしまった。私とシオンさんは二人で目を合わせて苦笑する。こうなってはみんなで騒いだ方がいいだろう。

「ジェシカさん、みんなで食べれるものを用意してもらっていいですか？　オークを狩った報奨金があるから今日はおごってやるよ‼」

「みんなで打ち上げ……すごい、夢みたい……」

「わーい、じゃあ、私はシオンさんの隣に座りますね」

「頼むぅぅぅぅ……ポルクス……もう、お酒飲まないで……」

騒がしくなった店内で私は思う。彼ら冒険者の力になりたいなと。これからもがんばろうと。でも最後に一言だけ言っておこうと思う。私はシオンさんの腕をとって耳元でささやく。

「ちょっ、アンジェリーナさん？　その胸が……」

「今度はちゃんと、二人でデートをしましょうね、シオン」

「えっ？　今俺のことをなんて……？」

私は彼の問いに答えずにみんなのところに進むのだった。冒険者たちの輪へと。冒険者と仲良くなるのはこわいかもしれない。でも、それ以上に楽しいことがあるのだ。私は……今の私はそれを知っている。

書き下ろし◆カサンドラの追憶《ついおく》

冒険者ギルドの酒場はいつも騒がしい。それぞれのパーティーが戦果を誇らしげに話し、もりあがっているからだ。もちろん私達も例外ではない。いや、正式には私が臨時で組んでいる二人と言うのが正しいだろう。

「今回は調子がよかったたな。これなら次もいけるはずだ!! 今度はダンジョンでオークを狩るぞ!!」

「そうですね、僕達ならゴブリンも楽勝でしたし、いけますよ。早くBランクになりたいですね」

「楽勝ねぇ、ゴブリンに囲まれた時半泣きだったくせに良く言うよ。お兄ちゃーんって、ガキかよ」

「ちょっと……ヘクトール兄さん!! カサンドラさんの目の前で変なことを言わないでください。だいたい僕は泣きそうになんてなってませんからね!!」

臨時でパーティーを組んだ二人の少年は今日の戦果でゴブリンの巣を一つ潰せたのが相当嬉しかったのだろう。ニコニコと笑いながらこれからの未来を話し合っていた。そんな二人を私は少し離れたところで見ていた。

もう一人の少年をからかいながら笑っている軽装のレザーアーマーで身を固めた戦士系の少年がヘクトール、こちらを見てなにやら顔を真っ赤にしている気弱そうな神官風の少年はパリスだ。彼らとはギルドの紹介でパーティーを組むことになった。二人は兄弟で村を出て、成り上がるために冒険者になったそうだ。私はワインを飲みながら、楽しそうに話している二人の雑談に加わるでもなく、少し離れたところで見つめていた。

「カサンドラさんも問題はないかな?」

「ええ、あなたたちにまかせるわ」

パリスの遠慮がちな声に私は事務的に答える。別に彼らが悪いわけではない。彼らは私のこの赤い髪を見ても、見ぬふりをしながらもパーティーを組んでくれた。彼らとの距離があるのは私が悪いのだ。

私の『魔性の予言者』というギフトはいつ発動するかわからない、私のギフトは未来に重大な出来事がおきる時に勝手に発動する。そして発動したら、私は彼らに自分の何も伝えることができないのだ。この力のせいで私は何回も辛い思いをしてきた。危機が迫っていることはわかるが他人には伝えられないため、私だけがその危機に備える事ができる。そのおかげで、私だけが怪我をしないこともあった。私だけが生き残ることもあった。私だって他の人を救いたいのに、予言の内容を伝える事ができないのだ。そのせいで色々と恨まれたことはたくさんある。

私にできるのはギフトが発動しないことを祈ること。ギフトが発動したら被害を最低限にするように努力をするくらいである。どうせ、ギフトが発動したら彼らとの関係だって破綻《はたん》するのだ。だから私は一定の距離を取ることにしている。これはいつまでも変わらないだろう。

嫌な未来が一瞬のぞいた私は、酒を飲んで忘れようと喉に流し込む。ああ、まずい……ただ苦いだけだ。いつからだろうか、何かを食べたり飲んだりしても美味しいと感じる事はなくなってきた。私が美味しく酒を飲むことができる日はくるのだろうか？

翌日の朝、私は宿屋でクエストの準備をする。今日はオーク狩りの日である。最近Cランクになったばかりのヘクトールとパリスに、元々ソロでCランクだった私が加わったことにより、オーク討伐の依頼を受ける許可が下りたのだ。昨日の祝杯はその記念である。二人とも飲みすぎていないと良いのだけれど……。

私は母の形見の刀を装備して鏡をみる。やはり目立つのは炎のような赤い髪の毛だ。魔族との混血の証である人ならざる髪だ。この髪のせいでみんなが私を畏怖の目で見る。そういう風に見られるのが嫌ならば染めればいいのかもしれない。でも、母は私の髪を綺麗だと言ってくれた。髪を染めることは母の気持ちを裏切ることになる。そんな気がするのだ。だからいつか、本当にパーティーを組む日が来るのなら私の髪を母と同様に綺麗だと言ってくれる人がいいなと思う。まあ、ギフトのおかげでそんな日は来ないんだけど……くだらない考えに私は自虐的な笑みを浮かべた。

「さて、そろそろ時間ね」

私は髪を隠すためのフードを被って宿を出発する。街とオークたちが住む洞窟までは距離があるので、馬車で行く。本来は三人で行くべきなのだが、斥候もかねてヘクトール達は先に行っている。私も付き合うといったのだが、弱い俺達の仕事だからと断られてしまったのだ。まあ、他人と行動するのはあまり得意ではないから、馬車で一人というのも気楽なので悪くはない。それに彼らだって、私と一緒にいるよりも、二人の方が気が楽なのだろう。

停留所に停まっている馬車に乗ると、先客が三人ほどいた。金髪の偉そうな剣士風の少年と、黒髪の目つきの悪い軽装の少年と、銀髪のローブを着た無表情な少女だ。私が軽く会釈をすると彼らも返してくれる。

「この先の洞窟の奥にあるミスリルを採ってきて武器屋の親父に剣を作ってもらうんだ。そうすれば、俺達は先へ行けるぞ!!」

「イアソンの馬鹿……ミスリルを採ってきても加工してもらうほどのお金がないよね……あなたがギャンブルで負けたせいで赤字なんだよ……今すぐ死んで詫《わ》びて……」

「うるさい!!　お前が邪魔をしなければ次で挽回《ばんかい》できたんだよ!!　だいたいあの親父とは顔見知りだ。シオンとは仲がいいし、土下座でもしたら出世払いにしてくれるだろうよ」

「俺が土下座するの!?　てかさ、ここ馬車だからね、公共の場だから二人とも喧嘩しないで!!　ほら他の人達がむちゃくちゃ見てるじゃん」

　一人で景色を見ていると自然と話声が入ってきてしまう。仲が良さそうだなとみていると黒髪の少年と目があってしまった。ああ、気まずい。私はとっさにフードをさらに深くかぶる。しかし、少年は何を思ったのか、こちらにやってきた。

「お、シオンよ、ナンパか。お前もやるようになったな。その調子でさっさと童貞を卒業できるといいな」

「そこの人、気を付けて……シオンは女の子をみたらすぐ声をかける色情魔……私がいるのに……」

「二人共人聞きの悪い事いわないでくれない？　すいません、冒険前なのに騒がしくしてしまいましたよね。これはお詫びです。そこの露店で買ったので新鮮さは保証しますよ」

　そう言ってシオンと呼ばれた少年は笑顔を浮かべながら、私にリンゴを差し出した。無表情だったからか、不機嫌そうに見えてしまったのかもしれない……確かに最近笑ってないもの。仕方ないことかもしれない。それに、彼らを見ていて浮かんだ感情は負の感情ではない、うらやましいなという羨望《せんぼう》にも近い感情だった。

勘違いさせてしまい私がどうしようかと逡巡《しゅんじゅん》していると、彼は何かをひらめいたかのような顔をして、リンゴをナイフで切ってかけらを口に入れた。

「ほら、毒も入ってませんから」

「別に疑っていたわけではないわ。ありがとう」

ここまでされては断るのも申し訳ないだろう。彼の手から私がリンゴを受け取った瞬間窓から風が吹いてフードが落ちた。まずい。慌ててかぶるがもう遅かったようだ。

「へぇー魔族との混血か……特殊なギフトを持っているんだろうな」

「シオンにリンゴを切ってもらってずるい……」

私は次に来るであろう畏怖の感情に備える。いくら経験してもこればっかりは慣れない。でも、彼らの反応は私の予想とは違うものだった。金髪の少年が好奇の視線でみてくる。その視線には物珍しいという感情が強く、負の感情が感じられなかった。銀髪の少女はなぜか不機嫌そうに私のもっているリンゴを凝視している。そして目の前の黒髪の少年は……、

「綺麗だ……」

「え……？」

私の髪を見て彼はそう言った。そんな事を言ってくれたのは母以外で初めてで……私はなんと返

事をすればいいかわからなかった。彼もとっさに出た言葉だったのか何やら顔を真っ赤にしていた。つられて私もなにやら恥ずかしくなる。

「そう、ありがとう……その……嬉しいわ」

「いや、ナンパしたみたいになってごめんね、じゃあ、俺は戻るから。あははは」

そういって彼は苦笑しながら仲間たちの元へと戻っていった。さっそく金髪の少年が黒髪の少年をからかった。

「へぇー、お前はああいうのがタイプだったのか？　残念だったなアス、シオンは赤髪のクール系が好きだってよ……うおおおお!?」

「イアソンうるさい……シオン、私にもリンゴを切って……」

「アス、さすがに股間を蹴るのはかわいそうだと思うんだけど……まあ、リンゴを切るくらいならいいけどさ。アスの方がそういうのは得意だと思うんだけど……」

「シオンは……赤い髪が好きなの？　私も赤にした方がいいかな……」

股間をおさえ呻いている金髪の少年と、自分の髪を触りながら少しすねた顔をする銀髪の少女に、黒髪の少年は苦笑しながらも返事をしていた。その姿はとても仲がよさそうで、みていてほほえましくなる。

「ん？　アスの銀髪も好きだよ、ほらできた。ウサギにしてみたけどどうかな」

「ありがとう……嬉しい……えへへ可愛い……」

「お前ら……股間の激痛を耐えている俺を無視してラブコメしてるんじゃねえよ……」

楽しそうに会話をしている彼らを見ながら、私はリンゴを齧《かじ》る。なぜだろうか、久々の果物はとても甘くておいしかった。柄にもなく、いつか私もこんな仲間ができるといいな、なんて思ってしまった。まあ、このギフトがあるかぎり無理なんだけど……。

馬車を降りてダンジョンの前で私はヘクトール達と合流した。このダンジョンはCランクの冒険者の狩場であるため、私は何度か行ったことはあるが、彼らは初めてという事もあり、緊張をしているようだ。硬い表情でぶつぶつと地図をみて話し合っている。

「二人とも落ち着いて、あなたたちならこのダンジョンは適正レベルよ。焦らなければ大丈夫なはずよ」

私が声をかけると彼らは一瞬、驚いたような顔をして、すぐ笑顔を浮かべた。特にパリスは嬉しそうだ。一体どうしたというのだろう。

「私なにか変なことを言ったかしら?」

「いや、カサンドラが、俺達を元気づけてくれるのが意外だったから」

「兄さん、その言い方は失礼ですよ、でも、気が楽になりました。ありがとうございます」

「別に、私は思った事を言っただけよ」

二人の言葉に、私はちょっと恥ずかしくなる。馬車で仲のよさそうなパーティーを見かけたから余計な事を口走ってしまったらしい。でも、素直に感謝をされたからか不思議と悪い気持ちはしなかった。

ダンジョンの中を私たちは慎重に進む。軽装の戦士であるヘクトールが斥候を兼ねて罠や敵の有無を探って、真ん中にヒーラーのパリス、そして後方からの不意打ちに対応するために、私が待機という形だ。

「そういえば、ここはミスリルも見つかるって話を聞いたことがありますけどどうします？」

「まあ、余裕があったらでいいだろ、とりあえずはオークを狩る事に専念するぞ。まあ、冒険者ギルドに持っていけばそこそこいい金にはなると聞くけどな」

「そうね、みつかったらラッキー程度に思った方がいいわ」

ヘクトールの言う通り、ミスリルは良質な武器や防具の材料になるため、ギルドにもっていけば高値で売れるし、覚えもよくなるだろう。だが、表層のミスリルは掘りつくされているため、探し出すのはかなり困難だ。もしも、洞窟内の魔物や動物の話を聞けたり、あらゆるものをみる千里眼のようなギフトを持っていれば話は別だろうが、現実的ではない。そういえば馬車の彼らはミスリルを探すと言っていたが見つけるための方法があるのだろうか？

「なにかいるぞ」

私の考え事はヘクトールの言葉によって中断される。彼の指さす方をみると三匹のゴブリンと、一匹のホブゴブリンがいた。ホブゴブリンは通常のゴブリンよりも体が大きく力が強い。だが、しょせんゴブリンの一種だ。この程度の数なら相手ではない。

「俺がホブゴブリンを倒すから、カサンドラさんは様子をみて突っ込んでくれ。タイミングは任せる。パリスは俺たちが怪我をしたらすぐ癒してくれ」

「はい、わかりました。気を付けてくださいね、兄さん」

「任せて、しくじらないようにね」

私達に指示をだしたヘクトールは腰につけていたショートソードを抜いて、口づけをした。格好つけているが彼なりの儀式のようなものらしい。

「貫きとおせ!!」

彼の投擲《とうてき》スキルによって強化されたショートソードが、ホブゴブリンの首を貫いて、そのまま壁に張り付いて絶命させた。これが彼の戦い方だ。剣よりも槍よりも投擲を得意とする軽戦士ヘクトールは中距離での戦いを得意とする。

「今がチャンスの様ね」

「サポートします。加護よ」

私が突然の奇襲に混乱しているゴブリン達に突っ込もうとするとパリスの法術によって身体能力が上がる。私は視線でお礼を言ってそのまま、ゴブリン達に斬りかかる。

まずは一撃でゴブリンを屠り返した刃でもう一匹を屠る。もう一匹はというと逃げようとしたところをヘクトールの投擲によって貫かれていた。

「お疲れ様、さすがね」

「いやいや、カサンドラさんほどではないさ。やはり近距離がいると楽だな」

「カサンドラさん、僕のサポートはどうでしたか？」

「ええ、助かったわよ。ありがとう」

「アピールするねぇ、パリス」

「兄さん!!」

なにやら、からかうような笑みを浮かべるヘクトールをパリスがにらみつけていた。なぜか、パリスは顔を真っ赤にしているけれど、一体どうしたのだろう。もしかしたら兄弟同士でしかわからないなにかがあるのかもしれない。とはいえここは魔物の巣だ。いつまでも無駄口を叩いているわけにはいかないだろう。

「さあ、行きましょ……」

先を促そうとすると突然、私の視界が暗転し、私達がオークの奇襲を受けるイメージが脳に入り込んできた。苦痛に顔を歪めるヘクトールに気絶しているのか意識を失っているパリス、そしてオークたちの下卑《げび》た笑い声。何度も体験した感覚。これが私の『ギフト』による予言だ。そしてこれはこれから起きる可能性のある未来だ。私の心を焦燥感が支配する。

「カサンドラさん大丈夫ですか？」

「一瞬眩暈《めまい》がしたみたい。もう、大丈夫よ。さあ、さっさと行きましょう」

「ああ、そうだな、いくぞ、二人とも」

「この調子ならオークも余裕ですよね……僕達ならいけますよね」

そして、いつもの通りに私が伝えようとした意味と反対の言葉が口からこぼれる。違うの、私はあなたたちに撤退してと言いたいの。だけど私の気持ちは彼らには通じない。

「どうしたんだ？　カサンドラ行くぞ」

「大丈夫ですよ、僕と兄さんは足を引っ張りませんから」

足を止めている私を心配してか、二人がかけてくれる優しい言葉に私はなにも答えることができない。私の口は伝えたいことを伝えることはできない。いつものことだ。なら私にできることは一つしかない。予言を知っている私が彼らを守るのだ。そのために強くなったのだから。


私達はダンジョンの奥へと進む。予言を視てしまったせいか、魔物たちが強くなっていくせいかわからないけれど、ダンジョンの奥に進むにつれて、どんどん足が重くなっていく気がする。

私達がしばらく進むと、何かが争っているであろう何かがぶつかり合うような音がする。私達は顔を見合わせて目で話し合う、そして、様子を見ることを決めた。冒険者同士の暗黙の了解として、ダンジョンで魔物と戦っているのを目撃したら、獲物の横取りはしないということになっている。ただ、命の危機がある場合は別である。

「うわぁ……」

悲鳴を上げたのは、パリスだろうか。曲がり角の先は地獄だった。オークによって冒険者たちが無残にも殺されていた。私たちがたどり着いたときには最後の生き残りらしき冒険者がオークのこん棒によって潰されるところだった。血と脳漿《のうしょう》が飛び散る。ただ、冒険者たちも善戦はしたようで、オークの死骸が一体と、他の二匹のオークにも、決して軽傷ではない傷を負わせている。

「やるぞ!!」

「わかったわ」

「はっ、はい!!」

状況を把握したヘクトールの動きは速かった。名前も知らない冒険者達だが、殺されているのが許せなかったのだろう。気合の入ったヘクトールの手からナイフが投擲される。オークは完全な不意打ちだったにも拘わらず太い腕で顔を守る。彼の投げたナイフはそのままオークの腕に突き刺さるがそれだけだった。そのまま唸り声を上げてこちらへと突っ込んでくる。やはり、ゴブリンとは全然違う。

「ちっ、すまない、援護を頼む」

「加護よ!!」

「一匹は私が仕留めるわ!!」

あの一撃で一体は仕留めるつもりだったのだろう、ヘクトールが舌打ちをしながらも、武器を構える。私もそれに続く。当初の予定ではオークと戦う場合、もっと遠距離で、一体を相手する予定だった。私なら一対一でも勝つことはできるが、ヘクトールはどこまでやれるだろうか。パリスの援護があるがどうだろうか？　彼は中距離は得意だが、近距離はそこまでではない。パリスもゴブリンくらいならば一人で対処できるが、オークが相手では難しいだろう。早く倒さないとまずい。

私は傷が浅い方のオークに斬りかかる。

「炎剣《フランベルジュ》」

私は剣に魔術を纏わせて、オークに斬りかかる。炎の魔術をまとった剣は傷つけた相手に傷口を焼くことによって更なるダメージを与えることができる。これならオークの固い筋肉と、太い骨ごと焼き斬ることができるのだ。

「ブモゥゥ!!」

「くっ……」

私の一撃がオークの刀を受け止めようとした右腕を斬り飛ばす。失敗した。本来はこの一撃で仕留めるはずだったのに、オークの生存本能か、早く二人の援護に行かねばならないと焦ったためか、私の一撃は右腕を焼き斬った後にオークの胸をかすめるだけで終わった。

「さっさとくたばりなさい!!」

オークの怒りに満ちた一撃を受け流し、返した刃で今度こそオークを仕留める。急いでヘクトール達の方を見ると、ちょうどオークのこん棒の一撃によって、ヘクトールが壁に吹き飛ばされるところだった。剣で受け止めているので直撃は避けられたようだが、頭から血を流している。まずい……このままではまた予言の通りになってしまう。

せめてパリスだけでもと、腰を抜かしてしりもちをついているパリスに駆け寄るが、オークがこん棒を振り上げているところだった。なんで私の足はこんなにも遅いんだ。もしも、私が足に魔術を放つくらい制御できていれば……私は自分のスキルに甘んじて魔術の鍛錬をしていなかったこと悔いる。

私が絶望していると、すさまじい唸り声を立てて倒れたのはオークだった。オークはこん棒を振り上げた状態のまま地にひれ伏した。私が怪訝な顔をしながらも動かなくなったオークを斬り殺すと、ヘクトールがふらふらと頭を押さえながらこちらにきた。よかった、無事だったんだ……私は安堵の吐息を漏らす。

「ヘクトール無事だったのね、よかったわ」

「ああ、受け身はとったからな。なんとか麻痺毒《まひどく》が間に合ったみたいだな。パリスは大丈夫か？

大丈夫なら傷を癒してくれ」

「兄さーん!!」

「いってぇぇ!!　怪我してんだから早く癒してくれ」

無事にこちらにむかってくる兄の姿に、感動したのかパリスがヘクトールに抱き着く。ヘクトールは迷惑そうな顔をしてはいるものの、まんざらでもない顔をしている。そしてそれは私もだ。よかった。二人とも無事だった。私はヘクトールの傷を癒しているパリスを見て一息つく。とりあえず討伐の証明として、魔物の不意打ちを警戒しながらも私はオークたちの耳をそぐ。

「一応オークは倒したし帰るか!!　もうちょい武器とかいいのにしないとダメだな、こりゃ。カサンドラさんもありがとう」

「いえ、私こそサポートが遅れたわ。ごめんなさい。まだオークは難しいかもしれないわね」

「そうだ。兄さん、カサンドラさんこっちにきてください。これミスリルじゃないですか？」

そういって、私達が帰りの支度をしているとパリスが大声でこちらに向かって叫んでいた。彼の言葉に私達は顔を見合せながらも向かう。何だろうかとおもっていると彼はしゃがみながら洞窟の壁を指さしている。

「見てください、さっきしりもちをついていた時に気づいたんですけど、この奥に何かが光っているんですよ」

「おー、お手柄だな、パリス。これを売ればいい武器が買えるぞ」

彼の指さした方をみると壁の下が空洞になっていてその奥に、草に混じって、なにやら輝いているものが見えた。洞窟内は暗いし、ここら辺にはオークなどを筆頭に強力な魔物がいることもあり、わざわざ壁までじっくり探す冒険者はいなかったため、誰も気づかなかったのだろう。たまたま、ここでしりもちをついたパリスだからこそ見つけることができたのだ。だが……私は何かが引っかかっていた。オークは確かに倒した。だが予言でみた出来事はもう終わったのだろうか？　あの程度の危機で私の『ギフト』が発動するのだろうか？

「じゃあ、俺が行ってくるぜ。今日はうまい肉が食えるな。ついでにかわいい子にお酌《しゃく》でもしてもらおうかな」

「兄さん、カサンドラさんがいるんですよ!!」

嫌な予感がした私が何かを言う間にヘクトールが穴へと潜っていった。ピンチを切り抜けてどこか油断してしまったこともあったのだろう。ミスリルという予定外の報酬を目の前にして浮かれてしまったのもあるだろう。こういう未開のフロアには何があるか慎重にならないといけないというのに……。

「ヘクトール注意を……」

「うおおおおお」

「兄さん!?」

私の警告の言葉の途中で奥から悲鳴と共に、ヘクトールが空洞からはい出てきた。その手にはミスリルのかけらがあるが、その顔には達成感はなく、ただ恐怖と焦りがある。私はようやく理解する、予言のシーンはこれだ。

「ヘクトール早くこっちへ‼　パリス、敵が来るわ‼」

「え……ああ、わかりました」

私が武器を構えるのと、ヘクトールが出てきたあたりの洞窟の壁を破壊しながらオークが現れるのは同時だった。私は飛んでくる石をはじきながら壁を打ち破ったオークの喉元に刃を通す。断末魔を上げるオークの死骸を足で押しやって時間を稼ぐ。

「わりぃ、助かったわ。でも……」

「これは……まずいわね……」

あの壁の隙間の先はオークたちの巣だったのだろう。壊された壁からどんどんオークたちが出てくる。私たちは絶望に呻く。五匹、六匹だろうか。この人数はまずい。おそらく私と、ヘクトールだけならば走って逃げればなんとかなるかもしれない。でも、足の遅いパリスは追いつかれるだろうし、他の魔物と挟み撃ちになったら絶望的である。私がどうしようかと悩んでいるとヘクトールが前に出た。

「俺がさ、時間を稼ぐからパリスを頼むわ」

「兄さん、何を言って……」

「わりぃな。兄は弟を守るもんなんだよ」

「ヘクトール……」

そういって彼はパリスの顔に何かをかけると、彼は一瞬で意識を失った。私は見覚えのある光景に絶望をする。ああ、私の予言通りだ。結局私はまた変えることができなかったのだ。

「ごめんなさい……私がもっと……」

「いや、俺が勝手につっこんだのが悪いんだ。パリスだけは頼むわ。あと、これさ、二人で換金してくれや。そうすれば、しばらくはくいっぱぐれなくてすむだろ？」

まるで軽口を叩くかのように口を開くヘクトールだったが、強引に私にミスリルを渡す彼の手は震えていた。そして最後に笑って、オークたちの元へと向かっていった。彼の得意な戦闘スタイルは中距離だ。そう長くはもたないだろう。予言を視た時になんとしてでも撤退を提案するべきだったのだ。たとえ嫌われてもいいから……。

私は後悔と罪悪感に苛まれながらも、パリスを背負いながら走る。後ろから悲鳴と武器のぶつかる音が聞こえて、やがて何も聞こえなくなった。幸いというべきか、ヘクトールの執念か、私とパリスは無事に洞窟を脱出することができた。私は失意に苛まれながらも、パリスを抱えて街へと帰るのであった。

結局その後は、冒険者ギルドまでパリスを運んで、目を覚ました彼に事情を説明すると力なくうなだれるだけだった。いつも笑顔を浮かべていた彼の顔には、悲しみと絶望だけがあった。何かをこらえるかのように自分の腕を強く握りしめている彼がポツリとつぶやいたのがすごい印象的で、私は無力感に苛まれた。

「カサンドラさんは強いのに、なんで兄さんを守れなかったんですか……」

「ごめんなさい……私がもっと……」

強ければ……、ちゃんと撤退しようと言っていれば……そう伝えようとして無意味なことだと悟る。もう、おきたことは変えられないのだから……私は彼から逃げるように荷物をまとめる。

「カサンドラさん、すいません、今のは……」

「ミスリルは置いて行くわ。私に受け取る権利はないから……」

これ以上ここにいることに耐えられずに私は逃げ去った。パリスが何か言っていたが、これ以上いても彼を苦しめるだけだろう。また、守れなかった。どうすればよかったのだろう。私はどうこのギフトと付き合っていけばよかったのだろう……そして、私は、また旅に出るのであった。今度こそ、予言を視る事がないようにと願いながら……。


ヘクトール達の件から私はソロで活動することにした。確かにソロであることは辛いけれど、誰にも予言の事を伝えることができない辛さに耐えるのに比べればはるかにマシだからだ。ソロという事は必要とされるスキルも多いわけで、いつの間にか、私は体や剣にも魔術を放てるくらい制御がうまくなっていた。そうして生きていくうちに私はBランクの冒険者になっていた。正直ランクにはあまり興味がなかったけれど、仕事の幅が増えるのは素直に嬉しかった。あの時にこれだけの力があれば……と思う事もある。だがそんなものは無意味な感傷にすぎない。

そして私はギルドからの依頼である魔物を倒した後に、常駐の冒険者がいないので、しばらく村の護衛をしてくれないかと言われ滞在することにした。依頼の魔物は倒したが、まだ残党がいるかもしれないからだ。私はまた『ギフト』が発動するのが怖かったけれど、さすがに村が滅ぶほどの出来事はおきないだろうと思い、引き受けることにしたのだった。

村の周りの警護をしていると周囲の視線が突き刺さる。やはり、私の髪の毛は目立つのだろう。依頼で村の警護を受けたとはいえ魔族の血を継いでいる私をよく思わない人もいるのだ。あいにくだが、そういうのには馴れている。私が睨むとひそひそ話をしていた連中は気まずそうに去っていった。逆にこれくらい嫌われている方がなにかあったときに感情移入しないで済むと思うようにしたのだけれど……うまくはいかないものだ。

「ただいま、帰りました」

「ああ、おかえりなさい。カサンドラちゃん、せっかく可愛い顔しているんだから、溜息ついちゃもったいないわよ。まあ、私は目がみえないんだけどね」

私の言葉に盲目《もうもく》の老婆《ろうば》が返事をしてくれる。どうやら溜息まで聞かれていたらしい。でも、彼女が気を使ってくれた軽口のおかげで少し胸が温かくなる。まあ、全く笑えないんだけど……。

彼女の名前はテイレシアスという。この村で占いを生業として生きている老婆だ。私は今、彼女の家にお世話になっている。

私がこの村で泊る場所を探していると、彼女が家に泊めてくれると言ったのだ。宿屋もないような村だったので、どこに泊るか悩んでいたのでちょうど良かった。最初は村長が泊めてくれると言っていたのだが、個人的に人の出入りが多いところは苦手なので断っていたら立候補してくれたのである。

「今日もお仕事お疲れ様、ご飯を作ったから一緒に食べましょうね」

「はい、それでは、いただきます。でも、ここまでしてもらって悪いですね……」

「何を言っているのよ、あなたはこの村を守ってくれているんでしょう？　それに私もこんなんだから中々人と話す機会がなくて寂しいのよ。だからカサンドラちゃんが来てくれて嬉しいくらいなの」

　私は彼女が出した料理に手を付ける。硬いパンと冷製のスープというシンプルなものだが、俗に言う家庭の料理と言うやつなのだろう。ヘクトール達の件から私は味が分からなくなっていたが、この雰囲気は好きだ。あと……恥ずかしいことだけれど、こういう料理を食べていると、母の事を思い出して胸がポカポカするのだ。盲目だから私の外見が気にならないのか、私に偏見《へんけん》なく接してくれているので助かっている。結局私は寂しがり屋なのだろう。当初宿を借りるだけの予定だったはずなのに、こうしてご飯をごちそうになり、談笑をしている。

「それでね……私の息子ったら、オークとイノシシを間違えて大騒ぎをしたのよ。あの子は目が悪かったからね」

「それは中々大変でしたね。ゴーストの正体をみたらカーテンだったともいいますし、見間違いはありますよね」

「そうなのよ、私も見間違えをしたら教えてね。まあ、この目は見えないんだけど」

彼女の自虐的な言葉に苦笑するしかない。冗談とはわかっているのだけれど、どう反応すればいいかわからないのだ。そして彼女は私が困っているのがわかるのだろう意地の悪い笑みを浮かべる。うう、からかわれた……私はこういうやり取りが懐かしくつい笑みを浮かべてしまう。

「この村には特産品とかはあまりないけど、私にとっては思い出が詰まった大事な場所なの。ここを守ってくれて本当にありがとうね」

「いえ、乗りかかった船ですから」

本当に感謝をしてくれているであろう彼女に返事をする。本気でお礼を言われるのは久々で少し恥ずかしかったのは内緒だ。


食事を終えた私はテイレシアスにお礼を言って後片付けをして寝室に行く。そして寝室の窓から村の景色をみた。平穏でよくある田舎の村だ。夜に一人になったからかつい景色を眺めながら考え事をしてしまう。

私のギフトはなんのためにあるのだろうと……他人に伝える事ができない予言の力によって私の人生は振り回されている。危機が迫っているというのに、それを他人に伝える事の出来ない辛さ。自分だけが助かる罪悪感、それらを払拭するために強くなろうと努力をし続けた。今度こそは誰かを守りたいと思い頑張ってきたのだ。でも、パリス達との件で、私はあらためて実感した。きっと、一人の力だけでは足りなくて……誰かと一緒に協力をしないと結局、予言は覆《くつがえ》らない。そんな気がするのだ。

「でも……本当の事を言えない予言者なんて誰が信じてくれるっていうのよ……」

私の泣き言は夜の暗闇に吸い込まれるように消えていった。もしも、私の予言が通じる人がいればいいなと思いながら、そんな救世主のような人物に会えるのを願いベッドに横になるのであった。


「やあやあ、素敵なお姉さん。良かったら俺とデートしない？」

翌朝、私が村の見回りをしていると、一人の青年に声をかけられた。彼の名前はヘルメスといい、この村で狩人をやっているそうだ。何年か前にこの村にやってきて、魔物や獣を狩って生計を立てていると言っていた。自分と同じよそ者が来て嬉しいのか、こんな風に声をかけてくることが多い。

正直、ガンガン来るタイプは苦手なのだけれど、冷たくあしらっても気にしていない風に何度も声をかけてくるので、もうあきらめている。

「……変わった魔物ね、人の言葉を喋るなんて」

「軽い冗談だってば、マジで武器を構えるのやめてくれない？　それより罠になんかかかっているねぇ。今夜はごちそうかなぁ」

彼の言う通り罠には一角ウサギが引っかかっていた。私は警戒しながらあたりを見回した。本来一角ウサギは力も弱く、警戒心も強くて人里には近寄らない魔物だ。角が薬の材料になるということもあり、初心者の冒険者が狩ろうとするが、すばしっこくて逃げられるためこの魔物を倒せてようやく見習い卒業とも言われている。そんな魔物がわざわざ人里に来ているということは……。

「やはり、あったわね……一角ウサギが恐れる何かがいたんでしょうね」

「ひゅー、狩人の俺も顔負けだね。よかったら冒険者やめて、転職しない？」

「悪いけど、私は冒険者が性《しょう》にあってるの、ごめんなさいね」

「いや、そうじゃなくて俺のお嫁さんに……こわっ、そんな目で見ないでほしいなぁ」

くだらない事を言うヘルメスを私はにらみつけて黙らせる。それにしても、当たってほしくない勘が当たり、私は思わずため息をついた。巧妙に隠されているが、魔物らしき足跡と毛が落ちていた。どんな魔物かはわからないが何者かが、この村を狙っているのは間違いがないようだ。私が森の奥を睨みつけると、何かが動いた。

「炎脚《フランベルジュ》」

私は新しく編み出した技を使う。脚に炎の魔術を凝縮させて、一気に距離を詰める。人影らしきものが驚いた顔でこちらを見つめるがもう遅い。犬の顔をした人型の魔物コボルトだ。コボルトのランクはCランクであり、真っ向から戦っても私の敵ではない。こうして奇襲すればなおさらだ。私はそのままの勢いを活かして刀を振るう。コボルトは奇襲に対抗することができずにあっけないほど、あっさりと胴体と首が切り離れた。

「コボルトかぁ……やっぱりライアンスロープの仇討ちかなぁ……」

「そうね、念のためにこの村に残っていて正解だったわ」

私は村長に報告するためにコボルトの首を持っていく事にした。炎によって傷口が焼かれていることもあり、出血の心配もない。そして、罠にかかった一角ウサギを放してやる。ついでに、傷口を薬草で治していると「きゅー」と可愛らしい声で鳴いた。一角ウサギは魔物だが、害はない。お金に困ってたり、依頼があれば話は別だが、今回はコボルトのせいで罠にかかってしまった被害者である。

「さっきの攻撃……それが君のギフトかな？　魔族の血を持つ者はリスクつきのギフトに目覚めるって聞いたことがあるけど……」

「詳しいのね、でも、残念。今のはスキルに過ぎないわ。私のギフトはもっと異なる力よ」

「ふーん、その顔だとカサンドラちゃんは自分のギフトが好きじゃないんだね。やっぱりその外見とギフトで辛い想いでもしたのかな？　それでも人のために戦おうとする君は面白いなぁ」

「知ったような口を叩かないでほしいわね。不愉快よ」

「ごめんごめん、踏み込みすぎちゃったねぇ……でもさ、そうやってがんばる姿は本当に素敵だと思うよ」

あまり触れてほしくない話題だったので、ヘルメスを睨みつけると彼は軽薄そうに笑いながら謝ってきた。私が溜息をつきながら一角ウサギの傷の治療をしているとお礼のつもりか、指をぺろぺろと舐めてきた。その姿があまりにも愛おしくて私は抱きしめてしまう。

「可愛い……」

「ふ、魔物を可愛がっているカサンドラちゃんの方が可愛いよ」

「本当にうるさいわね……」

私は顔を真っ赤にしながら、ヘルメスを睨みつける。一角ウサギが可愛すぎて我を忘れてしまったようだ。一角ウサギの身体は温かく、久々のぬくもりに少し心が洗われるようなきがした。ああ、もしも、動物や魔物の言葉が分かればどんなに楽しいのだろうかと思う。動物たちは人と違って外見で顔を歪めたりしないから心が洗われるのだ。しばらく可愛がって、私は一角ウサギとヘルメスに別れをつげて、村長の元へコボルトがいたことを伝えに行くのだった。

「コボルトか……なるほど、そうなると今、村はライアンスロープの復讐として狙われているのかもしれない……コボルトたちはライアンスロープに従えられていたからな……そういえば今日も村人が狩りから帰ってこないという報告があったし……もしかして狙われているのか……」

「ありえますね……人狼《じんろう》達の執念は女よりもしつこいといいますし……」

私の報告を聞いた村長が悲痛な顔で呻く。村長といえば老人を想像するかもしれないが彼は若い。おそらく、三十代後半だろう。農作業で鍛えられたのか、かなり筋肉質な体型である。

元々今回の私が来たのは村の周囲にいるコボルト達を筆頭とした魔物を狩るのが依頼だった。予想外だったのは村にライアンスロープという人狼の魔物が潜んでいたことである。ライアンスロープ自体はオークと同じくらいの身体能力しかないが、人に化けるという能力とコボルト達を従えるという厄介な能力を持つ魔物だ。そして、ライアンスロープが村の中で人を襲ったのは私の到着した日の夜だった。

ライアンスロープは厄介極まりないが、村人達がその正体に目星をつけていたので倒すのはたやすかった。ライアンスロープが化けていたのは少し前に来たよそ者で、村の人間ではなかったため、誘導しやすくあっさりと倒すことができたのだ。ついでにその部下らしき村の周囲に潜んでいたコボルトも倒した私だったが、村の警護を頼まれたのでここにいるわけだ。村長も出費をケチってか最初は渋っていたが実際に被害が出るとそんな事を言ってはいられないようだ。

「なんとかカサンドラさんが退治できないか？」

「難しいですね、コボルト単体なら何とか対処はできると思いますが、集団で攻めてきたら村を守ることは難しいと思います」

「うーむ……だが、このままでは被害者が増える一方だな……」

「ならば、再度ギルドに依頼をするのはどうでしょうか？」

「いや、それをするにはお金がね……」

私の言葉に村長が複雑そうな顔をする。確かにもう一度冒険者を新たに呼ぶのはお金がかかる。だが、人命がかかっているのだ。迷っている場合ではないと思うのだが……まあ、少し住むだけでわかるが確かに豊かな村ではないのだろう。

村長の部屋に置かれている質素な造りの家具などをみて思う。今回の依頼で私を呼ぶのも相当ぎりぎりだったのかもしれない。ふと、テイレシアスさんの顔が浮かぶ。彼女はこの村を誇りにしていた。私にはわからないけれど、彼女には大切な場所なのだろう。それなら何とか力になりたい思う。テイレシアスさんにはいつもお世話になっているし……。

「わかりました。がんばってみます。そのかわり、何とかコボルトの巣の場所だけでも探してはもらえないでしょうか？　巣の場所わかれば私だけでもなんとか倒せると思います。ただ、私がコボルトの巣へ行っている間の村の警護は慎重にお願いします。その間、村が無防備になりますから……」

「おお、本当か!!　助かるよ、ありがとう、数人の狩人に手紙を書いておくよ」

そういって村長は安心をしたかのように息を吐いた。そして、机の上で筆を動かして何やら紙に書いている。何げなく見ていると机の上に飾られている古いペンダントが目に入った。年代物の様だが、大事に保管されているようだ。

「ああ、これか……妻の形見だよ……少し変わっていたがいいやつだったんだ……」

「それは……すいません」

何とも言えなくなり私は謝罪をする。彼の奥さんは今回のライアンスロープに襲われた被害者だ。彼女とは挨拶をした程度だった。なぜなら、私が村に着いた日の夜に、彼女は無残な死体となって見つかったからだ。死体を見た時の彼の本当に辛そうな顔を私は今でも覚えている。当たり前だが彼の心の傷はまだ癒えてはいないのだろう。何かをこらえるかのように顔をしかめている。

「いや、気にしないでくれ……そういえば、カサンドラさんに村人のみんなは失礼なことをしていないだろうか？　何かあったら遠慮なく言ってくれ。その……君の容姿は目立つからね」

薄々感づいていたのだろう村長が言葉を濁しながら言った。悪い人ではないのだろう、その言葉には確かに私を気遣う感情があって、私は少しありがたく思った。

「大丈夫ですよ、そういう反応には馴れてますし、優しくしてくれる方もいますから」

「そうか、君は強いな……その外見で辛い思いをすることも多いだろう？　なのになんで人のために戦えるんだ？」

「それは……」

その質問はとっさに出てしまったのかもしれない。私が言いよどむと村長はすぐに謝罪をしてきた。

「すまない、失礼だったたね、テイレシアスさんの家でお世話になっているんだろう。不満があったら言ってくれよ。うちの部屋は空いているからね……あの人は変わっているから色々大変だろう？」

「ありがとうございます。でも、テイレシアスさんには優しくしていただいているので大丈夫ですよ」

テイレシアスさんを肯定的に伝えた途端、村長が苦虫を噛み潰したように顔を歪めた。その反応で、私の頭に疑問が浮かんだ。そういえば、盲目の老人だというのに、あまり人が来ないのが気にはなっていた。こういう村の場合は弱った老人などは誰かが世話をしたりするものなのだが……息子さんは街で暮らしているとは言っていたけど、おそらく何かがあったのではないだろうか。しかし、村長さんに話を聞くのはまずい気がする。

「すいません、そろそろ見回りの時間なので行きますね」

「ああ、ありがとう、コボルトの巣がわかったら連絡をするからその時は頼むよ。後、ヘルメスに絡まれているようだが、彼には気を許さない方がいいかもしれない。よそ者だし、何を考えているかわからないところがあるからね」

「確かに胡散臭《うさんくさ》いですね……肝に銘じておきます」

話もちょうど途切れたので私は村長に頭を下げて部屋を出た。少し、テイレシアスさんの事を調べてみようかと思う。私でできることがあれば彼女の力になりたいと思う。ヘルメスに関しては……まあ、とりあえず警戒をしておけばいいだろう。

村長の部屋を出た私は村を警備がてら回る。村を囲う柵《さく》の一部にも獣の毛や獣のひっかき傷があるのに気づく。そしてその中にコボルトとは違う種類もあるようだ。明らかに色が違う。もしかしたら別種の魔物がいるのだろうか、これも後で村長に伝えておいた方がいいだろうと思う。狩人が行方不明になっていると言っていたし、まだまだ油断はできなさそうだ。

見回りを終えた私が村を歩いていると美味しそうな匂いが私を刺激する。どうやら村唯一《ゆいいつ》の食堂でソーセージを焼いているようだ。ついソーセージを見ていると店主と視線があう。

「ん……あんたはテイレシアスさんとこに泊まっている冒険者か……よかったら食べるか？　この村の数少ない特産品だ」

「いえ、大丈夫よ。気持ちだけいただくわ」

申し訳ないと思い断ると同時に私のお腹がくぅーーーと情けない音を出した。あまりのタイミングの良さに店主が笑いをこらえているのがわかる。何て恥ずかしい……。

「遠慮するなよ、あんたは村を守ってくれているんだろ。これくらいは当たり前だ」

そういうと私の方に焼き立てのソーセージを差し出してくる。私は一瞬迷ったがここまで言われて断るとかえって失礼だと思い遠慮なくいただくことにした。香草で香り付けされたソーセージをかじると肉汁があふれる。でも、残念なことに味はしなかった。ヘクトール達の件から私は食べ物の味をあまり感じなくなってしまったのだ。冒険者の法術使いに聞いたのだが、おそらくストレスが原因だろうと言われている。まあ、どうでもいい事だ。

「どうだ、おいしいかな？」

「ええ……おいしいわ。確かにこれはお腹が膨れるわね」

どうやら私はうまく返事ができたようだ。味を感じなかった事を誤魔化しながら店主にお礼を言うと彼は満足そうにうなずいた。

「そうか、それはよかった。村を守ってくれているってのもあるけどさ、あんたがきてからテイレシアスさんも元気になったからな、そのお礼も兼ねているんだ。あの人には昔に世話になったからな……」

そういうと食堂の店主は昔を懐かしむように空を見る。テイレシアスさんへの村長の言っていた変人というイメージと、目の前の彼の抱いているであろうイメージに誤差を感じる。私もテイレシアスさんと出会ったのは最近だが、彼女は心優しい人という印象が強く、どちらかというと店主の様にプラスのイメージが強い。彼女と一緒に過ごして私は自分の心が休まっているのを感じている。あの人の優しさに私は思った以上に救われていたようだ。だからというわけではないが、もっと彼女を知りたいと思うのだ。

「その……言いにくかったらいいんだけど、村長とテイレシアスさんは何かあったのかしら？　私が彼女の家に泊まっているっていったらすごい心配されたんだけど……」

「ああ……村長とあの人はちょっとな……別にどちらかが悪いってわけでもないんだが……」

やはり何か仲違いするようなことがあったようだ。私の言葉に店主は気まずそうな顔をしながらもぽつぽつと語り始めた。

「あの人はこの村の占い師でな、ギフトで獲物の出る場所や、天候などをよく占ってもらったんだ。一部の人は気味悪がっていたが、ほとんどの人はテイレシアスさんを慕ってたよ。でも、ある日村の住人が食い殺された事件が起きたんだ。あれはちょうど、今の村長が商売に失敗したって言って帰ってきた頃だったな。魔物が潜んでいるって村中が騒ぎになったんだが、テイレシアスさんが言ったんだ。『私の占いで見つけてみせるわ』ってな」

「村に魔物が潜むってまさか……」

「そう、ライアンスロープだよ。この村は昔にもライアンスロープに狙われたことがあるんだ。それで、テイレシアスさんの占いで一匹のライアンスロープが見つかり、当時いた狩人達が退治したんだ」

「でも、まだ、何かあったんでしょう？」

私の言葉に店主はうなずいた。これだけならば彼女は英雄として崇《あが》められてもおかしくないはずだ。だが、実際は違う。これから彼女と今の村長が決別する何かがあったのだ。

「あんたの言う通りだ。ライアンスロープを退治したのに、また、村人が食い殺されたんだよ。それで再び怪しい奴を占おうって話になったんだ。そうしたら、今の村長がさ、一人の男を指さして、こいつが疑わしいって言ったんだよ。それで占ってもらったんだが、彼女の占いではそいつは人間だって結果が出た。じゃあ、次に疑わしいのは誰だって話になったんだが、その日は話し合いの結果が出ないで次の日にまた話し合いをしようってなったんだが、翌日その占われたやつが、村人を襲っているのが目撃されたんだ。結局そいつはそのまま逃げやがった。そしてそれ以降、村人が襲われることはなくなったんだ」

「つまり、テイレシアスさんの占いが外れたって事なのね、でも、それだけで……」

「その最後に襲われたのが当時の村長……今の村長の親父さんだったのさ。逆恨みっていうかもしれないけどさ、今の村長はテイレシアスさんにさんざん文句を言っていたよ『なんで占いを外したんだ？　あんたのせいで親父は死んだんだ』ってな。テイレシアスさんはごめんなさいって謝るだけだったよ……それからだ、テイレシアスさんと一部の村人との間に距離ができたのは……」

そう言うと店主は悲しそうに顔を歪めた。この反応から店主は一部の村人ではないのだろう。ライアンスロープが村を襲ったのは誰の責任でもない。いわば自然災害のようなものだ。それでも、人は誰かに責任を求めた。そしてその矛先《ほこさき》がギフトで目立ったテイレシアスさんだったのだろう。力を持っているからには期待される。そして期待に応えられなければ次は深い失望と共に敵意を向けられるのだ。

『カサンドラさんは強いのに、なんで兄さんを守れなかったんですか……』

あの時のパリスの言葉が脳裏をよぎる。ああ、同じだ。私の時と同じだ。期待され、それで失敗したときの辛さを私は知っている。何度も何度も味わってきたのだから……。

「でもさ、それ以来、テイレシアスさんも元気なかったんだが、あんたと一緒に暮らし始めてからまた元気になったんだ。それがさ、俺は嬉しいんだ。その……ここにいる間だけでもいいからさ、テイレシアスさんと一緒にいてくれないか？」

「当たり前じゃない、私だってテイレシアスさんにお世話になっているもの」

その時、私はどんな表情で返事をしていたのだろうか。私の気持ちはテイレシアスさんはどんな想いでこの村にいたのだろう、辛いならば力になってあげたいという気持ちで一杯だった。

「せっかくだからテイレシアスさんにもこれを持って行ってくれないか？」

「ええ、いただくわね。色々話してくれてありがとう。助かったわ」

テイレシアスさんの悲しい話を聞いていた私はどんな表情をしていたのだろう？　でも、ひどい表情ではなかったのだろう。だって、私にソーセージを渡す店主の顔には安堵の表情が満ちていたから……そうして私はテイレシアスさんのところに戻るのだった。


「ただいま、お土産をもらってきたので一緒に食べませんか？」

「おやおや、いい匂いね、カサンドラちゃんありがとう。あそこのお店のソーセージは美味しいのよね。さっそく晩御飯にしましょう」

私が持って帰ってきたお土産が何かは匂いで分かったらしい。目が見えない代わりに嗅覚が優れているのかもしれない。てきぱきとした動きで料理をするテイレシアスさんを手伝おうかと思ったが、かえって邪魔になるだろうと思い座る。楽しそうに鼻歌を歌いながら準備をしている彼女からは悲しい過去を感じることはできなかった。私が持ってきたソーセージは綺麗に切られてサラダと一緒に盛られていた。せっかくなので遠慮なくいただくことにする。

「いただきます。テイレシアスさんはいつも楽しそうに料理をしますね。趣味なんですか？」

「ふふふ、誰かに料理をご馳走《ちそう》するのが趣味なのよ。愛情を込めた料理を食べてくれる。それだけで嬉しいのよ。カサンドラちゃんもいつか、こういう風に誰かに料理を振舞う時が来ると思うわ。その時はたっぷり愛情をこめてあげなさい」

「でも、私には……」

私にそんな人なんて現れるはずがないのだ。私はそうそう他人に心を開かないし、たとえ信頼できる相手がいても、距離を詰める事はないだろう。だって、私のギフトは予言の内容を誰かに伝えることができないのだ。仮に親しい人ができても危機を伝えることができずに、別れることになるくらいならずっと独りで居たほうがいい。

「大丈夫よ、私には視えるわ。あなたがいつか仲間と一緒に笑っている姿が……そうね、『一緒に食べる人がいなかったから』とか自虐的な事をいって仲間を困らせてそうね」

「なんですかそれ……」

テイレシアスさんのあまりにも突拍子《とっぴょうし》の無い言葉に私は思わず笑みを浮かべてしまう。私がそんな冗談を言えるような時がくるといいなとは思う。そんな冗談を言える相手が現れるといいなと思ってしまう。

「あらあら私の占いはあたるのよ。多分あそこの店主から色々聞いたんでしょう？　私には『占い師』のギフトがあるのよ、昔は色々占ったんだけどね、ちょっとミスして自信を無くしちゃったのよね。でもせっかくだからカサンドラちゃんの事は占ってあげようか？　あんまり信頼できるような力じゃあないんだけど……」

「でも、あなたはその力を……」

憎んでるんじゃないですか？　と私は言いかけた。だって、テイレシアスさんが村の人から距離を置かれたのはそのギフトのせいなわけで……だから、彼女はギフトは使わなくなったはずなのだ。なのになんで私のために使おうとしてくれるんだろう。

「一緒にいたからわかるわ。カサンドラちゃんは何かを悩んでいるんでしょう？　私はあなたの力になってあげたいのよ。あなたが元気になるのなら私はギフトを使いたいと思ったの」

「なんで……なんで、こんなに私に優しくしてくれるんですか？」

私の言葉にテイレシアスさんはまるで遠くをみるかのように窓の外に顔を向けた。彼女は何で私にこんなに優しくしてくれるのだろう？　なんで私のために色々してくれるのだろう？　私たちが出会ったのは最近だ。一体何がそうさせるのだろう。私の疑問を察したのか彼女は少し恥ずかしそうに微笑みながら口を開いた。

「今のあなたはね、占いに失敗した直後の私に似ているのよ。人を信じたいけど近づくのが怖いでしょう？　人と仲良くなってもまた失望されるのが怖いでしょう？　私にはそのつらい気持ちはわかるわ。だからこれは私の自己満足なの。私は昔の私のようなカサンドラちゃんを救いたいの。自分勝手な私に失望したかしら？」

「そんなこと……ないです……テイレシアスさんはすごいですよ」

優しく微笑む彼女に私は涙を堪《こら》えてそう返すのが精いっぱいだった。彼女は一体どんな思いで占っていたのだろう。一体どんな思いで、期待を背負っていたのだろう、そして、どんな思いで非難の言葉を受け止めていたのだろう。彼女は私と似ていると言っていたがそんなはずはない。だって私にはそんなに他人に優しくする余裕はないからだ。

「カサンドラちゃんは冒険者なのに、ギフトを誇らないわよね。あなたの悩みってやはりギフトの事じゃないかしら？　何でこんな力を持ってしまったのだろうって思っているんじゃないかしら？」

私の考えを読んだかのように彼女は言った。その顔は本当に優しくて、どこか母を思い出させた。だからつい弱音を吐いてしまった。

「ええ、その通りです。私はこんなギフト好きじゃない……私のギフトは未来を予言して危険を避ける事ができる素敵な力なんです……」

いつものように私の言葉は偽りを語る。こんな時でも私は真実を伝えることができない。これが私のギフトの質の悪いところだ。デメリットを誰にも伝えることができないのだ。私が顔をうつむかせていると温かい感触に包まれる。驚いて顔をあげようとすると優しい言葉が耳に囁かれる。

「つらいのね、カサンドラちゃん。なんで悲しい声でそんな言葉を言うのかは私にはわからないけれど、いつかあなたも、自分のギフトを好きになれる時が来ると思うわ。私の占いは当たるのよ」

「テイレシアスさん……私も自分のギフトを好きになれるかなぁ……だって、私はこのギフトのせいで……」

「なれるわよ。だって、カサンドラちゃんは優しい子だもの。きっとそのギフトで今まで救ってきた命だってあるんでしょう？　思い出してみて、そのギフトはあなたを苦しめたかもしれないけれど、その力で救われた命だってあったはずよ」

私は今までためていたものを吐き出すかのように泣いていた。確かにテイレシアスさんの言う通りだ。私のギフトで救えた命はあったはずだ。予言通りだったらヘクトールとパリスの二人とも死んでいたはずだった。だけど、私はパリスだけは救えたのだ。昔を思い出す。他にも何人もの命を救った。だけど、だれも感謝なんかしてくれなかった。でも、私は自分のギフトで救った命だってあった。私だけはそれを知っている。そうだ、私の自己満足かもしれないけど確かに私はギフトで人の命も救っていたのだ。どれだけ泣いていただろうか？　ようやく落ち着いた私はテイレシアスさんにお礼を言った。

「すいません、すっかり冷めてしまいましたね、ご飯を食べましょう」

「あらあら、まだ泣いててもいいのよ。それとも今夜は一緒に寝ましょうか？」

「大丈夫です……その……ありがとうございました」

私は恥ずかしさに顔を真っ赤にしながらもお礼を言った。だけど、泣いたおかげか、少しだけどさっぱりした気がする。

「そう、良かったわ。ギフトはね、きっと神様のくれたプレゼントなのよ。だから絶対あなたの力になってくれるわ。私も自分のギフトに絶望したこともあったけど、今はギフトを持っていて良かったと思っているわ。だって私のギフトでカサンドラちゃんを笑顔にできそうなんですもの。私が視たカサンドラちゃんの未来をすこしだけ教えてあげるわね。いつかあなたのその苦しみを理解して救ってくれる人が現れるって出ているわ」

テイレシアスさんの手のひらから不思議な光が生まれ、その光に私は包まれた。そして、彼女の語る私の未来は楽しそうで、私は思わず笑顔がこぼれた。もしかしたらそれは作り話かもしれないけれど、少なくとも私の心は救われたのであった。

翌日私はヘルメスと一緒に連れ立って村の外を探索していた。村長からコボルトの巣が見つかったので探索をしに行ってほしいといわれたのだ。そして、そのお供にヘルメスが選ばれたのだ。村長ははっきりとは言わなかったけれど、ライアンスロープを村に招き入れたのはヘルメスではないかと疑っているのだろう。彼はよそ者な上に、底が知れないというかとにかく胡散臭いのだ。村を出るときにもヘルメスにも警戒をしてくれと釘を刺された上で同行することになった。正直勘弁してほしいが、村の外ならぼろを出すかもしれないという考えもあるのだろう。

「いやー、カサンドラちゃんとのピクニックデート楽しいなぁ」

「とんだデートね、私もあなたも一歩間違えたら命を落とすわよ」

「そうしたら冥府《めいふ》までデートだねぇ。お土産とか欲しいよねぇ」

「一生帰ってこれないし、行くなら一人で行きなさい。墓参りくらいならしてあげるわ」

斥候らしきコボルトを切り払った私が刀をしまっているとヘルメスが声をかけてきた。相も変わらず軽薄な笑みを浮かべていて、本心はわからないが、腕はたしかなようで、何匹ものコボルトを狩っている。本当に、ただの狩人なのだろうか？　冒険者としてもやっていけそうな腕前である。

村長ではないけれど、私もこの男は信用ならない気がする。

「そう言えばテイレシアスさんは元気かな？　カサンドラちゃんはあの人の家に住んでるんだよ

ね？」

「一緒の村に住んでるんでしょう？　自分から訪ねればいいじゃないの」

「それはできないんだよ……俺も村での生活があるからねぇ、村長に嫌われている彼女と仲良くは難しいのさ。やはり、こういう田舎ではギフト持ちは苦労しそうだよねぇ。人と異なるものは迫害されやすいから……カサンドラちゃんならわかるでしょ」

そういうとヘルメスは珍しく軽薄な笑みではなく顔を歪めた。彼も昔に何かあったのかもしれない。そして、彼を臆病者と罵るのはものを知らない人間だろう。この小さい村では村八分になるということは死を意味するのだ。でも、あの人の事を心配してくれている人がいるのを知って少し嬉しかった。まあ、信用はできないんだけど。

「ええ、元気よ、昨日もソーセージを一緒に食べたわ」

「ああ、あそこの店主のソーセージはうまいもんだよねぇ。この村の数少ない自慢だよ。良かったら今度一緒に行かない？」

「テイレシアスさんも一緒なら前向きに善処《ぜんしょ》するわよ」

「それ、絶対来ないやつだねぇ」

ヘルメスの軽口を私は適当にいなす。彼は一切傷ついた顔をしないで軽薄そうに笑った。道を進みながらテイレシアスさんのために何かできないだろうかと私は考える。店主やヘルメスの様にテイレシアスさんの事を心配してくれている人はいるようだ。ならば、何とか村長と和解さえすれば彼女は村で住みやすくなるのではないだろうか？

「村長とテイレシアスさんは何とか仲直りできないかしら？」

「うーん、難しいだろうねぇ。今回だってテイレシアスさんはライアンスロープを見つけることはできなかった。いや、ギフトを使おうとしたけど村長が断ったんだよねぇ。そして、村長が自力でライアンスロープを特定したんだ。まあ、村長の奥さんが最初の犠牲者だったから自分で仇をとりたいってのもあったんだろうけどさ……」

村長はなぜそこまでテイレシアスさんを恨んでいるのだろう。なぜ頑《かたく》なに力を借りようとしないのだろう？　確かにテイレシアスさんが占いを間違えたせいで父は死んだと思っていても、ここまで頑ななのには違和感を覚えた。

「でもさ、カサンドラちゃんも変わってるよねぇ、魔族の血を引いているってだけで結構ひどい目にあってるでしょ。それでも、こうやって人のために頑張っている。なんでなのかなぁ？　この村の住人だって変な目で見ている人がいるのをわかってるよねぇ？」

「嫌な事を聞くのね……でも、そうね……確かにそういう人がいるのも否定はできないし、事実よ。でも、私の事を認めてくれる人だって少しかもしれないけどいると信じてるのかもしれないわね……」

ヘルメスの言葉に私ははっとさせられた。何で私は人のために頑張っているのだろう。確かにテイレシアスさんがいるからというのもある。でも、彼女がいなくても私は同様な行動をしただろう。結局のところ私はなんだかんだ人を信じているのだろう。信じたいのだろう。魔族である父と結ばれ私を産んだ母の様に、いつか誰かが私を認めてくれるそんなことを夢見ているのかもしれない。

現にテイレシアスさんの様に私を可愛がってくれる人もいるのだ。私の思考はヘルメスの言葉によって中断される。

「あっ、ここがコボルト達の巣だよ。もしかしたら、カサンドラちゃんがここでコボルト達を倒してテイレシアスさんの待遇を良くしてくれみたいなことをいえばよくなるかもね……なんてさ……」

「もちろんよ、その代わりあなたも力を貸しなさいね」

「ああ、ありがとう!!　お礼と言ってはなんだが俺の嫁に……」

「つまらない冗談ね、斬られたいの？　それに私なんて……おかしいわね」

私は自虐的な言葉を呑《の》み込んだ。コボルトの巣を眺めていた私は違和感に気づく。大量の足跡に抜け毛がある。まさかもう村に……私が村の方を振り向くと同時に頭痛に襲われる。それと同時に予言が視えた。村を囲うコボルト達……そしてテイレシアスさんの家にいる人影……。

「ごめんなさい、急な用事を思い出したわ。村に戻りましょう」

「は？　ここまで来て何をいって……」

「こんなのこうしておけばいいのよ。炎剣《フランベルジュ》」

私は炎の魔術によってコボルトの巣である洞窟の入り口を爆破した。中まで生き埋めとはいわないがこれで時間くらいは稼げるだろう。ヘルメスに説明をする時間はないし、予言の内容を誰かに話すことはできない。だったらこれが一番てっとり早いだろう。

「うへえ……絶対怒らせないようにしよう……」

ヘルメスが何かを言っているが今は気にしている場合ではない。私は村に向けて駆け足で戻るのだった。

急いで村へと戻った私を待っていたのは村を囲うコボルトとそれに対抗する村人たちが戦っている光景だった。柵があるとはいえ強度は大したことはない。少しでも油断したら突破されてしまうだろう。

「うわーお……どうしよっか……」

「一点突破よ!!　ちょっと、ごめんなさい」

「え、ちょっと……ひぎゃぁぁぁぁぁぁぁ」

私はヘルメスの腕をひっぱりそのまま村へとむけて放り投げる。見た目からは想像できないかもしれないけれど私は魔族の血がながれているため身体能力が優れているのだ。人一人投げとばすくらい造作ない。弧を描いて落下していくヘルメスに視線が集中している間に私はスキルを使って村を囲っているコボルトへと急接近する。

「炎脚《フランベルジュ》」

足に炎を纏った私は、その炎を爆破させながらコボルト達へと接近する。突然の強襲に対応できないコボルトの首筋にすれ違いざまに刃を立てながら、私はスキルを使って足元を爆破させ、飛翔して柵をとびこえて、ついでに空中にいるヘルメスをキャッチしてそのまま村の中に着地した。突然の乱入者に驚いている村人達だったが、その正体が私だとわかると少し安心したようで構えていた武器をおろす。悪いことをしたなと思い、ヘルメスをみるとなにやらにやにやしながらつぶやいていた。

「おお、胸の感触が……」

「元気そうね」

「ぐぇ……」

不快な感触を感じた私はそのままヘルメスを投げ捨てる。変な悲鳴をあげているが気にしない。

私は村人たちを見回しながら問いかける。

「みんな大丈夫？　一体何がおきたのかしら？」

「おお、あんたか、助かったよ。あんたらがコボルトの巣に旅立った後にこいつらがいきなり襲ってきたんだ……なんとか柵のおかげでもっているがいつまでもつかわからないな」

「そう……それにしては警備の人数が少ない気がするけど……」

私があたりを見回しながら言う。ここにいるのは三、四人だけだ。他の柵も襲撃されているのだろうか？　外にはコボルトが七、八匹はいる。柵と矢の攻撃で何とか均衡は保てているようだ。流石にコボルトも村全体を囲うほど人数がいるとは思えないのだが……。

「ああ、それなら村長の命令で村人たちを避難させているよ。柵が壊された時の事を考えて、一か所にまとめようとしているんだ」

「そう……テイレシアスさんは？」

「あの婆さんか……誰か助けにいっているとは思うが……」

「わかったわ。ありがとう。ヘルメスはここで彼らのサポートを頼んでもいいかしら」

「えー、俺はまだ、カサンドラちゃんとデートしたいんだけど」

「おい、ちょっとあんたも村長の指示に……」

私は一刻も早く、テイレシアスさんの元へと向かう。私が視た予言ではテイレシアスさんの家にライアンスロープと相対する人影がいた。ライアンスロープの狙いはテイレシアスさんなのか……それとも、テイレシアスさんがライアンスロープだったのか？　いや、私は頭をふって嫌な予感を否定する。

急いで村を駆け巡ると、テイレシアスさんの家が見えた。慣れない道だったので少し遠回りをしてしまったが、なんとかたどり着けた。しかし、安心したのも束の間で、扉が無残にも破壊されていた。嫌な予感が頭をよぎった私は安全も確認せずに突入する。

「テイレシアスさん、無事ですか⁉」

私の目の前に広がっていた光景は予言で視たものと同じだった。対峙《たいじ》する人影。片方はライアンスロープで、もう片方は……。

「カサンドラちゃん逃げて……」

「炎脚《フランベルジュ》」

その声を聞くと同時に私は飛び出していた。轟音と共に老朽化《ろうきゅうか》していた床が破損するが気にしてはいられない。すれ違いざまにライアンスロープを切りつけたが、右ひじにかすり傷を負わせただけだった。やはりコボルトのようにはいかないらしい。

「テイレシアスさん……大丈夫ですか？」

「ちっ、思ったより早かったな」

私が彼女をかばうように間に入ると、ライアンスロープは忌々《いまいま》し気に顔をゆがめて窓枠に足をかける。逃がすまいとする私だったが、それは去り際に大きい咆哮《ほうこう》によって阻止される。

「――――!!」

「ひぃぃぃ」

私のような場馴れした冒険者には効果はないが、荒事には慣れていないであろうテイレシアスさんには効果は抜群だったようだ。悲鳴を上げて私の中でこわばっている彼女を抱きしめる。どれくらいそうしていただろうか？　震えが止まった彼女は私をみて笑顔で言った。自分の方がよっぽど怖い思いをしているだろうに私を安心させるようにいった。

「カサンドラちゃん……助けに来てくれたの？　ありがとうねえ。私はもう、大丈夫よ。やっぱりあなたは優しい子ね」

「テイレシアスさんこそ……無事でよかった……」

「やっぱりライアンスロープは村にいたんだねぇ……」

「やっぱり……？」

テイレシアスさんの呟きを、思わず私は聞き返す。やっぱりとはどういうことだろう。テイレシアスさんはライアンスロープがいることに気づいていたのか？

「確証はなかったんだけどねぇ……私の『占い』は簡単な未来や触れた人の運命をみることができ

るの。でも、昔に私が占った人は確かに人間だったわ。だけど、彼が人を襲うところを目撃されて、そのまま逃げて被害は収まってしまった。私はずっと、もう一匹のライアンスロープがまだ潜んでいるんじゃないかって思いながら生活してたの……でも、確証はもてなくて……私は結局自分のギフトを信じ切ることができなかったのよ……それで今回の事件がおきたの……潜んでいたライアンスロープがカサンドラちゃんによって倒されたライアンスロープを招き寄せたんでしょうね」

そういうと、テイレシアスさんは悲し気にため息をついた。己のギフトへの不安、私にはよくわかる、わかってしまう、だからこそ私は何も言えなくなる。でも、それでいいのか？　彼女は私に優しくしてくれていて……力になってくれていて……だったら私だって力になりたいのだ。

「それでも、私はテイレシアスさんの占いで元気をもらえました。私はテイレシアスさんの『占い』のギフトを信じます。あなたの言葉を信じたいです。テイレシアスさんはどうしたいですか？」

「カサンドラちゃん……私も人の事が言えないわね……」

どれくらい、沈黙が支配していただろうか？　やがてテイレシアスさんはうつむいていた顔をあげてこういった。

「私はこのギフトで今度こそ村を守りたいわ。だってここには私の思い出がたくさんあるんですもの、みんなのところに行きましょう……カサンドラちゃんありがとうね」

そう言って顔を上げたテイレシアスさんの瞳には強い意思で満ちていた。私はうなずいてみんなのところへと向かうのであった。

村人たちが避難所として集められているのは集会所であった。住民をここに集め、守りを固めて、襲撃してくるコボルトたちに備えるという考えなのだろう。コボルトの巣も潰した今、ここに立てこもって、私や戦闘力のある狩人たちが確実に撃破をしていけば仕留めることはできるはずだ。ただし、それはここにライアンスロープが混じっていなければの話だ。

「おお、あんたらか……、これで全員だな。テイレシアスさんも来てくれたんだな……」

そういったのはソーセージをくれた食堂のおじさんだ。彼は私達を見ると笑顔で迎えてくれた。背後で、何人かの村人がひそひそとこちらを見ながら言っているので、心配になってテイレシアスさんを見るが彼女は、優しい笑顔で、私を安心させるように大丈夫だとうなずいてくれた。

「カサンドラちゃん、私はもう大丈夫よ」

「はい、何かあっても私が守りますから」

私達は余計な騒ぎにならないようにさっと集会所に入る。集会所にいるのは二十人前後だろうか、そこには見知った顔も何人かいた。ヘルメスや当たり前ながら村長もいる。村長は何やら全身に傷を負いながらも険しい顔で、村人たちに指示を出していた。

「あの声は……村長ね……」

テイレシアスさんがその声に顔を歪める。彼女の表情が罪悪感で染まる。おそらく、自分の占いで、守れなかった彼の父や、奥さんの事を思い出したのだろう。私には彼女の気持ちがよくわかる。自分には守る力があったのに守り切ることができなかったのだ。村長は一瞬こちらを見て、怪訝そうな顔をした後、テイレシアスさんに視線を向けると複雑な表情をして、顔を逸らした。

「カサンドラちゃん、テイレシアスさん。無事だったんだねぇ、てか、カサンドラちゃん。ひどくない？　あの後大変だったんだよ」

「私は別に会いたくなかったけどね」

「ぐぇ……」

「おやおや、坊や大丈夫かい？」

空気を読まずにヘルメスが軽薄な笑みを浮かべながら抱き着こうとしてきたので、さっと身を躱した。彼の腕は空を抱きしめてそのまま倒れた。その声で周囲がざわつく。ヘルメスが、あまりにも当たり前のように話かけてきたので村人達も私達にどう接しようか悩んでいるようだ。

「ひどいなぁ、カサンドラちゃん、俺だって必死にここに避難したんだぜ。柵がもろいところがあって必死に補強してたんだからご褒美くらいあっていいと思うんだけどな」

「はいはい、このピンチを乗り越えたら褒めてあげるわよ」

「よっしゃ!!」

そういってヘルメスがガッツポーズをする。私は敵意と困惑に囲まれている中で彼の明るさに一瞬救われた気持ちになった。だが、それも彼がガッツポーズをした拍子に捲《めく》れた右腕に巻かれた包帯をみるまでだった。

「……その傷はどうしたのかしら？」

「ああ、恥ずかしながらコボルトの爪をくらっちゃってねぇ……かすり傷だから安心してよ」

そういって彼は軽薄そうにへらへらと笑った。その傷は本人が言うようについさっきできたのだろう。包帯から赤い血がにじんでいる。そしてその場所は私がライアンスロープを傷つけた場所と一緒だった。私は思わず彼を警戒してしまう。

「くっ……」

「大丈夫？　カサンドラちゃん」

「どうしたの？　まるで、見たくないものを見たって顔してるけど……」

このタイミングで再び来る予言は、この村でおきる虐殺劇だった。集会所で人を人質にするライアンスロープ、それと同時に村人に襲い掛かるコボルト達、それを複雑な目で見つめるライアンスロープ。私は予言を視てしまった。このまま、何もしなければこの村は滅ぶのだ。

いきなり立ち暗みにあい姿勢を崩した私をテイレシアスさんは心配そうに、ヘルメスは興味深そうな顔で見つめている。私はとっさに刀を支えにして立ち上がる。テイレシアスさんを守るためにも、この予言は覆さないといけない。できるだろうか？　いや、やるしかないのだ。テイレシアスさんは私を信じると言ってくれたし、私だって彼女に信じているといったのだ。だったら私だけがヘタレているわけにはいかないだろう。

「ねえ、ヘルメス、あなたはいつくらいにこの集会所に来たの？」

「え。俺？　二人が来る少し前だよ。まったくカサンドラちゃんが俺を置いてくから……」

「そう……じゃあ、あなたの後に来たのは誰かしら？」

「そうだなぁ……村長かな。村長はさ、柵をのぼってきたコボルトを一体倒したらしくて怪我だらけになったらしいよ」

ヘルメスは私の質問によどみなく答える。彼の言う事は本当だろうか？　そして……彼の傷は本当にコボルトに傷つけられた怪我なんだろうか？　私は村に帰ってすぐにテイレシアスさんの元へと向かったつもりだ。だが、彼はこの村の住人である。私の知らない近道のようなものを知っていてもおかしくはない。彼がライアンスロープならその身体能力を活かして、追いつくことも可能だろう。彼は何年か前に来たという。ならば彼はこの日のために村に住んでみんなに信用された頃に正体を現したのかもしれない。

そして村長も同様に怪しい。確かに彼は全身を怪我しているが、コボルト一体にあんなに負傷するだろうか？　いや、彼はただの農民である。むしろ倒したのがすごいのでは？　あのくらいの怪我で済んだのがむしろ奇跡かもしれない。それに彼はライアンスロープのせいで父親と奥さんを失っている。ああ、でも、それ自体が彼の仕業だとしたら？　彼が帰ってきた少し後に最初のライアンスロープの事件が起きたのだから……答えの出ない問題に私は思わず唸り声を上げたくなる。

よく勘違いされがちなのだが私はあまり頭が良くない。クールそうとかよく言われるが深入りしないようにしているだけである。ぶっちゃけ、力技で何とかする方が性に合っているのだ。おそらくこの中にライアンスロープはいるわけで……でも、誰に化けているのかわからないのだ。

「カサンドラちゃん、何を悩んでいるのかしら？　私で良かったら聞くわよ。せっかく可愛いんだから、そんな険しい顔をしちゃあだめよ。まあ、私は目が見えないんだけど……何かを予言したのね」

ひょっとしたら唸り声が漏れていたのか、テイレシアスさんが柔らかい声で聞いてきた。そして最後の言葉だけ私にだけ聞こえるように囁いた。私はなんと説明しようか迷う。私の予言ではここにはライアンスロープが潜んでおり危険だ。だが、ギフトのせいでこの集会所が、襲撃されることを伝える事はできない。ならば、どう説明をすればいいだろう。そして、私の言葉は信じてもらえるだろうか？　何と説明すべきか考えていると手に温かい感触を感じる。

「カサンドラちゃん、何を悩んでいるかわからないけど、私はあなたの味方よ。だって、あなたも私の味方をしてくれるんでしょう？　だったら二人で、助け合いましょう」

「テイレシアスさん……」

「よくわからないけど、俺も……ぐぇ……」

「セクハラよ」

私が感動しているとヘルメスが便乗《びんじょう》して手を握ってこようとしたので、私は蹴飛ばしてやった。変な悲鳴をあげて吹き飛ぶ彼をみるとなんか真剣に考えていたのが馬鹿らしくなる。でも、おかげでリラックスできたのか思考はまとまった。私は信じてみようと思う。私は声を潜めてテイレシアスさんに言った。

「この中に危険なやつが紛れています」

よかった……ちゃんと伝える事ができた。私は安堵の吐息を漏らす。予言でみた内容は、この集会所でライアンスロープとコボルトが暴れる光景だった。直接ライアンスロープが正体を現すところをみていたら伝えることはできなかったかもしれない。

私が一安心していると、私の言葉に彼女は驚いたとばかりに呻いた。それはそうだろう。つまりこの中にライアンスロープがいるということなのだから……。

「もう一度聞くわ、カサンドラちゃん、本当なのね」

「はい、信じてもらえるかわかりませんが……」

「そう……みんな聞いてもらえるかしら、私の占いでこの中にライアンスロープがいるって出たわ」

突然のテイレシアスさんの言葉に村人たちは一瞬の沈黙の後ざわめくのであった。


集会所がざわざわと騒がしくなる、ライアンスロープの恐怖をみんな知っているからだろう。そして、かつてテイレシアスさんがそれを暴いたことをみんな知っているのだ。そして、それと同時にかつて占いを間違えた事もみんなが知っている。信じようか、どうしようかと、みんなが迷っている中一人の男性が大声で抗議の声を上げた。

「今はコボルトの襲撃でみんな不安なんだ。余計な事を言ってみんなの不安を煽《あお》るようなことはやめてもらおうか！　誰かテイレシアスを黙らせろ」

村長だった。彼の一言で、迷っていた村人達の一部がじりじりと迫ってくる。私はテイレシアスさんを庇いながら考える。彼らを倒すことはたやすい。だが、それでは何も解決しないだろう。本当の敵はライアンスロープなのだから。

「テイレシアスさん、ごめんなさい。私がちゃんとみんなに言えれば……」

「いいのよ、カサンドラちゃん、あなたは何らかの事情で、予言の内容を言えないのね？　それに、私が言った方が説得力もあるもの。それに、カサンドラちゃんが私の占いで元気になったって言ってくれたからまたがんばろうって思えたのよ」

謝る私にテイレシアスさんは優しく微笑んだ。彼女だって、かつてギフトのせいでひどい目にあったというのに……私は最悪の場合は彼女だけでも必ず守ることを誓う。そして、歪な均衡状態に軽薄そうな声が響く。

「まあまあ、落ち着こうよ。お互い手を出さなければ怪我はしないで済むんじゃないかなぁ。本気を出したカサンドラちゃんは恐いしね、とりあえずこのまま話し合おう……ひぇ」

くだらない事を言うヘルメスを睨みつけると、彼はわざとらしい悲鳴をあげた。そして、その言葉の通りというわけではないだろうが、冒険者である私を警戒しているのだろう。彼らも私たちに一定以上は近づいてこなかった。

「とりあえず話くらいは聞いてくれてもいいんじゃないかなぁ？　みんなだって昔はテイレシアスさんのお世話になったんでしょ？」

ヘルメスの言葉に再び村人達がざわつく。当事者のテイレシアスさんや、冒険者に過ぎない私ではない、彼の言葉は効果的だったようだ。特に迷っているのは、店主を筆頭とした年配の人たちだ。ざわざわとした均衡を破ったのはやはり村長だった。

「だったら、誰がライアンスロープなのか言ってもらおうか、あんたのお得意の占いでな。これだけの人数で誰かわかるのか？　それとも昔のようにまた、適当な事を言って俺達を混乱させる気か？」

その一言で、村人たちの視線がテイレシアスさんに集中する。目が見えない分他の感覚が敏感になっていると彼女は言っていた。彼女はみんなの視線にきづいているのだろう。テイレシアスさんの表情が苦しそうなものになる。特に厳しい視線を送っているのは村長だ。少しでもテイレシアスさんの負担を減らすべく、私は二人の間に入って大声を上げた。

「目星はついているわ。私がテイレシアスさんを襲ったライアンスロープと戦った時に腕に傷を負わせたの。ライアンスロープは再生力はそこまではないからまだ治っていないはずよ」

「なるほど……つまり、腕に傷があるやつがライアンスロープなんだね……って俺もだねぇ」

「そうね……刺せば正体を現してくれるかしら」

勝手に騒いで、勝手に悲鳴を上げているヘルメスを私は溜息をつきながら睨む。そして、そのまま流れるようにヘルメスはテイレシアスさんの手を握った。あまりに、自然な動きに私は見ているだけだった。もしも、彼がライアンスロープだったらテイレシアスさんが危ない。

「じゃあさ、俺を占ってほしいなぁ。可愛いカサンドラちゃんにいつまでも疑われるのは悲しいからさ」

彼の行動にすっかり警戒していた私は突然の提案に毒気《どっけ》を抜かれる。そんな私たちのやりとりに村人達の視線があつまる。そして、テイレシアスさんはうなずいた。

「じゃあ、あなたが人かどうか占ってあげるわ。見ててね。彼が本当にライアンスロープなら正体を現すから」

テイレシアスさんはそう言うと、ヘルメスの手を握った。彼は不思議な光に包まれた。まばゆい光のあとに現れたのは変わらない姿のヘルメスだ。テイレシアスさんを見つめると彼女は安心したようにうなずいた。

「よっしゃー、やっぱり俺は無実だったねぇ……あとは傷を負っていて、最後の方に来たのは誰だったかなぁ」

軽薄そうな声でピースをしながらヘルメスは得意げに私にウィンクした後、村長に視線を送って、からかうように言った。その言葉に一瞬村長が表情を歪ませたがすぐに、怒鳴り返してくる。

「何を言っている!!　昔と同じじゃないか、お前が占って無実だといったやつは俺の父を殺して去っていったぞ。そんなものを信じられるものか。どうせ、お前らグルなんだろ。ここは危険だ。さっさと逃げるぞ。戦えるものはこいつらの足留めをするんだ」

「待ちなさい!!　それならせめて、村長だけでも占わせて!!」

村長は大声を上げてみんなに呼びかけて、背後の扉を蹴破って村人たちを誘導した。私の声は何人かの村人を足留めさせるだけだった。そして私の言葉も虚しく村長の指示に従って大半の村人たちは出て行ってしまう。

「ヘルメス、テイレシアスさんを頼むわ」

「りょーかい、守り切ったらご褒美が欲しいなぁ」

「カサンドラちゃん……無茶はしないでね」

「ええ。もちろんです、テイレシアスさんが正しかったことは私が証明してみます。そうね……ソーセージと麦酒《ばくしゅ》を奢《おご》ってあげるわ。もちろんテイレシアスさんも一緒にね」

私がそう言って外に出て少し走ると人影が見えた。やたらと大きい傷だらけの身体。私は確信をもってスキルを使って切りかかる。

「炎脚《フランベルジュ》」

「容赦ないな……俺が人間だったらどうするつもりだったんだ？」

「人じゃないと確信したからやったのよ、あなたがライアンスロープだったのね」

先ほどまではなかった大きな爪で私の斬撃を受け止めた村長が今までとは違い獰猛《どうもう》な笑みを浮かべる。そして大きな声で吠えると同時に、彼の姿が人のものから徐々に変化していく。全身が体毛に包まれ、顔は口が裂け奥にはギラリとした牙が光っていた。これが人狼と呼ばれる魔物ライアンスロープだ。

「まったく……お前がコボルトの巣にいる間に、全てを済ませるはずだったのにな。どうやって気づいたんだ？」

「さてね……手の内を明かすわけがないでしょう？　あなたみたいに簡単に自分の力を見せたりはしないのよ。子犬さん」

「ふん、言ってくれる!!」

私はライアンスロープと化した村長を挑発する。あのまま村長の依頼通りにコボルトの巣の奥に進んでいたらと思うとぞっとする。今だけは私のギフトに感謝すべきだろう。

「あなたは一体いつから潜んでたの？」

「決まってるだろ、村長の息子が帰ってきたって時だよ。たまたま、襲った男が俺の顔に似ていたからな。手足を喰いちぎったら素性《すじょう》を教えてくれてな。まあ、その後は適当に村長の息子のフリをしただけだ。まあ、流石に肉親の目はごまかせなかったんでな、怪しんでいた当時の村長は殺してやったよ。あとは成り済ますことは簡単だったな」

「前の村長はテイレシアスさんの占いで、人間と占われた人物に殺されたと聞いたけど……」

「ああ、俺が脅《おど》したに決まってるだろ。命を助けてやるから、ライアンスロープのフリをして人を襲えって命令したのさ。まあ、用が済んだらコボルト達の餌にしてやったけどな」

そういって、ライアンスロープは馬鹿にしたように笑う。でも、その笑顔に私は違和感を覚えた。

まるで作り物のような笑顔で何か本心を隠しているような気がしたのだ。

ライアンスロープは人間の姿に化ける能力を持っている魔物だ。だが人に化けた時の姿を変えることはできないのだ。それならば、彼は何年も村長として生きてきたことになる。それはなぜだろう？　それこそ、何度も村を滅ぼすチャンスはあったはずなのだ。

「じゃあ、あなたはなんでずっと人の振りをしていたの？　奥さんまで娶《めと》って……何度もこうやって村を滅ぼすチャンスはあったんじゃないかしら？」

私の言葉にライアンスロープはまるで苦虫を噛み潰したように顔をしかめた。そして吐き捨てるように言った。

「人と暮らしてわかったよ。しょせん俺達魔物と人は相容《あいい》れないんだってな。あんたもそうだろ!!

その髪にその身体能力は魔族の混じり物なんだろう？　村のやつらを見てみろよ。みんなあんたを恐れている。村を救った英雄のはずのあんたをな!!」

「それは……」

私は一瞬言葉に詰まってしまう。彼の言葉には私も身に覚えがありすぎるからだ。

「その様子だと、あんたも苦しんだんだろ？　だったら、俺と一緒に来いよ。俺ならあんたの苦しみがわかるぞ!!」

彼の表情に一瞬苦しみが見えた気がする。そしてその苦しみを私はわかってしまう。外見だけで忌《い》み嫌われる日々、ようやくパーティーを組めても、厄介者扱いされる日々……人は異質なものに対して厳しい。彼らの……魔物と一緒にいたら少しは変わるのだろうか……私は一瞬刀を構える手を緩める振りをする。案《あん》の定《じょう》その隙をついてライアンスロープの鋭い爪が私を襲う。

「ちっ、揺さぶりは効かないか」

「そんな言葉に騙されるはずがないでしょう？　だって、私の半分は人間ですもの。結局魔物の中でも異質な存在じゃない」

私は予言でみていたその攻撃を受け流し、斬り返すが、その攻撃はもう片方の爪ではじかれる。本来はこの反撃で仕留めるはずだったが、少し動揺していたようだ。彼が私に言ったことは真実だ。だけど……私は同時に知っている。優しい人がいるということも、少なくともテイレシアスさんは信じてくれた。少なくとも彼女だけでも救いたいと思うのだ。

その時ライアンスロープの背後から悲鳴が聞こえた。私の視線に気づいた彼は得意げにいった。

「今頃俺が壊しておいた柵からコボルトたちが侵入しているだろうよ。これでこの村は終わりだ。本当はあんたが巣に行っている間にやるはずだったんだけどな」

「それは残念だったわね、しょせん獣の浅知恵と言ったところかしら」

距離をとりたいがライアンスロープは果敢《かかん》に攻めてくる。私は冷静に彼の攻撃を受け流すが、村の方から聞こえる悲鳴を聞き焦りが生まれる。このまま膠着状態ではまずい……べらべらと喋ったのは、コボルト達が侵入する時間を稼ぐためだったのだろう。

「お前の魔術を体に覆うやつは面白いな。でも、この距離では魔術を使えないだろ？」

「魔物のくせに小癪《こしゃく》ね、女の子には優しくしなさいって習わなかったの？」

「ああ、人は殺せと習ったよ!!」

それは今までで一番鋭い攻撃だった。おそらく何らかのスキルを使ったのであろう。しかし、その一撃は私の頬をかすめるだけだった。驚愕の表情のライアンスロープに私は斬りかかる。事前にギフトで動きを察知したのだ。必殺の一撃を放ち隙だらけのライアンスロープに斬りかかる。

「なんで……」

「あなたみたいに簡単に自分の力を見せたりはしないって言ったでしょう。子犬さん」

私の刃が彼の胸を貫く。それと同時に服で隠れていた彼の胸につけられていたペンダントの鎖がちぎれ、地面へと落ちる。これは彼の家で見たペンダントだ。奥さんの形見と言っていたペンダントだ。

「あいつを信じていたんだ……だから正体を明かしても愛してくれると思った……でも、あいつは俺を化け物っていったんだよ。昨日まで愛を囁いていた口で憎悪《ぞうお》の言葉を吐いたんだ……だから俺は……」

もはや戦意はないようで、彼は口から血を吐きながらペンダントを拾い握りしめる。表情は苦しそうだが、その手はとてもやさしげで、まるで宝物を扱うかのようだった。

「ああ……くそ……人間なんて好きになるんじゃなかった……あんたもいつか思い知るぞ、俺達と人間は決して相容れない。そういうものなんだよ……」

そういって彼は息絶えた。私は刀についた血を拭《ふ》き取って鞘に収める。勝ったというのにこのやりきれない気持ちはなんだろうか。ライアンスロープの言葉が私の心に染み込んでいく。

「確かにそうかもしれないわね……でも、私の事を信じてくれる人だっているもの。だから私は私を信じてくれる人の言葉を信じたいの……」

私の言葉は自然と口から出た。ライアンスロープの言いたいことはわかる。確かに人は善人ばかりではない。でも、確かに私を信じてくれるテイレシアスさんのような人だっているのだ。彼女は私の曖昧《あいまい》に濁した予言を信じてくれた。

もしかしたら、他にも彼女のように私を信じてくれる人がいるかもしれない。そう思えたから、私はまだ人に希望が持てる。ライアンスロープの死体を見つめながら私は自分の気持ちを理解した。私は人を信じたいんだ。

「カサンドラちゃーん、大丈夫かな？　いきなり一人で行っちゃうんだもん。びっくりしたよ。集会所は扉を補強したから大丈夫だよ。俺今回役に立ったよねぇ？　ご褒美に抱きしめてくれない？」

「下らないことをいってないで他の人を助けにいくわよ」

私は背後から響いてきた軽薄な声に返事をする。そして、ライアンスロープの方を振り返ることなくヘルメスと合流をする。まだ仕事は残っている。村に入ったコボルトたちを退治しに行かなければいけないのだ。そして、戦闘の音がする方へと向かうのであった。


ライアンスロープとコボルトの襲撃によって、村人の半数が亡くなった。あの後、私とヘルメスがコボルトに襲われている村人達を助けにいったが数人しか救う事はできなかった。全滅こそまぬがれたものの、もうこの村の機能は失われたと言えるだろう。みんなそれぞれの親族を頼ったり、住民を募集している村へと行くらしい。私がちゃんと予言の事を伝えていればもっと救えた命があったはずなのだ。いつものように罪悪感が私を襲う。でも……それでも、当初の予言よりは被害は減ったのだ。それは私の言葉を信じてくれた人がいたからだろう。

墓を作っている村人たちを手伝っていたが、キリが良くなったこともあり村人に声をかけて村を歩くことにした。

「ちょっと村を見てくるわね」

何かを言いたそうにしている村人達を置いていき、私は村を一周することにする。彼らの視線には感謝や畏怖など様々な想いが込められていた。コボルト達を倒すときに全力を出したからだろう。魔族の血を引いている私の戦いを見て引いたのだ。まあ、慣れたものである。

コボルトによる襲撃によって破壊された柵は応急措置がされている。しばらく時間を稼ぐ程度ならば問題はないだろう。でも、私は思う。なんで、彼は……ライアンスロープは私がいる間にこんなことをしたのだろう。そもそも彼は村長である。本当に村を滅ぼしたいのなら、冒険者が来る前に襲撃をさせればよかったはずなのだ。彼の最期の哀しみに満ちた言葉が、何かあるかもしれないと思わせ私を動かした。それはただの直感だったけれど、何かが残されている気がしたのだ。

私は村長の家に入り彼の部屋を覗いた。そして、悪いとは思いながら彼の机を漁る。私は机の棚の中に鍵がかかっている棚を見つけ、力ずくでこじ開ける。そこには一冊の日記帳が入っていた。

彼は戦いの最中にこう言った。『あいつを信じていたんだ』と……彼は奥さんを信じていたのだ。でも、何かがあって、彼は村を滅ぼすことを決めた。そして、その何かがここには書いてある気がするのだ。私は意を決してページを開いた。

そこには色々なことが書いてあった。村長の息子を騙《かた》って住むことにしたこと、仲間とどうするか、探っていたらテイレシアスさんの占いによって、仲間の正体がばれたことによる焦り、そして共犯者の人間を占わせて、テイレシアスさんの周囲からの信頼を下げることにしたこと。そして、次期村長に選ばれたので長期的に村を支配して、少しずつ仲間達に村人を与える計画にシフトしたこと。気分の悪くなるような計画だったが、ある日その日記に変化が訪れる。

遭難者《そうなんしゃ》の少女を保護したこと、そして、徐々にその少女との事ばかりが日記の内容を占めていく。例えば、その少女が笑ったこととか……例えば、その少女が美味しそうに村の名物のソーセージを食べたこととか……そして、その少女に愛の告白をされたこととか……そして、ついに婚姻《こんいん》を結んだことが本当に幸せそうに書かれていた。

そして、その事をきっかけに彼の人と接し方が変わったというのが私にもわかった。それ以後はなんとかして、コボルト達と手を切り、村を繁栄させる方法を試行錯誤《しこうさくご》しているのがわかった。私はその少女がどんな人かはわからないけど、その少女がライアンスロープを変えたという事がわかった。

そして、村に平穏が訪れたのだろう。しばらくは平和な内容が続く。しかし、最近になるにつれて不穏な内容が書かれていた。ライアンスロープの仲間が村を訪れたらしい。いわく、そいつがそろそろ村を襲わせろと言ったようだ。その後は彼の悩みが、つづられており、ヘルメスの提案によって冒険者を呼ぶことになったという事、そしてその事がライアンスロープの逆鱗に触れてしまったことが書いてあった。話し合うことになったがどうごまかそうかという苦悩が書かれており、日記はそこで途切れている。そして、その日は私が来る日の前日だった。

その後、彼とライアンスロープの間に何があって、奥さんが殺されることになったのかはわからない。ただ、私が来た日の夜には彼の奥さんは殺害され、その次の日の朝にはもう一匹のライアンスロープは村人によって囲まれていた。彼は人と魔物は相容れないと言っていた。もしかしたら、彼は奥さんに自分の正体がばれてしまって、拒絶をされたのかもしれない。いや、きっとそうなのだろう。

私にも、心を許した人間に拒絶された経験はあるからわかる。私が役に立っている間はみんななんだかんだ頼るのだ。でも、私のギフトが、発動して、私だけ助かると、みんな手のひらを返す。なんでお前だけ助かったのだと、罵られたこともある。お前が魔族の血を引いているから俺達が不幸になったのだと罵られる。正体を現してそれを否定された彼は……私が日記をしまうと同時に扉が開く。とっさに武器を構えると情けない悲鳴が響いた。

「ちょっと待って、カサンドラちゃんなんでそんなに殺気だってるの？」

「ああ、あなただったの？　ごめんなさい。つい癖で……」

「扉が開いたら武器を構えるってどんな生活してんのかなぁ……」

「いいえ、不審な奴がいたら攻撃するっていう癖なのよ」

「ひどいなぁ……俺結構頑張ったと思うんだけどなぁ」

「ごめんなさい、冗談よ、そうね、確かにあなたは頑張ってくれたわね」

そして全力で戦った私を見ても否定もしなかった。彼の本当にへこんだかのような表情に私は笑う。すると彼は驚いたように言った。

「カサンドラちゃん、笑った方がいいよ。絶対可愛いって」

「はいはい、どうでもいいわ。それより何か用があるんじゃないの？」

「ああ、そうそう。テイレシアスさんがそろそろ出るから護衛を頼みたいってさ」

「そう……今行くわ。そういえばあなたはどうするの？」

「そうだなぁ……俺はしばらくこの村を見てるよ。それよりさ、それ村長の日記でしょ。なんか面白い事かいてあった？」

「そうね……面白くはないわ……悲劇の物語が書いてあったという事ぐらいかしら」

「ふーん、それはカサンドラちゃんが持っていてくれないかなぁ？　家族を失ったもの達には生きる気力が必要だからねぇ。それが復讐心でもさ……実は魔物にも事情がありましたじゃ、だめなんだよ」

ヘルメスは肩をすくめて言った。そして彼はまるで面白い出し物を見たかのように語ったのだ。

「俺も短い間だったけどさ、村長と奥さんを見てて思ったんだよねぇ、ああ、本当に仲良しだったんだなぁって。二人でいる彼らは本当に幸せそうだったし、村長も奥さんと色々村の事を思って頑張っていたんだよ。まるで人間みたいにさ」

「それでも……正体を現した彼は拒絶されたみたい……やはり人と魔物は相容れないのかしらね」

「そうかなぁ……実はさ俺が村長の奥さんの死に際をみとったんだよねぇ。彼女は最期まで『ごめんね、ごめんね』って言っていたんだよ。恨み言でもなく、自分を襲った犯人の名前を言うわけでもなくさ……」

「それって……」

彼女は一度拒否したけれどライアンスロープだった村長を受け入れようとしていたのだろうか？　もちろんこれは想像にすぎない。どんな状態で村長が正体を現して、どんな話があったかなんてわからない。でも、もっとお互いを信じあっていれば違う結末もあったのだろうか？

「人と共存を望む魔物……そんなものがいれば世界を変える可能性の一つになると思ったんだけどなぁ……」

「なんですって……？」

目の前のこの男は今何て言ったのだ？　世界を変える存在？　私の視線に何を思ったのか彼はい

つものように軽薄な笑みを浮かべて、いつものように軽薄な声で言った。

「ああ、特に深い意味はないんだよ、ごめんねぇ。ただささ、人を殺す存在である魔物が共存を望むカサンドラちゃんだって気になるでしょ。魔物が人と相容れるならさ、半分魔族のカサンドラちゃんを仲間だって受け入れてくれる人だって現れるだろうしねぇ」

「あなたは何者なの……？」

私はヘルメスと距離をとって、いつでも刀を抜けるように構える。こっちは戦闘態勢だというのにヘルメスは相も変わらず、軽薄な笑みを浮かべている。

「そんな怖い顔しないでほしいなぁ……俺はただの狩人だよ。俺的には辛い想いをしていても、人を信じ続けるカサンドラちゃんもかなり興味深いんだけど、もう話をしてくれる気はなくなっちゃたみたいだねぇ」

私の言葉に彼はおどけたように肩をすくめた。そうして無防備に背を向け、別れの挨拶とばかりに手を挙げて彼は部屋を出て行ってしまった。追いかけるべきか迷ったが、なぜか、そんな気が失せた。それは彼からは一切の殺気や敵意が無かったからだろう。私はもやもやを残しながらも、テイレシアスさんの元に向かうのだった。

「テイレシアスさんお待たせしました」

「カサンドラちゃん急がせてごめんなさいね」

私が声をかけるとテイレシアスさんは笑顔で返事をしてくれる。その笑顔をみるだけで私は守れたのだなと幸せな気持ちになれる。

「カサンドラちゃん、私ね、街にいる息子の家に行くことになったの。元々そろそろ引っ越せって言われてたからね。ちょうどいい機会になったわ」

「そうなんですか、よかったです。きっと息子さんたちも喜ぶと思います。道中は私が命に換えてでも守りますからね」

「ふふ、頼もしい護衛さんね。でも命に換えてもなんて言っちゃだめよ。あなたにはこれからも生きて幸せになる権利があるもの」

私は無理やり笑顔を作って彼女に返事をする。元々呼ばれていたけどここにいたという事は彼女にとってはこの村はそれだけ大事な存在だったという事だろう。それとも、村で占い師として生きていたからこそライアンスロープがいるかもしれないのに、逃げるわけにはいかないという責任感か。多分両方なのだろうなと思う。彼女はこの村でずっと育ち、夫を見つけて家庭を作ったのだ。色々な思い出があって、この村に住んでいたのだろう。私がちゃんと予言の事を言えていればこんな風にはならなかったのではないだろうか？　私がもっとうまく立ち回れば結果は変わったのではないかと、いつもの思考が私を襲う。そんな風に考えているとテイレシアスさんの温かい手が私の手を握りしめる。

「どうしました？」

「悩んでいることがあったら言うのよ。私はカサンドラちゃんに感謝してるんだから」

「……ありがとうございます」

一瞬間をあけて私はお礼を言った。すっかり、私の考えは読まれているようだ。でも、素直にお礼を言わるのは珍しくて胸がポカポカするのがわかる。私の心が安堵に包まれていると視界が歪む。またギフトだ。

今回見えた風景は、誰かと一緒に笑い合ってご飯を食べている私の姿だ。この街には見覚えがある。確か馬車で二、三日ほど走ったところである。

なんだろう、この幸せそうな私は……私のギフトは自分の運命が大きく変わるときに発動する。つまりこの街に行けば私は誰かとこんな風に笑い合えるようになるというのだろうか？

「私に幸せになる権利なんてあるのかしら……」

私はヘクトールとパリスの事を思い出す。彼らにちゃんと危険だと言えていればヘクトールが死んで、パリスが悲しみにくれることはなかっただろう。

私はこの村の事を思い出す。確かに、コボルトの巣で村の襲撃に気づき、テイレシアスさんを救うことができた。でも、集会所で、もっと早くこの村の危険を伝えることができていればこんなふうに崩壊することはなかったかもしれない。あの時だってテイレシアスさんが勇気を出してくれなければもっと悲惨なことになっていたはずだ。

「そんなことないわ。カサンドラちゃんは幸せになるべきよ。だってあなたは人の事を思いやれる優しい子なんですもの」

小声でつぶやいたつもりだったがテイレシアスさんには聞こえてしまったらしい。私は誤魔化そうとしたが、彼女に優しく抱きしめられる。

「私なんて……なんて言わないで。だってあなたがいたから私は助かったのよ、私だけじゃないわ。

あなたのおかげで何人もの村人が救われたのよ」

「でも……私は知ってたんですよ、この村がこうなるってことが……なのに、私は救えなかった。今回だけじゃないんです。いつもこうなるんです。みんなが悲惨な目に遭っているのに、私だけが助かって……」

「それは違うわ、カサンドラちゃん。少なくともあなたのギフトで私は救われたわ。あなたが一生懸命行動したから救えたのよ。思い出してみて、あなたががんばったから救えたものだってあるはずなのよ。あなたが守った幸せだってあるのよ、だからカサンドラちゃんも幸せになっていいのよ」

「私も幸せになっていいんですか……夢を見てもいいんですか？」

そんなことをいってもらったのは初めてだった。いつもは予言通りの出来事があった時は不気味な目で見られるか、おまえのせいだと罵られるだけだった。私も幸せになっていいのかな？　私も仲間と笑っていいのかな？　しばらく私はテイレシアスさんの胸で泣くのであった。そして私は一つの決意を固めるのであった。


私はテイレシアスさんからの手紙を読みながら昔を思い出していた。シオンと一緒に会う前の話だ。パーティーに所属してこの街を拠点にしたので、私宛の手紙が届くようになったのだ。

『カサンドラ何見てるの？　もしかして元カレからの手紙とか？』

「え。カサンドラ彼氏いたの？」

一緒にご飯を食べていたライムの軽口にシオンがなにやら動揺したように間の抜けた顔をした。私はその様子がおかしくってつい笑みをこぼしてしまう。

「安心して、彼氏どころか友達すらいなかったわ」

「ライムゥゥゥ!!　お前この空気どうするんだよ!!」

『だって、なんか幸せそうな顔をしていたからつい……』

「ほら、カサンドラこれあげるから元気出して!!」

ギャーギャー騒いでいる二人をみて、私はつられて笑う。少し前まではこんな風に仲間と一緒にギルドでご飯を食べながら笑いあうなんて考えられなかったなと、今の幸せを噛み締める。私はシオンから差し出されたソーセージをいただく。口の中に肉の旨味《うまみ》が広がる。ああ、美味しい。私はみんなで食べるご飯の味を楽しみながら返答する。

「ありがとうシオン、でもね、私は今幸せなの、気にしないで」

「いや、気にしないでって無理だよ……笑えないよ……」

「カサンドラさーん。お届け物ですよ」

なぜか引いているシオンとライムを見ていたが、アンジェリーナさんに呼ばれたので彼女の元へ行くと、大きな包みを渡された。さっそく開けてみると中にはいくつかの野菜や果物があり、最後に手紙に張り付けられたミスリルのお守りが入っていた。私はその手紙を読むことにする。

『まだ、冒険者をやってらっしゃると聞きました。私は今は農村で農民として生活をしています。あの時はろくにお礼を言えず申し訳ありませんでした。あなたのおかげで私は救われました。所属の街が決まったとの事で、手紙を届ける事が可能になったと聞き、送らせていただきました。ミスリルには魔よけの加護があると言われています。あなたの冒険に幸せがありますように。

ＰＳ　兄も同じ気持ちだと思います』

「パリス……」

ああ、やはり私の行動は無駄ではなかったのだ。私が命を救うことができたパリスは今も一生懸命生きているのだ。そして感謝してくれていた。テイレシアスさんの言う通りだ。私のギフトは無意味ではなかったのだ。

「アンジェリーナさん、この野菜を酒場で調理してもらえますか？　お金は払いますので」

「ええ、かまいませんよ。でも、宿の方がゆっくりできると思いますよ」

「ありがとうございます。でも、仲間で食べたいんです」

「そうですね、仲間との食事は楽しいですよね」

そういうと、アンジェリーナさんは笑顔でうなずいてくれた。私が席に戻るとシオンとライムの視線がミスリルのお守りに集中する。

「どうしたんだ、それ」

「昔パーティーを組んでいた人にもらったのよ」

『やっぱり元カレ……』

「だから違うっていってるでしょ。あとこれあげるわね。いつかの馬車で私の髪の毛を色を褒めてくれたお礼よ」

私が彼にリンゴを投げると、キャッチした後に恥ずかしそうにシオンは顔を赤らめた。

「え、カサンドラ覚えてたのか……あれはなんというか……」

『シオンどうしたの？　顔が赤くてきもいよ』

「うっせー、エロイム!!」

『おーい、腹減ったから飯にしようぜ』

ちょうど鍛錬を終えたシュバインも戻ってきたようだ。私達はみんなで食事を楽しむ、みんなで食べる食事は本当に美味しかった。ああ、この風景は、テイレシアスさんの言っていた未来だ。あなたの占いは本当でした。私は今とても幸せです。あの時、勇気を出してこの街に来て本当に良かった。人を信じ続けて本当に良かった。私はこれからも彼らと冒険をするだろう。これからの未来を楽しみに今も笑いあうのだった。

あとがき

初めまして、高野《たかの》ケイと申します。

ウェブの方でもお世話になっている方はこちらでもお会いできてとても嬉しいです。

この度は本書『追放された俺が外れギフト『翻訳』で最強パーティー無双！～魔物や魔族と話せる能力を駆使して成り上がる～』を手に取ってくださった読者様に最大の感謝を。シオンの冒険を楽しんでもらえたら嬉しいです。

本作は『翻訳』という戦闘向けではない力を持った少年が、パーティーを追放されたところから始まります。そして悔しさをバネに自分の能力を活かして魔族や魔物を仲間にして成り上がるという物語です。

元々この作品はゲームとかをやっていて、人間より魔物とかを仲間にした方が絶対強いじゃないかっていう発想から生まれました。シオンも魔族のハーフのカサンドラや、スライムのライムを仲間にして無双致します。特殊な技能とかって、あんまり重要視されないんですが、実は結構大事だったりするんですよね。

あとがきから読む方もいらっしゃるという事でこれ以上はネタバレになるので、今回の作品の内容はここまでにして本作の出版の流れでも語らせていただきます。

本作は元々『小説家になろう』というサイトに投稿していた作品に加筆修正と書下ろしを追加したものになります。

初めて書籍化お声がけのメールを見た時は電車で「うっそでしょ」と呟いて恥ずかしい思いをしたのをまだ覚えています。最初は信じられない気持ちでいっぱいでしたが、その後は編集さんと色々お話をしていくにつれて、ああ、本当に本になるんだなぁって実感が湧いていったのを覚えています。

昔、いつか自分の書いたものが本になったら嬉しいなぁと思っていたのでこんな風に夢がかなって自分でも驚いています。

本編を読み終わって二巻も読みたいな、この作品面白いなって思ったら通販サイトのレビューや、ツイッターなどに感想をつぶやいてくださると嬉しいです。読者様の声が作者のモチベーションや続刊につながります。

また、私も（@zerosaki1011）でツイッターをやっていますのでフォローしていただけると嬉しいです。

最後になりましたが、謝辞を。

素晴らしいイラストを描いてくださったイラストレーターの熊野だいごろう様、自分の考えたキャラをイラストレーター様に描いていただき、それが書店に並ぶという夢みたいな経験をさせていただきありがとうございます。

また、TOブックスの新城様、担当編集の芦澤様、本作を読んでくださった読者様、相談にのってくれた友人のラフさん、ケンショーさん、皆様のおかげで一冊の本になることができました。

それでは、ぜひまたお会いできることを祈って。

第2巻
追放された俺が外れギフト『翻訳』で
最強パーティー無双！
～魔物や魔族と話せる
能力を駆使して
成り上がる～
高野ケイ
イラスト／熊野だいごろう
TOブックス

万能薬の
材料を
ゲットせよ!!
仲間たちと力を合わせて
いざ"ゴルゴーンの里"へ!
2021年秋発売予定!

インストア
ッズ続々!
香月美夜
書き下ろしドラマCD用SS付き!!!
椎名優
描き下ろしジャケットイラスト!
2021年
8月10日
第五部 女神の化身VI
と同時発売!
本好きの下剋上
司書になるためには
手段を選んでいられません
ドラマCD 6
香月美夜
イラスト:
椎名 優

ふぁんぶっく1～5
ドラマCD 1～5
TOブックスオンラ
限定グ
TVアニメ&新キャストでお届け!
ローゼマイン:井口裕香
フェルディナンド:速水奨
ルッツ:田村睦心
トゥーリ:中島愛
ジルヴェスター:井上和彦
カルステッド
／イマヌエル:森川智之
ヴィルフリート:寺崎裕香
シャルロッテ
／ヒルデブラント:本渡楓
コルネリウス／アナスタージウス:山下誠一郎
ハルトムート:内田雄馬
ダームエル: 梅原裕一郎
ハンネローレ:諸星すみれ
ブリュンヒルデ
／リーゼレータ:石見舞菜香
ソランジュ:宮沢きよこ
ラオブルート:関俊彦
ディートリンデ:潘めぐみ
エルヴィーラ:井上喜久子
原作公式HP
http://www.tobooks.jp/booklove
またはTOブックスオンラインストア
https://tobooks.shop-pro.jp
Illustrated by You Shiina

甘くおいしい「おかしな転生」世界!

コミックス

おかしな転生
最強パティシエ異世界降臨

漫画：飯田せりこ
原作：古流 望
キャラクター原案：珠梨やすゆき
脚本：富沢みどり

コミックス⑥巻
好評発売中！

最新刊

COMIC コロナ TOcomics にてコミカライズ連載中！

TREAT OF REINCARNATION

原作小説

第18巻
2021年8月10日発売！

ドラマCD

Audibleにて配信中！
詳しくはこちらから▶

50万部突破！ シリーズ累計（電子書籍含む）

広がる

追放された俺が外れギフト『翻訳』で最強パーティー無双！
～魔物や魔族と話せる能力を駆使して成り上がる～

2021年8月1日　第1刷発行

著　者　高野ケイ
編集協力　株式会社MARCOT
発行者　本田武市
発行所　TOブックス
〒150-0002
東京都渋谷区渋谷三丁目1番1号　PMO渋谷Ⅱ　11階
TEL 0120-933-772（営業フリーダイヤル）
FAX 050-3156-0508

印刷・製本　中央精版印刷株式会社

ISBN978-4-86699-268-6